Zwei Jahre nach seinem Rauswurf im T-Punkt hat Simon Peters sich aus seinem teuren Innenstadtleben auf bezuschusste 51 qm zurückgezogen. Die großen Träume von Geld und Liebe sind geplatzt und so macht er nun einen großen Bogen um die Themenfelder Wohlstand und Frauen. Alles, was Simon will, ist in Ruhe »Das perfekte Dinner« gucken und Beschwerdemails verschicken an alle, die ihm auf die Nerven gehen. Ausgerechnet in dieser schwierigen Phase zieht ein neuer Nachbar ins Luxus-Dachgeschoss direkt über Simon ein, und zwar mit allem, was Simon nicht hat: Erfolg, Geld, Sex, Playstation, Dachterrasse, Fußbodenheizung und – laute Schuhe. Was dort über Simon hin- und hertrippelt, ist ... eine Karrierepowerfrau! Das Schlimmste: Sie ist auch noch nett zu ihm. Das darf nicht sein, denkt sich Simon, und schmiedet einen Vollidioten-Masterplan, um sie loszuwerden.

»Tommy Jaud hat mit den Bestsellern ›Vollidiot‹ und ›Resturlaub‹ ein brachliegendes Genre neu belebt – den deutschen Männerroman.«
Wolfgang Höbel, DER SPIEGEL

Tommy Jaud, geboren 1970 im fränkischen Schweinfurt, war nach dem Abitur Zivi im Kindergarten (Bienengruppe) und hätte beinahe ein Germanistik-Studium an der Bamberger Uni abgeschlossen. Stattdessen zog es ihn nach Köln, wo er seitdem als freier Autor arbeitet. Jauds Bestseller ›Vollidiot. Der Roman.‹ (Bd. 16360) und ›Resturlaub. Das Zweitbuch‹ (Bd. 16842) sind ebenfalls lieferbar als Fischer Taschenbuch.

Unsere Adresse im Internet: www.fischerverlage.de

Tommy Jaud

MILLIONÄR

Der Roman

Fischer Taschenbuch Verlag

Veröffentlicht im Fischer Taschenbuch Verlag,
einem Unternehmen der S. Fischer Verlag GmbH,
Frankfurt am Main, November 2008

Die Erstausgabe ist erschienen im Scherz Verlag
© S. Fischer Verlag GmbH, Frankfurt am Main, 2007
Druck und Bindung: Nørhaven Paperback A/S, Viborg
Printed in Denmark
ISBN 978-3-596-17475-1

Für alle,
die beim Jogging auch ständig überholt werden.

Do si' mer dobei!

Ein Drittel der Menschheit ist bekloppt. Manchmal ist es auch die Hälfte, das hängt vom Wetter ab. Unsinn? Vielleicht erklärt mir dann ja mal jemand, warum fast alle Fußgänger bei den ersten Regentropfen sofort ein unfassbar blödes Gesicht machen und die Schultern hochziehen. Glauben sie im Ernst, sie würden durch eine dämliche Grimasse und hochgezogene Schultern auch nur einen einzigen Tropfen weniger Regen abkriegen? Das ist eine rhetorische Frage mit einer sehr, sehr traurigen Antwort: Sie glauben es!

Aber auch ohne Niederschlag ist die Beklopptenquote bedenklich hoch. Wer, wenn nicht ein Bekloppter, kommt zum Beispiel auf die Idee, urinfarbenen Kloreiniger herzustellen? Wer, wenn nicht ein Bekloppter, hat diese unsägliche Plakat-Kampagne an die Stadt Köln verkauft mit einer alten Frau drauf und dem Text: »*Alzheimer? Jeder Tag zählt! Infos unter: 0221 – 2217859519864*«

Nun kann man sich damit abfinden, dass die Welt so ist, wie sie ist, oder man kann dagegen angehen. Ich für meinen Teil habe beschlossen, dass es zu wenig ist, sich einfach nur aufzuregen so wie alle anderen. Ich habe beschlossen, den Kampf aufzunehmen. Es ist kein leichter Kampf, denn meine Gegner sind schneckengleich arbeitende Pfandautomaten, Tütensuppenhersteller, arrogante Straßenreiniger und die Deutsche Bank. Aber mit ein wenig System und ein bisschen Grips werde ich diesen Kampf gewinnen und das Stückchen Welt um mich herum ein kleines bisschen besser machen. Und eines Tages wird man sagen: »Hut ab, was der Peters da erreicht hat, das hätten wir nicht gedacht.«

Wie jeden Morgen um 8 Uhr 44 stehe ich an meiner Haltestelle, beobachte Menschen, die mit dämlichen Gesichtern und hochgezogenen Schultern durch den Regen stolpern, und warte darauf, von den Kölner Verkehrsbetrieben in einem weiß-roten Nachkriegswaggon in mein Büro gerüttelt zu werden. Noch drei Minuten, steht auf der Anzeigetafel, was bei der KVB alles heißen kann zwischen ›gleich‹ und ›nie‹. Selbst wenn die Bahn in Sichtweite kommt, ist das keine Garantie, dass sie es auch tatsächlich bis zur Haltestelle schafft, denn da so eine Straßenbahn nun mal auf der Straße fährt, ist es durchaus möglich, dass einen halben Meter vor der Haltestelle noch ein Dönerspieß auf die Gleise fällt oder der im Suff geparkte Smart von Uschis Nagelstudio die Schienen blockiert. »Zwei Minuten«, zeigt die Infotafel jetzt und teilt mir zusätzlich in roter Laufschrift mit, dass Florian Silbereisen am 14.12. in der Köln-Arena gastiert. Noch eine Minute bis zur Bahn. Noch einen Monat bis zu Silbereisen. Freud und Leid liegen so eng beisammen, manchmal.

Weil kein Einzelplatz mehr frei ist, muss ich neben einem kauzigen alten Herrn in nasser Plastikjacke Platz nehmen. Er riecht nach nassem Dackel und hütet eine zerknautschte Bäckereitüte auf dem Schoß. Ich versuche ihn zu ignorieren, indem ich meinen Blick durch den Wagen schweifen lasse; wie jeden Morgen sehe ich nichts als konzentriertes Unglück. Es ist eine Tatsache: Je früher man Straßenbahn fährt, desto unglücklicher sind die Fahrgäste. Das ist so, weil vor neun Uhr kein Mensch freiwillig irgendwohin will. Weil alle müssen. Weil sie vor ein paar Jahren in der Rezession irgendeinen dämlichen Arbeitsvertrag unterschrieben haben, auf dem stand: Arbeitsbeginn neun Uhr. Und jetzt fahren sie. Tag für Tag, Woche für Woche, Jahr für Jahr. Ich bin mir sicher: Würde der Zugführer nur so zum Spaß unsere Bahn langsam in den Rhein rollen lassen, keiner würde um Hilfe rufen oder die Scheibe zerklopfen mit dem roten Hämmerchen, alle würden nur apathisch seufzen: *Na ja, dann muss das wohl so sein.* Gut, am Wochenende besteht natürlich eine Chance auf Stimmungswechsel bei der Wagenflutung: »Do si' mer dobei …«

Mein muffelnder Sitznachbar pult ein halbes Ei-Brötchen aus seiner Bäckereitüte und schielt kurz zu mir rüber. Nein, du Weißmehl-Honk, ich will weder mit dir über den FC reden noch von deiner trockenen Industriesemmel abbeißen. Vielen Dank. An der Haltestelle *Universität* senkt eine lärmende Gruppe jugendlicher Bushido-Imitatoren durch pures Zusteigen den Durchschnitts-IQ des Wagens um geschätzte zwanzig Punkte. Würde ein PISA-Forscher auch nur eine einzige Frage an die sediert dreinblickende Kapuzen-Gang stellen, er würde sich bereits nach der ersten Antwort mit einem beherzten Sprung durch die Scheibe auf die Straße retten.

»Haste den Pisa-Typ gehört, Emme? Erde voll rund!«

»Echt? Kraaass!«

Ruckelnd und ratternd erreichen wir die nächste Haltestelle. Der Ei-Brötchendackel neben mir steht hastig auf und schafft es mitsamt Zwiebelstück im Mundwinkel gerade noch nach draußen, bevor sich die Türen wieder schließen. Ich atme erleichtert aus, rutsche einen Platz weiter ans Fenster und bin froh, dass ich nur noch eine Station bis zum Ziel habe.

Mein Büro ist in einem Viertel, in dem es das ganze Jahr über aussieht wie direkt nach einem Bürgerkrieg. Ich hab mich dran gewöhnt. In Bagdad regt sich ja auch keiner mehr auf, wenn beim Nordic Walking plötzlich ein kaputtes Haus im Weg liegt. Im Zickzack-Kurs bahne ich mir meinen Weg durch zerbrochene Bierflaschen, Pizzareste und zerfledderte Baumarkt-Prospekte, kämpfe mich vorbei an hektischen TNT-Express-Boten auf orangenen Fahrrädern und schnauzbärtigen Gemüsehändlern mit Migrationshintergrund. Kurz vor dem Büro donnert ein Müllfahrzeug der Abfallwirtschaftsbetriebe Köln an mir vorbei. Auf der Seite des Wagens steht in bierkastengroßen Lettern: *Für ein sauberes Köln. Für Sie.* Ist natürlich auch ein Konzept: mit genialem Marketing und High-Tech-Müllwagen immer wieder am Abfall vorbeifahren. Bestimmt machen sie inzwischen nur noch Digitalfotos vom Müll und werfen die Dateien dann auf ihrem Rechner in den Vista-Papierkorb.

Zwei zerbrochene Beck's-Flaschen später bin ich bei »Shahin's WebWorld«, einem abgeranzten Orient-Internetcafé, das man ebenso gut »Tausend und ein Internet« nennen könnte. Zumindest hat mir Pächter Shahin bis heute nicht erklären können, was Wasserpfeifen und persische Teppiche mit dem World Wide Web zu tun haben. Vielleicht sind es W-LAN-Wasserpfeifen, die man auf den bunten Sitzkissen sogar dann rauchen kann, wenn sie noch im Regal stehen.

Mit einem schwungvollen »Morgen, Shahin!« öffne ich die mit Postern für persische Disco-Events zugeklebte Eingangstür und gehe schnellen Schrittes auf Computer 7 zu, meinen Stammplatz. Der unschlagbare Vorteil meines Büros ist, dass ich hier von neun bis zwölf für nur einen Euro ins Netz kann. Bei monatlich zwanzig Arbeitstagen macht das eine durchschnittliche Büro-Warmmiete von lächerlichen zwanzig Euro. Shahin ist ein wenig älter als ich, persischer Herkunft, hat rappelkurze schwarze Haare und einen stets gleichlangen Fünftagebart. Shahin und ich, wir sind fast so was wie Freunde geworden, seit ich Stammgast in der WebWorld bin. Besonders aktiv ist er allerdings nicht; auch heute kauert er hinter seinem selbstgezimmerten Baumarkt-Tresen, zieht an seiner Wasserpfeife mit Apfel-Teer-Geschmack und liest in einem Buch.

»Morgen, Simon! Bist ja superpünktlich heute!«

»Muss! Was lieste?«

»*Die Vermessung der Welt.*«

»Und? Wie groß isse?«

Schmunzelnd deutet Shahin auf eine große, billige Plastikuhr mit Coca-Cola-Schriftzug. »Ist aber eigentlich noch gar nicht neun.«

Ich schaue auf die Uhr. Es ist tatsächlich erst 8 Uhr 57. So früh war ich noch nie hier.

»Jetzt komm schon, Shahin, die drei Minuten, ich hab den Arsch voll zu tun!«, flehe ich.

»Also gut, leg los, mein Bichareh!«

»Nenn mich nicht Bittscharäh, wenn ich nicht weiß, was das heißt!«

»Okay.«

Ich lasse mich in die Lehne eines quietschenden Billig-Stuhls fallen und packe fein säuberlich meine Sachen aus: mein postgelbes Notizbuch, meine zwei Kugelschreiber von »Sensationell«, der neuen TV-Produktionsfirma meines Kumpels Phil, eine Banane und eine der sechs Orangensaft-Tüten, die man mir als Entschädigung geschickt hat, weil ich bei der Sunkist-Verbraucher-Hotline behauptet habe, mir beim Joggen den Strohhalm ins Auge gepiekst zu haben.

Ich ziehe die speckige Tastatur zu mir und tippe wie jeden Morgen spiegel.de in die Adresszeile des Browsers. Ja, ich bin spiegel.de-süchtig. Vielleicht liegt es ja daran, dass ich den kompletten 11. September 2001 im Phantasialand Brühl verbracht und mich dann am Abend gewundert habe, dass ich mir als Einziger im Kino »Die unglaubliche Reise in einem verrückten Flugzeug« angeschaut habe. Seit diesem schrecklichen Tag hab ich die ständige Angst, dass gerade irgendwas Schreckliches passiert und ich nichts erfahre davon: dass ich mein Altpapier zum Container trage, während gerade das sicherste Atomkraftwerk Deutschlands in die Luft geflogen ist, oder dass ich mir gerade eine komplette Staffel *Stromberg* anschaue, während die US-Armee Liechtenstein besetzt.

Heute ist nichts passiert. Gott sei Dank. Beruhigt melde ich mich bei *gmx* an und bekomme sechs neue Nachrichten präsentiert.

Absender	Jennifer Cooper
Betreff	Safe and cheap Viaagraaaa
Empfangen	Gestern, 13:01
Absender	Peter Ivan Selb
Betreff	Diese Seite kann Daniel nur empfehlen!
Empfangen	Gestern, 14:34
Absender	Ferrero Verbraucher …
Betreff	Ihre Kritik am Rocher-Gold-Spot
Empfangen	Gestern, 15:45
Absender	serviceletter@koelnticket
Betreff	10 % sparen beim Winterfest der Volksmusik
Empfangen	Heute, 06:47
Absender	consumer@rewe.de
Betreff	Re: Nackensteaks schmecken …
Empfangen	Heute, 08:48
Absender	Amazon.de
Betreff	Amazon empfiehlt: Wie Sie alles im Leben …
Empfangen	Heute, 09:01

Viaagraaaa? Mit sechs A? Inzwischen weiß jeder, dass dies ein ebenso dämlicher wie leider auch effektiver Versuch ist, die Spamfilter dieser Welt zu umgehen. Ob dieser Buchstaben-Trick auch klappt, wenn man über ein vom CIA abgehörtes US-Handy einen Terroranschlag plant? Wenn man über so ein Handy einen Freund in New Jersey anruft und ihm zuflüstert: *Hey, pass auf, Booooooob, wir platziereeeeen die Bombeeeeee direkt im Koooopf der Freiheiiiiiits-Statueeeee …*

Ich werde eine Mail an die CIAAAAA schreiben und sie warnen. Sonst macht's ja wieder keiner. Die Idee halte ich in meinem Notizbuch fest und schaue dann, was Daniel so empfiehlt. Es ist eine gefälschte Schweizer Uhr. Papierkorb! Dann klicke ich auf die Nachricht von Ferrero, denen ich vor zwei Tagen ihren dämlichen »Time for Gold«-Spot zerrissen habe, in dem ein neureicher Aushilfs-Bond im schwarzen Anzug goldene Rocher-Fallschirme auf eine langweilige Poolparty regnen lässt, nur weil er die Blondine im kleinen Schwarzen vögeln will. *Howard. Sie sind ein neureiches Arschloch. – Meinen Sie mich oder Rocher?* Wie viel Koks oder Crystal braucht man eigentlich, um eine derartige Hirnwichse auch nur aus dem Agentur-Drucker zu ziehen? Man darf den großen Konzernen so einen Werbemüll nicht durchgehen lassen, sonst denken die am Ende, ihr Spot sei eine Sensation, und dann leidet man jahrelang Abend für Abend, weil man so Schwachsinns-Clips wie »Schatz, I want to go to RIU« nicht schnell genug weggedrückt kriegt.

Klick!

Sehr geehrter Herr Peters,

mit Bedauern nehmen wir zur Kenntnis, dass Ihnen unser Time for Gold-Spot nicht zusagt. Laut Marktforschung kommt dieser Spot allerdings sehr gut bei unseren Kunden an. Wir haben uns erlaubt, Ihre Kritik an die von uns beauftragte Werbeagentur weiterzuleiten, die sich sicher in Kürze mit Ihnen in Verbindung setzen wird.

Beste Grüße
Amina Ahues
Consumer Relations Ferrero-Rocher

Ha! Die Kritik hat gesessen. Auch wenn es nur ein Tropfen auf den heißen Stein ist – wenn sich nur jeder zehnte von TV-Spots genervte Fernsehzuschauer mal zu seinem Computer statt zum Kühlschrank schleppen würde, um sich zu beschweren, dann sähe Deutschlands TV-Werbung schon ganz anders aus. Oh! Rewe hat sich dann nach einer Woche auch mal gemeldet, sehr schön. Klick!

Sehr geehrter Herr Peters,

wir bedauern sehr, dass Sie Anlass zur Reklamation unserer marinierten Nackensteaks haben. Wir dürfen Ihnen jedoch versichern, dass es unser höchstes Ziel ist, unseren Kunden hochwertige Ware zu bieten. Umso mehr möchten wir Ihnen danken, dass Sie uns darüber in Kenntnis setzen, dass unsere Nackensteaks »wie zerschredderte Straßenkatze« schmecken und die Lammmedaillons »wie mit Altöl verklebte Brieftaube«. Als kleine Entschädigung haben wir uns erlaubt, Ihnen an die angegebene Adresse eine Auswahl weiterer Produkte aus unserem Haus zukommen zu lassen.

Mit freundlichen Grüßen
Hugo Wolf
Qualitätssicherung Mecklenburger Qualitätsmetzgerei
(Nacken, Schulter und Hüfte)

Hallo? Ich war wohl nicht deutlich genug! Warum um alles in der Welt sollte ich mich erfreuen an einer Auswahl weiterer Produkte dieser Art? Wütend über so viel Ignoranz mache ich mich daran, die Mail zu beantworten. Ich will gerade anfangen, als das vertraute Aufheulen entfernter Laubbläser an meine empfindlichen Ohren dringt. Ich drehe mich zu Shahin, doch der zieht ungerührt an seiner Wasserpfeife und starrt in sein Buch. Nicht mal die beiden magersüchtigen Studenten am Fenster kriegen was mit – aber was sollen die auch mitkriegen, die würden ihre dunkelgekifften Augen selbst dann nicht von hausarbeiten.de wegbewegen, wenn ein brennender Zeppelin in den Kiosk gegenüber krachen würde. Ich haste zum Fenster und presse meine Nase an die Scheibe. Und tatsächlich: Das lärmende Special-Effects-Dreigestirn der Abfallwirtschaftsbetriebe nähert sich mit seinem wöchentlichen Laubfeuerwerk.

»Strüüßjer! Kamelle! Der Zoch kütt!«, salutiere ich laut. Die Studenten reagieren wider Erwarten und mustern mich mit müdem Blick.

»Shahin, komma! Das musste sehen!« Ich winke meinem Web-Perser, woraufhin dieser sich mühsam aufquält und sich zu mir ans Fenster stellt.

»Hier, Shahin! Du hast mich doch mal gefragt, was Impro-Comedy ist. Das isses!«

»Die Laubpuster?«

»Genau! Komma mit!«

Wir gehen nach draußen, um das städtische Laubbläser-Impro-Terzett Lolek, Bolek und Holek besser beobachten zu können. Zentimeterweise arbeitet sich die orange Truppe in Richtung Web-World, bläst Milchtüten AUS Türeingängen, bunte Werbeprospekte IN Türeingänge und leere Kippenschachteln AN Türeingängen VORBEI. Die Ausbildung dieser Papierpuster muss knallhart sein: Ich tippe auf mehrmonatige Camps im pakistanischen Hochland, wo sie mitten in der Nacht mit eiskaltem Wasser geweckt werden und dann stundenlang nackt und ohne Licht den Sportteil vom *Pakistanischen Tageblatt* von links nach rechts blasen müssen.

Toll, wie Anbläser Bolek bereits zusammengekehrtes Laub mit seinem 45er Kärcher in hohem Bogen wieder auf Gehweg und Straße verteilt! Sensationell, wie Lolek zeitgleich mit einem noch leistungsstärkeren Laubbläser telefonbuchdicke Stapel von Werbeprospekten an die Fassaden drückt und synchron dazu ins Schaufenster eines Jonglierladens gafft. Höhepunkt des mit Steuergeldern geförderten Müllspektakels ist dann einmal wieder die lärmende Vorbeifahrt von Prinz Holek in seinem orangenen Rüsselmobil, mit dem er das Laub, das seine Kollegen versehentlich auf die Straße gepustet haben, stolz wieder auf den Gehweg befördert.

Ich klatsche und jubele ihnen zu: »Gute Arbeit, Jungs! Da drüben neben dem Stromkasten liegt noch 'n halber Döner mit scharf!«

Der arrogante Prinz Holek zeigt mir seinen Mittelfinger und fährt ungerührt weiter. Wahrscheinlich ist ihm die Blasleistung seines Plastikrüssels zu Kopf gestiegen.

»Die machen aber mehr schmutzig als sauber«, staunt nun auch Shahin.

»Eben!«

»Da musst du mal eine Mail schreiben.«

»Eine Mail? An die Abfallwirtschaftsbetriebe?«

»Du schreibst doch sonst so viele.«

»Müllmänner lesen keine Mails, Shahin. Müllmänner werfen eventuell mal ein paar Tastaturen zum Elektroschrott oder reißen sich einen Monitor unter den Nagel, aber näher kommen die thematisch ans Internet nicht ran!«

Ein wenig mitleidig schaut Shahin mich an, dann deutet er auf sein Vermessungs-Buch.

»Ich glaube, ich geh jetzt wieder rein, Simon.«

Ich find's unfassbar. Die städtischen Müll-Clowns dürfen mit ihren tragbaren Airbus-Triebwerken um sieben Uhr morgens Wohngebiete terrorisieren, aber wenn ich abends eine Minute nach acht neben der lautesten Kreuzung Kölns behutsam den *Express* ins Altpapier gleiten lasse, dann kriege ich ein Bußgeld wegen Ruhestörung. Wie kann das die Leute nur so kalt lassen? Warum bin ich denn immer der Einzige, der sich aufregt, der was sagt, der was macht? Was ist nur los mit den Deutschen? In Frankreich brennen sofort hundert LKWs auf der Autobahn, wenn der Staat auch nur daran denkt, die Baguettesubventionen zu streichen. Bei uns könnte man von heute auf morgen Linksverkehr einführen und 'ne Ausgangssperre und alle würden nur mit den Schultern zucken und sagen: *Doof, jetzt muss ich früher nach Hause …*

»Shahin, du musst dich auch endlich mal mehr aufregen!«, rufe ich ihm zu.

»Warum?«

»Ja, ist dir das egal, wie's vor deinem Laden aussieht?«

»Natürlich nicht. Aber was will ich denn groß machen?«

»Schon verstanden. Hat halt alles seine Ordnung. Sogar die Unordnung. Ich sag dir mal was, Shahin: Du bist schon deutscher als wir alle zusammen! Und ich sag dir noch was: Du bist überintegriert, bist du schon!«

»Ich bin über-integriert?«

»Genau! Warte mal ab: Bald fährste einen Benz mit Klorollenhut hinten drin und gehst nicht mehr ans Telefon, wenn die *Tagesschau* läuft.«

»BMW, Simon. Nicht Mercedes. Und ich schau immer das *heutejournal*.«

Verärgert setze ich mich wieder an Platz Nummer 7 und schaue mein gelbes Buch nach Notizen vom Vortag durch. Fast halb zehn ist es schon und ich hab noch nichts gearbeitet. Jetzt heißt es ranklotzen!

Ich beginne mit einer Mail an Sony Ericsson, in der ich darauf hinweise, dass das Handywörterbuch des K610i weder »Arschkrapfen« noch »Schnellfickerschuhe« kennt. An Vittel schicke ich eine Mail, weil ihre scheiß Plastikflaschen stundenlang nachknacksen, wenn man sie mal eingedellt hat. Mehrfach bin ich schon vor Schreck aus dem Bett geschossen wegen des Geräusches, Einbrecher, hab ich gedacht und bin mit Taschenlampe wirr durch die

Wohnung gestolpert, dabei war's nur 'ne billige Franzeckenflasche. Mail Nummer drei geht an das Management von Kai Pflaume, weil der Werbung für versalzene Viva Vital-Putenwiener macht. Hella von Sinnen fordere ich in einer weiteren Mail nachdrücklich dazu auf, nicht mehr so laut rumzuschreien im Fernsehen. Ich beschließe meinen Bürovormittag mit einer Nachricht an die Kölner Verkehrsbetriebe, in der ich mich über stinkende Fahrgäste und Florian-Silbereisen-Laufschriften beschwere.

Mit einem lauten »Mahlzeit« verabschiede ich mich von Shahin und gehe zielstrebig Richtung Jägerklause. Die Jägerklause ist die Sorte von Eckkneipe, in der man bei einem leckeren Frühstücksschnaps und einem Zwiebel-Mett-Brötchen das *ARD-Morgenmagazin* gucken und über Politik reden kann mit Leuten, die auch keine Ahnung haben. Sie ist aber auch die einzige Gaststätte Kölns, die ein komplettes Mittagsmenü für nur € 4,35 anbietet. Wenn man mit der Schmach leben kann, das so genannte Hartz-IV-Menü zu bestellen, wird man mit dampfender Buchstabensuppe, frischer Bratwurst auf Grünkohl und einem Vanilleeis bedient. Wichtig bei einem Besuch der recht abgeranzten Jägerklause ist allerdings, dass man gar nicht erst versucht, das von Wirt Karl-Heinz persönlich auf den Tresen geklebte 2-Euro-Stück wegzunehmen. Wichtig ist auch, sich möglichst weit weg von den anderen Gästen zu setzen, denn die haben meist schon gegen Mittag einen halben Kranz Kölsch im Hals und sind stets für ein sinnloses Gespräch zu haben. Die Buchstabensuppe ist lecker, doch noch während des Essens reift in mir ein schlimmer Verdacht. Ich zücke mein Notizbuch und notiere: *Nachprüfen, ob Alphabet in Suppen vollständig.*

Dinkel-Rübli-Knieschoner

Meine Nachmittage verbringe ich im Außendienst. Ich teste zum Beispiel, wie lange ich in den verschiedenen Autohäusern in einem Neuwagen sitzen muss, bis mich ein Verkäufer anspricht. Einmal in Jeans und billigen Turnschuhen und einmal im Anzug. Den Negativrekord für Jeans und Turnschuhe hält noch immer das Kölner Autohaus Igel, wo ich vor einer Woche in einem Toyota Prius fast verdurstet bin. Nur der leistungsstarken Audioanlage (Sonderausstattung) und einer brasilianischen Putzfrau ist es zu verdanken, dass ich mein Experiment nach sieben Stunden und elf Minuten abbrechen konnte. Auf Platz zwei der »wir missachten schlecht angezogene Kunden«-Rangliste liegt BMW Hemmer, wo ich drei Stunden und 49 Minuten in einem X5 verbrachte. Der zwielichtige Verkäufer des Peugeot-Autohauses Nadel in Köln-Sülz ersparte mir hingegen unnötige Sitzerei und fing mich bereits wenige Schritte vor einem 307 Cabrio mit einem Prospekt ab: »Da steht alles drin ...«

Wie soll ich sagen: Die Autohaus-Tests waren den Aufwand wert. Schon mal wegen der dummen Gesichter, die die Verkäufer am nächsten Tag gemacht haben, als ich ihnen im Anzug verklickert habe, dass ihr Autohaus durchgefallen sei und ihnen das wütende Lenkrad verliehen werde. Es sind allerdings weniger die großen Aktionen wie die im Autohaus als eher viele Kleinigkeiten, mit denen ich die Welt jeden Tag ein kleines bisschen verbessere. Das können trödelnde Passanten sein oder ein schneckengleich arbeitender Pfandautomat, Plus-Supermärkte, in denen kein einziger kleiner Preis mehr wohnt, oder eine Diät-Salami mit abgelaufenem Mindesthaltbarkeitsdatum. Natürlich kommt es im Außendienst hin und wieder auch zu Streitereien, so wie gestern im Schlecker, als ich mich über den unverschämten Preis der *Ab durch die Hecke*-DVD beschwert habe und die Kassiererin mir riet, einfach ein Jahr lang zu warten, dann würde sie schon billiger. Ich hab ihr gesagt, das mit dem Warten wäre kein Problem, die Zeit hätte ich, und habe mich mit einem Sanddorn-Saft auf den Stuhl der Nachbarkasse gesetzt. Nach einem längeren Streit mit dem Marktleiter wurde ich dann doch nach draußen begleitet. Ohne DVD.

Heute Nachmittag habe ich den kürzlich eröffneten Bio-Supermarkt in der Nähe meiner Wohnung auf der Liste. Mit einem grünen Plastikeinkaufskorb als Kunde getarnt schlurfe ich hinein. Das Erste, was mir auffällt, ist, dass hier alles doppelt so viel kostet wie anderswo. Das Zweite: dass dies allen scheißegal ist. Beispiel. Hundert Gramm Schinken: € 4,99. Eine Kiwi, Bio nach EU-Verordnung: 89 Cent. Was zum Teufel ist eigentlich Bio nach EU-Verordnung? Ich nehme mein gelbes Buch aus der Tasche und notiere: *Was zum Teufel ist Bio nach EU-Verordnung?*

Neben der Käsetheke springt mir eine Pyramide aus Dinkel-Christstollen für € 7,99 ins Auge. Sieben Euro neunundneunzig? Für EINEN Christstollen? Das sind ja acht Flaschen Kölsch! Wie soll sich ein Selbstständiger so was leisten können?

Mal wieder wird mir klar, wie es aussieht im schönen Deutschland: Die Oberschicht leistet sich ungespritzte Biobananen von den französischen Antillen, während arme Socken wie ich an pestizidverseuchtem Discounter-Obst verrecken. Direkt neben der Stollenpyramide entdecke ich eine Servicetafel mit Zettelchen dran. Drauf stehen Kundenfragen. Neugierig nehme ich einen Zettel ab und beginne zu lesen.

*Ich würde mich wahnsinnig freuen, wenn Sie Dinkel-Rübli-Häschen
von Werz Naturkorn ins Sortiment nehmen würden.*

Soso. Über so was würde sich der Herr Wittig also »wahnsinnig
freuen«. Ich schaue kurz, ob ein Verkäufer in der Nähe ist und
schreibe im Namen von Alnatura meine Antwort mit Kugelschreiber darunter:

*Lieber Herr Wittig. Fragen Sie doch mal ein paar Leute auf der
Straße, über was sie sich im Leben »wahnsinnig freuen« würden.
Wenn irgendjemand »Dinkel-Rübli-Häschen von Werz Naturkorn«
sagt, kriegen sie 1000 Euro in bar direkt an unserer Kasse.*

Ich lese ein paar andere Zettel und wundere mich, dass derart dämliche Fragen von der Supermarktleitung auch noch höflich und
ernsthaft beantwortet werden. Gut, dass ich noch einige unbeantwortete Zettel abfangen kann:

*Warum bieten Sie nicht für sechs und mehr Flaschen Wein einen
Rabatt an, so wie das Wein-Depot?*

Kein Verkäufer weit und breit. Ich schreibe:

*Danke für den Hinweis. Wir haben das Wein-Depot gebeten, diese
unverschämte Form des Rabatts unverzüglich einzustellen.*

Hier! Noch eine schöne unkommentierte Anregung:

*Schade, dass Sie das Öko-Schaffell für Kinder nicht im Sortiment
haben.*

Ich überlege kurz. Dann schreibe ich:

Neue Schafe sind bereits bestellt und werden voraussichtlich morgen hingerichtet, damit Ihr verzogener Luxusbalg seine Biogase im Warmen in die Atmosphäre flatulieren kann.

Zufrieden hefte ich den Zettel zurück an die Tafel. Direkt daneben klebt ein weiterer mit rotem Gekrakel. Allein das Schriftbild und die Zeichensetzung würden zehn Sitzungen Psychotherapie rechtfertigen.

Bitte, Dinkelfruchtherzen wenn möglich, zartbitter ins Sortiment aufnehmen!!!

Wird weitergeleitet. Probieren Sie doch alternativ dazu mal einen Double-Whopper Cheese mit extra Bacon bei Burger King.
Ihr Alnatura-Team

Ich schaue die ganze Tafel durch, finde aber nur noch eine einzige unbeantwortete Kundenfrage. Schade.

An der scharfen Kante der Bäckereitheke habe ich mir das Knie sehr schmerzhaft verletzt. Der ganze Eingangsbereich ist zu eng!

Wie dämlich kann man sein?

Wir empfehlen die Verwendung der neu ins Sortiment aufgenommenen Dinkel-Rübli-Knieschoner, die eigens für unsere scharfe Bäckereithekenkante entwickelt wurden.

»Was machen Sie denn da mit den Zetteln?«
    Ein dürrer, kleiner Alnatura-Verkäufer mit lichten, roten Haaren und großer Nase tippt mich an. Er deutet auf meinen Kunden-Zettel, den ich schnell in meiner Jackentasche verschwinden lasse.

»Ich ... ich bin Kunde und wollte was fragen!«, stammle ich.

Der Verkäufer neigt misstrauisch seinen Kopf zur Seite.

»Fragen Sie!«

»Nein!!!«

»Warum nicht?«

»Die Frage ... sie ist noch unausgegoren, schlecht formuliert und ... unleserlich!«

Ich kenne den Typen von irgendwoher, und plötzlich weiß ich auch von wo.

»Sie haben mal bei Ikea gearbeitet, stimmt's?«

Der Bio-Zwerg stutzt.

»Ja! Und?«

»30 C, oder?«

»Wie bitte?«

»Der Sessel *Jennylund* stand bei 30 C im Mitnahmelager!«

»Also, das weiß ich jetzt beim besten Willen nicht mehr.«

»Aber ich! Weil Sie mir den verkauft haben, und verscheißert haben Sie mich, weil's nämlich ein Singlesessel war!«

Die Miene des Verkäufers hellt sich auf.

»Jetzt wo Sie's sagen ... stimmt, ich kenne Sie! Und, wie sieht's heute aus mit den Frauen? Endlich 'ne Freundin?«

Der Typ war vor zwei Jahren schon ein Idiot. Warum sollte sich das geändert haben?

»So. Genug gequatscht, war toll, Sie wiederzusehen, aber jetzt muss ich einkaufen, ich hab schließlich nicht alle Zeit der Welt.«

Entschlossen greife ich nach einem von freilaufenden Kindern handgetunkten Bio-Lebkuchen für achttausend Euro, werfe ihn in meinen Korb und lasse den verdutzten Ex-Ikea-Verkäufer vor seiner Kundentafel stehen. Würde mich ja mal interessieren, warum der jetzt hier arbeitet und nicht mehr bei den Möbelschweden. Vielleicht hat er ja Schrauben mitgehen lassen. Bei meinem letzten Regal-Set jedenfalls fehlte eine.

Ich entsorge den Luxus-Lebkuchen in der Tiefkühltruhe und klettere über sieben Kinderwagen neureicher Innenstadtmütter auf die Straße.

Vor meinem Einkauf bei Plus checke ich vorsichtshalber meine Barbestände. Sie gehen mal wieder gegen Null. Ganze € 4,57 bleiben fürs Abendessen. Von wegen »Prima Leben Und Sparen«. Noch am Eingang zettele ich eine Diskussion über kleine Preise an, dann kaufe ich eine Buchstabensuppe und eine Tiefkühl-Paella für € 2,49 mit jetzt angeblich noch mehr Garnelen. Natürlich erwähnen sie auf der Packung nirgendwo, wie viele Garnelen vorher drin waren. Was, wenn's nur eine war? Dann wären ja schon zwei Garnelen »noch mehr Garnelen«! Ich nehme die Tüte trotzdem mit und dazu noch eine große Packung Pringles in meiner Lieblingsgeschmacksrichtung. Ein bisschen Luxus muss auch mal sein. Nachdem ich ausgerechnet habe, dass alles zusammen € 4,69 kostet, aber ich ja nur € 4,57 habe, kippe ich den Inhalt einer vollen Flasche Gerolsteiner in eine Tonne Waschmittel und stelle die leere Flasche zu meinen Einkäufen mit aufs Band. Vielen Dank nochmal an Rot-Grün für den bekloppten Pfandwahnsinn. Ohne Jürgen Trittin hätte ich glatt ohne Essen ins Bett gehen müssen. Wie immer wünscht die Kassiererin den beiden Kunden vor mir einen schönen Abend, nur mir nicht. Das ist nicht nur im Plus so, das ist überall so. Ich hab keinen blassen Schimmer, was der Grund dafür ist, ich hab alles probiert: Ich hab gelächelt, ich hab gescherzt, ich habe sogar von mir aus einen schönen Tag gewünscht. Noch nie kam eine Antwort. Als wäre ich Luft.

Gespannt packe ich die Pringles in meine Jackentasche und beobachte mit großen Ohren, wie der nachfolgende Kunde sein Wechselgeld bekommt.

»Und 2,34 zurück. Schönen Abend noch.« Unfassbar. »Ihnen auch!«, rufe ich leicht verbissen zur Kasse und mache mich auf den Heimweg.

DER KLEINSTE PUB DER WELT

Was aus mir geworden ist, seit ich vor zwei Jahren aus dem T-Punkt geflogen bin? Nichts natürlich. Mein teures City-Apartment habe ich eingetauscht gegen eine balkonlose 49-qm-Wohnung in Köln-Sülz. Zweiter Stock in einem faden Mehrfamilienhaus mit weiß gekachelter Fassade. Das Treppenhaus riecht entweder nach deutschem Mittagessen oder Putzmittel, und die Flurbeleuchtung schaltet sich immer genau dann ab, wenn die Wahrscheinlichkeit am größten ist, dass ich mit zwei Einkaufstüten auf die Fresse fliege. Nur ein einziger Schraubendreh meines zwirbelbärtigen Vermieters wäre nötig, um den Lichttakt zu erhöhen, aber was juckt ihn das schon, der feine Herr lässt ja lieber das Dachgeschoss zu einer Luxuswohnung ausbauen. Monatelang wurde ich täglich um sieben Uhr von einer deutschen Hochleistungsflex geweckt, zu einer Uhrzeit also, von der ich bis vor kurzem nicht mal wusste, dass es sie gibt. Anfangs hab ich die Bauarbeiter noch nett gefragt, ob man die lauten Sachen nicht auch ein paar Stunden später machen könne. Das Ergebnis war stumpfes Gelächter – man baue schließlich nicht von leise nach laut, sondern von unten nach oben. Danach hab ich alles versucht: die Sicherungen rausgedreht und die Werkzeuge vertauscht gegen welche aus Schaumstoff, die ich im Karnevalsladen neben der Jägerklause gekauft habe. Hätte mich fast 'ne Strafanzeige gekostet. Die Hoffnung auf baldige Ruhe kam mit den Parkettverlegern. Am letzten Freitag war das, und es wurde auch echt Zeit. Noch ein einziges Hämmern von oben, ein winziges, noch so schüchternes Hüsteln eines tschechischen Trockenbauers und ich wäre als amoklaufender Ego-Shooter durchs *heute-journal* gerannt. Wenigstens hätte Claus Kleber dann nicht mit schiefem Kopf sagen können: »Er war ein ganz normaler Kerl«, sondern: »Seine Nachbarn, Freunde und auch die Handwerker haben es immer gewusst ...«

Ich schiebe mich und mein Einkäufchen die fünf handwerkerfreien Treppen hinauf bis zu meiner Wohnung, und – natürlich: In genau der Sekunde, in der ich den Schlüssel einstecken will, geht das Licht aus. Ich atme tief ein, drücke ein zweites Mal auf den Lichtschalter und öffne die Tür.

»Hallo Schatz!«, rufe ich in einem Anfall von Masochismus und trete ein. Ich knipse die flackernden Energiesparleuchten an, stelle die Chips in meine beige Billigküche und rümpfe die Nase. Irgendwie riecht es nach Müll. Nach kurzer Nachforschung weiß ich: Es ist der Müll. Läuft haushaltstechnisch halt nicht mehr alles sooo rund, seit meine kroatische Putzfrau Lala nur noch vierteljährlich für eine Stunde kommt. Ich sprühe ein wenig Geruchsvertilger auf meinen Mülleimer und lasse mich auf den einzigen Küchenstuhl fallen.

Feierabend!

Und jetzt?

Mein Blick schweift nach draußen. Der Baum vor meinem Fenster trägt nur noch ein paar armselige gelbe Blätter, die im Wind zittern. Vielleicht haben sie ja auch Angst vor dem ganzen Scheiß, der bald mal wieder ansteht: Den nebligen Nieselnovember kriegt man vielleicht noch rum, aber die Vorweihnachtszeit, die ist der pure Horror für einen selbstständigen Single. Wenn sich all die geleckten Designerpärchen wieder gegenseitig die Geschäfte leer kaufen, um dann vor den entsetzten Augen eines hilflosen Christkindes mit ihrer finanziellen Potenz zu prahlen:

Ein Haus in Südfrankreich und ein Mini-Cooper mit iPod-Adapter! Ach Schatz – wir haben doch gesagt, keine Geschenke. Wie stehe ich denn jetzt da mit meinem verlängerten Golf-Wochenende in Südafrika?

Weihnachten. Mal ehrlich: Wer würde das familiäre Verspeisen der Weihnachtsgans nicht eintauschen wollen gegen ein stinknormales Kreuzverhör auf Guantánamo? Schon mal deswegen, weil es auf Kuba garantiert keine Tchibo-Adventsdeko gibt. Für die meisten meiner Bekannten geht's nach der Gans und dem Silvester-Raclette in ein tolles neues Jahr voller Gehaltserhöhungen, exotischer Urlaube und aufregendem Sex. Dann schreiben alle »Jogging« oder »Personal Training« in die erste Januarwoche ihres Deutsche-Bank-Kalenders oder »Eurasische Tapas mit Markus und Joachim«. Ich hab schon ewig keinen Kalender mehr gekriegt von der Deutschen Bank, nicht mal einen Kugelschreiber. Egal, was sollte ich mit meinen monatlichen 345 Euro Arbeitslosengeld II schon für große Pläne reinschreiben?

2. Januar   Essen mit Freunden im »Le Moissonier« wegen Grippe
absagen
6. Januar   Evtl. Sugababes-Konzert in Düsseldorf (wenn Phil an
Freikarten rankommt)
11. Januar   Ausrede für Snowboarden in St. Anton?!

Ich merke, dass mein rechtes Auge wieder zu zucken beginnt, was laut Paula ein eindeutiges Zeichen dafür ist, dass ich mich zu sehr aufrege. Noch schlimmer sind eigentlich nur die Ohrgeräusche, die sich so anhören, als würde Wasser in einen Heizkörper fließen. Mit mir als Heizkörper. Ich bin bei Shahin natürlich sofort zum netdoktor.de gegangen, und da stand dann, dass das »nur« Tinnitus sei, man sich entspannen solle und die Geräusche einfach ignorieren. Ohhh!, hab ich mir gedacht, einfach ignorieren, die Geräusche. Dass ich da nicht selbst drauf gekommen bin! Diesen Online-Quacksalbern sollte man im Minutentakt Chinaböller vor ihre Billo-Tastaturen werfen und zeitgleich auf sie einschreien: »Ignorieren, die Geräusche, einfach ignorieren!« Egal, ich hab genau deswegen bald einen Termin bei einem richtigen Doktor. Ist ein Tipp von meiner Freundin Paula, alle würden da hingehen, hat sie gesagt, der wäre ein bisschen schräg, aber sonst echt gut.

Mit Bier und Pringles setze ich mich hinter den Tresen meines selbstgezimmerten Wohnzimmer-Pubs. Über dem Tresen hängt ein beiges Emaille-Schild mit dem Aufdruck: Gefördert von der Bundesagentur für Arbeit. Das stimmt tatsächlich, weil ich mir die irische Ecke von exakt dem Geld habe bauen lassen, was mir die BA nehmen wollte, weil ich für ALG II noch zu viel Vermögen hatte. Laut § 8.3. des SGB II ist meine irische Ecke nämlich kein Pub, sondern »angemessener Hausrat«, soll heißen: darf nicht zum Vermögen hinzugerechnet werden. Und wenn ich schon nicht mehr in den Pub komme, dann muss der Pub halt zu mir! Ich schalte den Fernseher ein und schaue *Die Simpsons* an, wie fast jeden Abend. Dann geht's meistens rüber zum *Perfekten Dinner,* oder ich bleib bei *Galileo,* aber nur wenn sie gute Themen haben.

Als meine Pringles leer sind, wähle ich die auf der Verpackung aufgedruckte Servicenummer. Nur für den Fall, dass sich schon mal jemand gefragt hat, wer solche Nummern eigentlich anruft: ich! Die Chips sind von Procter & Gamble, einem riesigen Konzern, der einfach alles herstellt: Pampers (Windeln), Duracell (Batterien), Head & Shoulders (Shampoo), Charmin (Klopapier), Bounty (Küchenrollen), blend-a-med (Zahncreme), Meister Proper (Küchenglanz für Skinheads) und eben auch Pringles (Chips). Sollte einen ja eigentlich schon mal skeptisch machen, wenn EINE Firma ALLES macht. Ich meine, was ist denn, wenn da mal was durcheinanderkommt in der Produktion und Batteriesäure ins Shampoo tropft oder Meister Proper in die Pringles?

Es tutet in der Leitung und ich muss die »1« drücken, weil ich keine Dosierhilfe haben will, sondern ein persönliches Gespräch. Eine Männerstimme erklärt mir, dass das Gespräch zu Trainingszwecken aufgezeichnet werde, ich dies aber ablehnen könne. Dann tutet es wieder und Sekunden später habe ich eine Verbraucherberaterin am Telefon.

»Procter & Gamble Verbraucherservice, mein Name ist Annabelle Kaspar, was kann ich für Sie tun?«, singt eine Beraterin ihren Standardtext ins Headset wie eine Stewardess die Sicherheitshinweise. Ich antworte mit meinem Standardtext:

»Hallo, ich möchte nicht aufgezeichnet werden zu Schulungszwecken und habe ein Problem mit einem Ihrer Produkte.«

Eine kurze Pause entsteht.

»Herr Peters?«

Mir fällt fast das Telefon auf den Boden. Haben jetzt sogar schon Spülmittelfirmen eine Spracherkennung?

»Ähhh ... richtig! Woher ... wissen Sie das?«

»Ganz einfach, Sie rufen ziemlich oft bei uns an.«

»Oh. Ist das so?«

»Warten Sie ...«

Die Spülmittel-Stewardess hackt irgendwas in ihre vermutlich mit Head & Shoulders gereinigte Tastatur.

»Das vierzehnte Mal, bisher. Davon vier Mal bei mir.«

»Ist nicht wahr ...«

»Was ist es denn dieses Mal, Herr Peters?«

Ich fühle mich ertappt. Und ich hasse es, wenn sie dauernd den Namen wiederholen, als wäre ich ein Idiot, der regelmäßig vergisst, wie er heißt.

»Die ... Pringles aus der kleinen Packung schmecken anders als die in der großen Packung. Die in der kleinen sind irgendwie weniger würzig!«

Wie zum Beweis klopfe ich an die leere Pringles-Rolle.

»Hören Sie? Das KLINGT ja schon weniger würzig!«

»Welche Sorte essen Sie denn?«

»Die Grünen. Sourcreme & Onion. Die esse ich sehr gerne, wissen Sie?«

»Ich werde das weiterleiten. Dürfen wir Ihnen eine Ersatzpackung schicken?«

Na also. Warum das ganze Gequatsche vorher. Immer rüber mit der Ware.

»Och … das wäre nett. Aber schicken Sie die kleinen Packungen. Bei den großen klemme ich mir immer die Hand ein, wenn ich an die letzten Chips will.«

»Sie klemmen sich die Hand ein?«

»Absolut. Einmal musste ich sogar ins Krankenhaus deswegen! Also fast …«

»Okay, Herr Peters …«

»Ich weiß, wie ich heiße!«

»Gut. Wir schicken Ihnen die kleinen Pringles zu. Auch wenn Sie eben gesagt haben, dass die Chips in den kleinen Packungen weniger würzig sind.«

»Egal! Jedenfalls danke, dass Sie welche schicken. Aber bitte keine fettarmen Chips, die brennen immer so an der Innenbacke. Und keine Testprodukte, die dann sowieso nie auf den Markt kommen, so wie diese asiatischen Krabbenchips. Ekelhaft waren die. Brauchen Sie meine Adresse?«

Offenbar nicht, denn am anderen Ende der Leitung vernehme ich ein Schweigen.

»Hallo, Frau… – Sind Sie noch dran?«

»Entschuldigen Sie, ich hab nur gerade was nachgeschaut. Geht das an die gleiche Adresse, an die wir die blend-a-med Whitestrips, die Tempo-Taschentücher und das Febreze geschickt haben?«

»Also …«

»Die Wick blau, die Pampers sensitive, den Swiffer Staubmagnet und das kalorienreduzierte Trockenfutter für bewegungsarme Katzen unter 12 Monaten?«

Mist. Ich hätte schwören können, zumindest der Swiffer wäre von der Unilever-Verbraucherberatung gewesen!

»Das geht an genau die Adresse. Sülzburgstraße 138.«

»Okay. Nette Straße übrigens, in der Ecke hab ich auch mal gewohnt.«

»Sie haben bei mir um die Ecke gewohnt?«

»Ja, ich hab studiert in Köln und in der Gustavstraße gewohnt, in einer WG. Vier Jahre lang.«

»Gibt's ja nicht! Da ruft man so einen Riesenkonzern an und gerät an eine ehemalige Nachbarin!«

»Wir schicken's Ihnen zu, Herr Peters«, lautet die freundlich-stewardessige Antwort meiner Verbraucherberaterin.

»Okay!«

»Danke für Ihren Anruf und einen schönen Abend noch!«

»Ihnen auch. Und … tschüss!«

Irritiert lege ich das Telefon auf meinen irischen Tresen. Die hat mich doch tatsächlich einfach so abgewürgt. Warum fängt die denn ein privates Gespräch an, auf das sie dann doch keinen Bock hat? Wenn ich bei 44 Grad in einem indischen Call-Center säße, dann würde ich mich doch freuen, wenn jemand aus der Heimat anruft. Hab sie ja schließlich nicht gefragt, ob sie ihr Schamhaar in Muffin-Form rasiert hat. Es ist halt immer das Gleiche: Wer in unserer globalisierten Welt ein bisschen Wärme sucht, der sollte besser die Heizung aufdrehen. Mit meiner kleinen Pringles-Dose ziele ich auf den Mülleimer, verfehle ihn lediglich um zwei Meter und wechsle vom kleinsten Pub der Welt in meine pinke Couch, die mir meine Ex-Chefin, die Eule, zum 31sten geschenkt hat. Zum 32sten bekam ich Gott sei Dank nur noch eine Karte aus Berlin. Ist ja jetzt 'ne ganz große Nummer in der Zentrale geworden. Dank der großartigen Kulturleistung des deutschen Privatfernsehens mutiere ich binnen Minuten von einem selbstbestimmten Menschen zum kritiklos grinsenden Schwamm, der jedes noch so dämliche Entertainment-Tröpfchen dankbar in sich hineinsaugt. Irgendwann ruft mein

Freund Flik an, ich hab aber keine Lust ranzugehen, weil ich ja morgen beim Steak-Essen ohnehin erfahren werde, was Schniff und Schnuff in den letzten Tagen so alles Tolles unternommen haben. Daniela und er nennen sich echt so. Das weiß ich, weil Flik sich einmal versimst hat und die grandiose SMS »Bin schon auf dem weg mein schniff. Kuss vom schnuff« an Simon gesendet hat statt an Schniff.

Wer seine Kosenamen geheim halten will, der sollte besser aufpassen beim Simsen.

Auch mein heutiger Fernsehabend besteht fast ausschließlich aus Dokus. Ich liebe Dokus und ich schaue sie alle, wobei es mir im Grunde genommen scheißegal ist, über was berichtet wird. Endlich kann man am Leben teilhaben, ohne mitzumachen! Egal ob ein Bäcker von Duisburg nach Andalusien auswandert oder das 23-qm-Studio einer Studentin vom *Duo für vier Wände* in ein Designobjekt verwandelt wird – ich schau's mir an. Heute zum Beispiel gibt's ein *Spiegel TV Spezial* über den Penny-Markt auf St. Pauli. Spannende Sache eigentlich. Doch auch Fremdleben kann anstrengend sein. Gegen Mitternacht schlafe ich bei der stern-tv-Reportage *Abgehängt – Leben in der Unterschicht* ein.

Gott sei Dank.

ST. BIMBAM

In den endlosen Tagen des Dachausbaus gab es natürlich auch Tage, an denen Flex und Steinschneider nicht zum Einsatz kamen. In solchen Momenten war und ist auf die benachbarte St. Bimbam Kirche Verlass, die pünktlich um 7 Uhr 57 mit hektischem Geläut rechtschaffene Atheisten aus ihren Albträumen gongt. Nein, es ist kein schönes Läuten und es hat auch nichts von »ländlichem Flair«, wie Pfarrer Jörg Westhoff mir in unzähligen Gesprächen weismachen wollte. Tatsache ist: Diese Kirchenglocken können gar nichts! Sie läuten nicht nur drei Minuten zu früh, was mich alleine schon wahnsinnig macht, sondern auch noch völlig asynchron. Nur Meister des positiven Denkens würden dieser epileptischen Klangentladung etwas Schönes abgewinnen können. Das Schlimmste aber ist: Immer wenn man denkt, dass dies der letzte Glockenschlag gewesen sein muss, kommt doch noch ein Gong um die Ecke. Irgendwer muss da mal ausgetüftelt haben, wie man seine Mitmenschen am effektivsten auf die Palme bringt. Und so vergehen jeden Morgen fast fünf Minuten, bis das sinnlose Getöse endgültig verstummt. Dieser Turm und sein elektronischer Glöckner leiden unter dem Tourette-Syndrom, da bin ich mir ganz sicher. Sie haben die Kontrolle verloren und bräuchten dringend Hilfe, Liebe, Zuwendung, irgendwas! Nein, ich kann nicht weghören, weil das Klangmonster knappe zwanzig Meter neben meinem Wohnzimmer steht. Ja, ich mache was dagegen. Jeden Morgen und heute auch! Noch im Halbschlaf taste ich nach meinem Telefon und wähle die 25 67 19. Es tutet nur dreimal.

»Westhoff?«

»Ihre Glocken nerven!«

»Herr Peters. Ich werde die Glocken auch dann nicht abschalten, wenn Sie noch ein Jahr lang anrufen.«

»Ich hab schon Tinnitus deswegen! Und Augenzucken! Sie machen sich strafbar! Das ist Körperverletzung!«

»Einen schönen Tag noch, Herr Peters. Möge der liebe Gott …«

»Jaja …«

Grummelnd schäle ich mich aus meinem Bett, stelle mich unter die Dusche und genieße den Duft meines Kindershampoos. So lecker riecht das nach Himbeere, dass ich manchmal am Abend nur deswegen nochmal dusche. Sicher ein fieser Trick der Industrie, damit die Kleinen sich überhaupt mal den Kindergarten-Asbest aus den Haaren spülen. Ich esse zwei Weizentoasties mit Butter und Himbeermarmelade. Dazu gibt es wie immer zwei Tassen Senseo aus einem einzigen Pad. Da schmeckt die zweite Tasse vielleicht nicht so lecker, aber man spart bares Geld und darf wenigstens ein bisschen am Siebträger-Zeitgeist teilhaben.

Auf dem Weg zur Bahn treffe ich auf meinen kölschen Vermieter, Herrn Wellberg, den wegen seines mehrfach gewundenen Bartes aber alle Zwirbeljupp nennen. Eigentlich wäre Wellberg ein ganz netter älterer Herr. Wäre, wenn er wenigstens mal einen einzigen hochdeutschen Satz rauskriegen würde. Ich laufe fast in ihn hinein, als er gerade mit einem kölschen Phrasen-Tsunami einen hilflosen Handwerker aus dem Haus spült. Mein kleiner Plan, mich mit einem verhuschten »Hallo« an den beiden vorbei zur Bahnhaltestelle zu schleichen, scheitert schon nach jämmerlichen drei Treppenstufen.

»Herr Peters, dot doch ens ene Augenbleck waade!«

Hä? Irgendwas mit Augenblick und warten. Warten? Einen Scheiß werde ich.

»Ich bin leider was knapp dran für die Bahn.«

»Es nor ganz koot, Herr Peters. Ich han nämlich god Nachrichte för Üch.«

Es hilft alles nichts. Ich bleibe stehen.

»Was für Nachrichten denn?«

»Die Wonnung üvver Üch es fäädig ...«

»Tut mir leid, Herr Wellberg, aber ich verstehe kein Wort! Nochmal auf Deutsch?«

»Also jut. Et wird jetz widder leiser für Sie! Dat war ja auch keine Zustand, ich hab et ja mitjekricht, dat Jehämmer un Jedöns, aber wat will ich machen, de Heinzelmänncher bauen mir dat nit ...«

Ich steige eine Stufe nach unten. Das sind nicht nur jute, das sind sensationell jute Nachrichten! Jeder Mann, der schon mal um kurz nach sieben Uhr von einer quietschenden Steinsäge aus einem feuchten Traum geholt wurde, wird wissen, wie ich fühle. Im Halbschlaf denkt man sich da noch, was quietscht die Angelina Jolie denn jetzt so beim Blasen, und keine 15 Sekunden später schreit man mit einer Morgenlatte einen rumänischen Handwerker an.

Fast väterlich legt Zwirbeljupp seine Hand auf meine Schulter. »Wollen Se die neu Wohnung emal sehen, Herr Peters?«

»Wie gesagt«, versuche ich noch die Besichtigung abzuwenden, »die Bahn ... Ich nehm ja immer die um 8 Uhr 46, damit ich um kurz vor neun im Büro bin!« Aber dann interessiert mich irgendwie doch, wie's so direkt über mir aussieht, und ich steige mit dem immer noch sehr kölsch quasselnden Wellberg nach oben.

»Sollt ja eijentlich schon vor drei Wochen fertich werden, aber Se wissen ja, wie dat is mit de Handwerker, da weiß der eine nit, wat der andere macht.«

Wir passieren meine Wohnung und treten schließlich 16 Stufen darüber auf das nagelneue Parkett eines Penthouses, wie ich es dort niemals erwartet hätte.

»Leck mich am Arsch, ist das der Hammer!«, entfährt es mir und mein Vermieter schmunzelt stolz. Direkt vor mir geben vier edle bodentiefe Holzfenster den Blick auf eine riesige Dachterrasse und das gesamte Viertel frei. Selbst an diesem trüben Herbstmorgen ist es glockenhell im Wohnzimmer. Stolz führt mich Herr Wellberg herum. »Hier hätte mer et Wohnzimmer mit versiejeltem Eicheparkett, Fußbodenheizung, is klar … offene Küche un direkte Zujang nach der Süd-Wess-Dachterrasse, wat meinen Se, wie jroß die is?«

»So zwanzig Quadratmeter?«

»Vierundreißich!«

Na vielen Dank auch. Da kann mein Fensterbrett mit dem vertrockneten Basilikum nicht gegen anstinken. Ich trete auf das frisch verlegte Bangkiraiholz und lasse meinen Blick über das Viertel schweifen.

»Da vorne ist ja ein Park!«, staune ich.

Wellberg schaut mich verwundert an.

»Ehr sid jeck! Seht Ehr dä nit vun unge?«

»WAS?«

»Sehen Se dä Park nit von unten?«

Ich schüttle mit dem Kopf.

»Tja, manchmal sin e paar Meter wichtich. Kommen Se, dat Schlafzimmer müssen Se ers emal sehen.«

Ich weiß nicht, ob ich das Schlafzimmer erst »emal« sehen muss. Weil ich nämlich wirklich ungern zu spät zur Arbeit komme. Eine Viertelstunde, die am Anfang fehlt, schleppt man den ganzen Tag mit. Wenn ich nur daran denke, was es bis zwölf alles zu tun gibt. Ich folge Herrn Wellberg ins Schlafzimmer und schaue keine fünf Schritte weiter durch zwei große Dachfenster direkt in den Himmel.

»Vom Bettchen aus de Sterncher gucken, dat is doch wat, ne, Herr Peters?«

»Ich weiß nicht«, wende ich ein, »was ist, wenn einem ein Habicht ins Auge kackt?«

»Dann machen Se et Fenster zu! Kommen Se, ich zeich Ihnen de Bäder.«

Hat er Bäder gesagt? Plural? Er hat. Ich besichtige die beiden hochwertig ausgestatteten Tageslichtbäder, eines davon mit Eckbadewanne, das Gäste- und das Arbeitszimmer sowie den Hauswirtschaftsraum. Irgendwann sind wir einmal rum und ich bringe Herrn Wellberg zum ersten Mal zum Lachen mit der Frage:

»Und … was kostet der Spaß?«

»Jo för Üch es dat nix.«

»WAS?«

»Für Sie is dat nix!«

Warum zeigt er mir die Wohnung dann? Um mich zu demütigen?

»Sagen Sie mir trotzdem, wie hoch die Miete ist?«

»2145 Euro. Kalt.«

Vor meinem inneren Auge krachen vier dicke neongrüne Zahlen aufs Echtholzparkett: die 2, die 1, die 4 und die 5. Eines ist klar: Die kleinen Preise sind das schon mal nicht.

2145 Euro. Kalt.

Natürlich verpasse ich meine Bahn und muss die um 8 Uhr 56 nehmen. Ich ergattere einen Platz neben einem Fleischberg, vermutlich weiblichen Geschlechts in Stretchhose.

2145 Euro. Kalt!

Die Wohnung könnte sich ja noch nicht mal mein Kumpel Phil leisten, und das heißt was, immerhin ist der Geschäftsführer. Ich bin nicht etwa neidisch oder so, ich könnte einfach nur kotzen vor Wut. Denn wenn ich neidisch wäre, dann würde ich schließlich selber viel Geld wollen, und das will ich schon mal deswegen nicht, weil reiche Leute auch nicht glücklicher sind als arme. Da muss man sich nur mal Dieter Bohlen angucken. Was hat der denn bitteschön von seiner ganzen Kohle? Kriegt andauernd Sachen ins Gesicht geschüttet von aufgeregten Kackstelzen, die nicht singen können, und wird in seinem eigenen Haus öfter überfallen als ein US-Konvoi im Irak.

»Sie schauen so wütend, ist alles okay mit Ihnen?«

Ich starre den Fleischberg rechts von mir an.

»Alles okay. Ich hatte nur kurz Angst, Sie würden mich zwischen Ihr Brot packen und aufessen.«

Ich steige aus und überquere die Zülpicher Straße Richtung WebWorld. Shahin ist fast durch mit seinem Vermessungsbuch und blubbert eine entspannte Apfel-Wasserpfeife, zumindest riecht es so.

»Tschuldigung, Shahin. Ich … bin 'n bisschen spät heute, kam was dazwischen!«

»Kein Thema, Simon. Du kommst, wann du willst. Sonst alles gut?«

»Ich hab gerade eine Wohnung gesehen für 2145 Euro Miete.«

»Und? Nimmste?«

Ich starre Shahin an.

»Weißte was, schalt mir einfach die Sieben frei.«

Nachdem ich mich bei spiegel.de vergewissert habe, dass nichts passiert ist, google ich die EU-Bionorm und erfahre, dass Produkte nach EU-Bio-Verordnung gar nicht mal sooo toll sind. Viel strenger von den Bioauflagen her ist zum Beispiel der demeter-Verband, da müssen die Biobauern ihre Felder mit dem Mist der eigenen Tiere düngen. Klasse. Nach der Logik kann man ja auch in seine Stammkneipe pissen und darf dann »Bio« übern Eingang schreiben.

Ich melde mich bei gmx an und checke meinen Posteingang. Sony Ericsson und die KVB bestätigen den Eingang meiner Mails, und Daniel, dieser Idiot, empfiehlt schon wieder eine gefälschte Uhr. Phil hat mir einen Link zu einer Zeitungsmeldung geschickt, wonach jemand vor Gericht eine Mietminderung von fünfzig Prozent durchgekriegt hat, weil Hartz-IV-Empfänger im Haus ein- und ausgehen und so den Wert des Objekts mindern. Sehr gefühlvoll, vielen Dank, Phil. Den Rest meines Arbeitsvormittages verbringe ich bei *nachtruhe.info* und im Forum von glockenlärm.de, wo ich neue Argumente gegen Pfarrer Westhoff sammle. Ein Glockenlärm-User meint, dass Glockenläuten gegen die Bibel verstoße, weil die ja sagt, dass man seinen Nächsten lieben soll. Wenn dieser Nächste aber sagt, dass er keine Glocken hören mag, und man sie trotzdem läutet …?! Interessant finde ich auch einen Beitrag darüber, wie ein türkischer Kulturverein in Berlin-Kreuzberg ein Minarett auf das Dach seines Versammlungslokals setzen wollte und einen Riesenstreit über Religionsfreiheit entfacht hat.

»Sag mal Shahin«, rufe ich, »du bist doch Moslem, oder?«

»Wieso?«

Ich erhebe mich vom Stuhl und gehe zum Tresen.

»Kannst du auch Arabisch?«

»Arabisch? Ich bin aus dem Iran. Wir sprechen Persisch da.«

Ups. Fettnäpfchen. »Das weiß ich natürlich. Deswegen frage ich ja, ob du Arabisch kannst!«

»Nicht sehr gut. Mein Deutsch ist besser.«

»Würdest du mir trotzdem was übersetzen mit deinem Arabisch?«

»Was denn?«

Eine halbe Stunde später verlasse ich noch immer lachend die Web-World. Auch Shahin hat noch Tränen in den Augen, als er mir durch die Scheibe vom Tresen winkt.

Leider hält diese Stimmung nicht wirklich lange an …

KALENDER BOY

Trauriger Höhepunkt meines eben noch so erfreulichen Dienstages ist der Besuch bei der Deutschen Bank, wo ich nur deswegen Kunde bin, weil mir die Bankmenschen zur Kommunion ein Sparbuch mit fünf Mark und eine Hörspielkassette von TKKG geschenkt haben. Hätte ich damals den perfiden Plan durchschaut, der hinter diesen Geschenken steckte, hätte ich die fünf Mark sofort für Eiskrem verballert und die Kassette verschenkt. Jetzt ist es zu spät. Zwei Jahrzehnte später haben sie mich. Fassungslos starre ich auf den Bildschirm des Geldautomaten.

Keine Auszahlung möglich. Bitte setzen Sie sich mit einem Berater in Verbindung.

Ich drücke die Taste »Abbruch« und raschle mit ein paar Kassenbons, damit die junge Frau mit den teuren Lederstiefeln hinter mir denkt, ich hätte meine Auszahlung erhalten. Mann! Ausgerechnet heute, wo ich meine Freunde treffe. Ich kann mir nicht schon wieder was leihen. Und absagen kann ich auch nicht mehr, seit das letzte Mal alle zu mir nach Hause gekommen sind und mir so viel Essen mitgebracht haben, dass ich mich fühlte, als wäre ich gerade aus mehrjähriger Geiselhaft entlassen worden. Peinlich war das.

»Kann ich Ihnen vielleicht irgendwie helfen? «

Ich drehe mich um und lächle.

»Danke. Sehr nett. Die Summe ist nur zu groß für eine Auszahlung am Automaten, ich muss an den Schalter.«

»Natürlich!«

Obwohl ich mir der Sinnlosigkeit meines Unterfangens bewusst bin, betrete ich den Schalterraum. Meine Schalterbeamtin, eine ältere Dame mit Lesebrille, ringt sich ein kurzes Lächeln ab. Ich versuche mich an einem kurzen Blickkontakt und nuschle schüchtern:

»Guten Tag. Ich bräuchte hundert Euro von meinem Girokonto.«

Ich reiche ihr meine Karte, die sie sogleich durch ein Lesegerät schiebt. Für einen Augenblick bleibt der Blick der Schaltertante auf ihrem Monitor kleben, als stünde dort die Nachricht *Atomkrieg ausgebrochen. Gehen Sie nach Hause und essen Sie Jodtabletten.* Dann fallen ihre Mundwinkel Richtung Tastatur und sie sagt: »Es ist leider keine Auszahlung möglich, Herr Peters.«

»Ich weiß, wie ich heiße. Und warum ist keine Auszahlung möglich?«

»Weil Sie bereits weit über Ihrem Dispo sind.«

»Nur fünfzig Euro brauche ich.«

Ich bekomme meine Karte zurück. Unzerschnitten, immerhin. Es macht mir jetzt noch größere Mühe zu lächeln.

»Zwanzig?«

Die Dame mit der Lesebrille setzt ihr bestes Ich-kann-leider-nichts-mehr-für-Sie-tun-Gesicht auf und bleibt stumm. Ich sollte einfach gehen. Jetzt. Bringt ja nichts. Stattdessen kämpfe ich Wurst um zwanzig Euro, als ginge es um mein Leben.

»Sie sehen doch hier auf Ihrem Bildschirm, dass ich am Monatsende wieder was reinkriege.«

»Ja, aber wenn es sich um den gleichen Betrag wie üblich handelt, kommen Sie damit nicht mal unter Ihren Dispositionskredit.«

»Kann ich mit dem Filialleiter sprechen?«

»Der Filialleiter ist leider bis Freitag auf einem Seminar.«

»Dann möchte ich mit dem stellvertretenden Filialleiter sprechen, bitte!«

»Das bin ich.«

»Okay. Dann schenken Sie mir wenigstens einen Deutsche-Bank-Kalender.«

»Sind uns leider ausgegangen.«

»Einen Kugelschreiber!«

»Kriegen wir morgen wieder rein.«

»Eine TKKG-Kassette?«

»Dafür sind Sie zu alt.«

Ich atme tief durch.

»Keks?«

»Nein!!!«

Stumm stecke ich meine Karte ein und schleiche aus der Bank. Auf der Post hole ich ein Paket ab, das mir die Logistik-Profis von Gottschalks Bruder nicht zugestellt haben, obwohl ich zu Hause war. Noch in der Postfiliale reiße ich es auf. Es sind die angekündigten Entschuldigungsprodukte von der Mecklenburger Fleisch-Stasi: Dauerwürste, Konserven, Sülze in Gläsern – alles, was sich ohne Kühlung hält, und natürlich noch ein Entschuldigungsbrief, den ich sofort wegwerfe. Ich bin drauf und dran, auch den Inhalt des Paketes zu entsorgen, als mir eine Idee kommt. Nach kurzer aber heftiger Diskussion mit dem Rewe-Marktleiter bekomme ich die Dauerwürste und die Schweinskopfsülze, den Bauchspeck und die Dosenwurst trotz »verlorenem« Kassenzettel umgetauscht. Ausnahmsweise. Mit € 11,78 mache ich mich auf den Heimweg. Bin mal gespannt, wie weit man mit dieser Summe im teuersten Steakhaus von ganz Köln kommt.

EL GAUCHO

Gute zehn Meter unter Kölns zweithässlichstem Platz liegt das beste Steakhaus der Stadt, das fensterlose »El Gaucho«. Geht man nach den unzähligen Star-Fotos an den Wänden, hat jeder Promi der Welt schon mindestens einmal hier gegessen. Ob's ihnen auch geschmeckt hat, steht natürlich nicht dabei. Ich sitze an einer massiven Holztheke und beobachte, wie der Obersteakmeister frische Kohle in seinen Riesengrill schüttet. Ich bin sauer, denn natürlich hat keiner meiner erfolgreichen Freunde einen Tisch reserviert. Phil dachte, dass Paula das macht, Flik dachte, Phil ruft an, und Paula dachte gar nichts. So weit die offizielle Version. Fakt ist, dass alle davon ausgegangen sind, dass ich den Tisch reserviere, wo ich doch so unfassbar viel Zeit habe. Ich schiebe gerade mein ausgefülltes Beschwerdeformular in den kleinen Glaskasten, da stapft mein dicker Freund Flik in einer überraschend modischen Winterjacke in den Gastraum. Nur weil er zufällig den T-Punkt leiten darf, glaubt er, er müsse sich rausputzen wie Ottfried Fischer vorm Fernsehpreis. Keine zwei Meter dahinter erscheint auch Fliks winzige Freundin Daniela, die er bei einem Spanischkurs kennengelernt hat. Muchas gracias und Themenwechsel, por favor.

Flik entdeckt mich und lächelt.

»Simon!«

»Schnuff!«

Fliks Freude verpufft augenblicklich. »Du hast versprochen, das nicht mehr zu sagen!«

»Ach Schnuff, sei nicht so streng mit mir.«

Wir umarmen uns und seltsamerweise komme ich zum ersten Mal mit meinen Händen um Flik herum. Abgenommen hat er auch noch! Das spricht man doch ab so was. Paula kommt mit Anhang und Umhang, einem lustigen rotbraunen Mantel mit riesigen Bommeln. Ihr Anhang ist weniger ansehnlich und lässt sich am besten als teuer gekleidete Poser-Schmierwurst mit nach hinten gekämmter Zuhälter-Gel-Frisur beschreiben. Ich ignoriere ihn und umarme Paula.

»Hi Paula! Lustigen Mantel haste an, steht dir gut!«

»Danke. Hat mich 'ne Stange gekostet, aber ich konnte einfach nicht nein sagen. Jakob kennst du schon, oder?«

»Ja, aber ich hab ihn irgendwie sofort wieder vergessen. Ich bin Simon, hallo.«

»Ja, hi!«

Mit einem unterkühlten Händeschüttler umschiffen wir nutzlose Begrüßungsfloskeln. Manche Männer können halt einfach nicht miteinander und Jakob ist so einer. Zu teuer sein Anzug, zu herablassend seine Art, zu großkotzig sein Gefasel. Dazu kommt noch, dass er ausnahmslos stinkende Nelkenzigaretten raucht und so jeden beliebigen Raum binnen Sekunden in einen thailändischen Puff verwandelt, was ihm als Egozentriker natürlich vierspurig am Arsch vorbeigeht. Das Schlimmste: Jakob ist Anwalt, und zwar einer, der gerne mal 16-jährige Schüler mit € 5000 abmahnt, weil sie bei eBay ein gebrauchtes Abercrombie-Shirt versteigern wollten, ohne vorher die Rechte am Firmenlogo zu klären.

Als Letzter trifft natürlich Mr. Ich-kann-alles Phil Konrad ein. Irritiert schaut er auf sein albernes Blackberry und steckt es dann weg. Ha! Zehn Meter unterm Barbarossaplatz hätte nicht mal Bill Gates ein Netz.

»Na? Haste noch 'n Tisch klargemacht?«, begrüßt mich Phil.

»Wie wär's mit ›Freut mich, dich zu sehen, Simon?‹«

»Okay … freut mich, dich zu sehen, Simon, und haste noch 'n Tisch klargemacht?«

»Wir müssen warten«, sage ich ruhig.

»Ach ...«

»Wie? Ach?«

»Was wollt ihr hören? Mr. Kriegt-seinen-faulen-Arbeitslosen-arsch-nicht-von-der-Couch war zu dämlich, einen Tisch zu bestellen für die hungrigen Vollbeschäftigten?«

Fünf entsetzte Augenpaare starren mich an, und ich ergänze:

»Ich habe auch zu tun!«

Flik ist der Einzige, der nickt.

Ein argentinischer Kellner in dunkler Gaucho-Tracht reicht uns fünf Warte-Kölsch, Paula nimmt ihren Mantel ab und wir prosten uns zu. Die winzige Schniff zwinkert mir freundschaftlich zu, und auch Schnuff hat offensichtlich beschlossen, meinen kleinen Gefühlsausbruch zu ignorieren. Freundschaftlich klopft er mir auf die Schulter.

»Was macht die Liebe, Simon?«

»Was macht dein Nagelpilz?«

Schweigen.

Ich hab insgesamt zehn mehr oder weniger witzige Antworten auf diese Frage. Weil Frauen in meinem Leben keine Rolle mehr spielen. Flik antwortet mir trotzdem.

»Musste Tabletten nehmen dagegen. Ist jetzt fast weg!«

»Super.«

„War die falsche Frage eben, oder?«

»Ach was, Schnuff. Ich kann so was ab. Schwamm drüber!«

Irgendwie ist es anders geworden mit Frauen und Freunden, seit ich nicht mehr regelmäßig im T-Punkt stehe. An Frauen traue ich mich nicht mehr ran, weil sowieso wieder alles schiefgeht. Once bitten twice shy, sagt der Angelsachse. Ich sage: Wer fünf Mal mit seinem Auto gegen die Mauer fährt, der nimmt das sechste Mal eben die

Bahn. Und selbst wenn es mal klappen würde mit 'ner Frau – was hätte ich ihr schon zu bieten? Mit meinen Freunden ist es ähnlich: Ich glaub nicht, dass sie jetzt auf mich herabschauen oder so, im Gegenteil. Sie scheinen nur nicht mehr so recht zu wissen, wie sie mit mir umgehen sollen. Vor zwei Jahren, da war ich halt noch T-Punkt-Verkäufer UND Simon Peters. Jetzt bin ich nur noch Simon Peters, und das scheint alle zu irritieren. Who the fuck is Simon Peters? Warum wirft er nicht mehr mit Geld um sich? Und so empfindlich isser geworden, seit er keinen Job mehr hat! Was Freundschaft mit Geld zu tun hat? Eine ganze Menge, leider: Restaurantbesuche, Urlaube, Wohnen ... am Ende des Tages dreht sich alles immer ums Geld. Als ich noch Kohle hatte – na ja, sagen wir ... als ich noch einen höheren Dispo hatte, da war alles viel einfacher, für mich und für meine Freunde: hier 'ne Runde ausgegeben, dort in den Urlaub fahren und alle zwölf Monate das neueste Handy, DAS war der Simon Peters, den man greifen konnte, dem man auch mal einen Spruch stecken konnte, da wusste man, woran man war. Aber jetzt? Unsicherheit, Mitleid, unangebrachte Hilfe! Manchmal komme ich mir vor wie im Rollstuhl: Sozialfall Simon Peters, durch einen tragischen Unfall von der Geldbörse an gelähmt. Schlimmer noch als die schlichtweg nicht vorhandene Kohle ist die ganze Statuskiste, was mir schlagartig klar wird, als mich die sicher mehrere tausend Euro teure Glitzer-Breitling von Nelkenjakobs Handgelenk anfunkelt. »Sorry nochmal wegen dem Tisch«, entschuldige ich mich bei ihm, als sei ich wegen der hochwertigen Uhr in irgendeiner Form niedriger gestellt, »aber wir kriegen bestimmt einen Platz, wenn Leute gehen. Ich frag nochmal ...«

»Ich regel das mal«, bremst Nelkenjakob mich aus und winkt in seinem Hugo-Anzug selbstbewusst einem der Gaucho-Kellner.

Eine Minute später werden wir zu einem schönen Ecktisch gebracht und bekommen die Speisekarten gereicht. Ein schöner Ecktisch dank teurem Anzug. Das Autohaus-Prinzip. Ich hätte es wissen müssen. Aber soll ich deswegen vier Wochen lang in meinem letzten passenden Anzug rumlaufen? Ich kann mich kaum auf meine Speisekarte konzentrieren, weil am Nebentisch eine Gruppe überstylter Business-Elsen schnattert. Man kann gar nicht anders, als hinhören.

»Billig-Touristen sollte man erst gar nicht mehr nach Soho lassen«, empört sich eine laute und überschminkte Blondine im blauen Pullover. Die anderen Geschäftshühner stimmen ihr zu, am besten sei doch, man sperre gleich ganz Manhattan. Eine Trulla mit rötlicher Helmfrisur und breitem Mund hat ein Salatblatt aufgepickt, macht aber keine Anstalten, es zu essen, sondern schnattert einfach weiter. Wenn die noch eine Fliegerbrille aufhätte, würde sie glatt als der verrückte Jambafrosch durchgehen. Überhaupt – wenn man genau hinschaut, sieht der ganze Tisch aus wie der wöchentliche Treff shoppingsüchtiger Botox-Opfer. Besonders das Gesicht einer kichernden Riesenblondine erinnert mich an eine auf Mach 2 beschleunigte Schildkröte in 'ner NASA-Zentrifuge.

»Alles gut, Simon?«, fragt mich Paula.

»Alles wunderbar!«, lüge ich und schaue wieder in meine Karte.

Als ich die Preise der Hauptgerichte auf meiner Speisekarte sehe, halte ich die Luft an. Das billigste Steak kostet 13 Euro 50! Ohne Beilagen und ohne Getränke. Panisch wandern meine Augen über die argentinischen Spezialitäten. Wohin ich auch blättere, es ist kaum ein einstelliges Gericht dabei. Nach dreimaliger Durchsicht der Karte ist sicher: Meine Kohle reicht gerade mal für die pikanten Champignons in Knoblauchsauce und das kleine Kölsch, das ich schon fast ausgetrunken habe. Ich hebe den Blick und sehe, dass Phil als Einziger nicht in der Karte blättert, sondern sich stattdessen einen von Nelkenjakob gesponserten Zigarillo mit einem Gold-Zippo anzünden lässt. Die Dinger mögen ekelhaft sein, aber warum hat er mir keinen angeboten? Weil ich eine drei Jahre alte Jeansjacke von H&M trage? Irgendwie könnte ich gerade aufstehen und nach Hause gehen.

»Weißt du schon, was du nimmst?«, frage ich Phil stattdessen.

»Was?«

Offenbar hat sich die Lautstärke meiner Stimme meinem Selbstbewusstsein angepasst.

»Weißt du, was du nimmst?«, wiederhole ich lauter.

»Klar«, lacht er, »Filetsteak Buenos Aires mit Salat Copacabana.«

»Copacabana? Ist das nicht ein Strand in Brasilien?«

»Is doch egal, Hauptsache lecker!«

Ich blättere in der Karte und finde Phils Steak: Gran Bife de Lomo »Buenos Aires« – 29 Euro – ohne Beilagen. Macht 39 mit seinem Ipanema-Grünzeug. Typisch Phil. Immer schön durch die Gegend prassen. Einziger Trost: Er hat auch keine Freundin.

»Und was isst du, Simon?«

»Weiß noch nicht, ehrlich gesagt.«

»Aber ich!«

Phil nimmt mir die Speisekarte ab und legt sie auf die Bank neben sich.

»Du isst genau das Gleiche wie ich, Simon. Ich lad dich nämlich ein. Was meinste?«

Erfolglos versuche ich wieder an meine Speisekarte zu kommen.

»Sehr nett, aber es würde mir besser schmecken, wenn mich jemand anders einlädt.«

Phil lacht und wuschelt mir durchs Haar.

»Na also, da isser ja wieder, mein alter Simon!«

Dann zieht er einen Packen Geldscheine aus der Hose und reicht dem verdutzten Flik einen Fünfziger.

»Flik? Lad doch mal den Simon ein!«

Flik schaut kurz ein wenig verdutzt, dann nickt er, lächelt mich kurz an und steckt den Schein ein.

»Danke«, sage ich, »is nett von dir.«

»Hihihihihihihi!«, quietscht es schrill vom Nachbartisch. Es ist die blonde Große Else, die sich gerade einem affektierten Lachanfall hingibt, den sie mit lautem Tischtrommeln unterstützt. Was für eine unfassbare Nervensäge!

»Was is?«, fragt mich Phil amüsiert.

»Das blonde Monster da nervt!«

»Welches?«

»Das Riesenhuhn mit dem überschminkten Mund direkt neben dem Jamba-Frosch.«

»Woher dieser Hass, Simon?«

»Schau einfach mal rüber!«

Phil schielt zum Nachbartisch und muss sofort schmunzeln.

»Okay. Verstehe!«

Unser Kellner kommt, wir bestellen und dann kommt das Gespräch auf den unvermeidlichen Snowboard-Urlaub in St. Anton. Snowboarden. Wenn ich dieses grausame Angeber-Wort schon höre. Fährt denn gar keiner mehr Ski oder wenigstens Holzschlitten? Ich war seit neun Jahren nicht mehr im Winterurlaub. Winter, das ist für mich der eine Tag, an dem in Köln der Verkehr zusammenbricht, weil eine halbe Schneeflocke auf die Domplatte gefallen ist. Mehr nicht.

»Ja, Simon, das ist schon teuer, auch mit dem Wellness-Hotel und dem Skipass, aber is ja nur einmal im Jahr. Fahr doch mit, Simon, bei Tchibo gibt's vor Weihnachten immer superbillige Skisachen.«

»Und die restlichen 1490 Euro überweist mir das Job-Center, weil ich mich am Ösi-Schlepplift auf Snowboardbügel umschulen lasse oder was?«

Und wieder schweigt unser Tisch. Warum kriegt es Phil auch einfach nicht in seine versoffene Medienbirne, dass ich augenblicklich keine Kohle habe?

»Heißt das, du fährst nicht mit?«, fragt mich Daniela mit leiser Stimme.

»Exakt. Ich bleibe hier. Weil ich's mir nicht leisten kann. So.«

Paula schaut kurz in die Runde und dann zu mir.

»Also, … wir haben eben schon mal gesprochen, Simon, und … na ja, wir könnten dir was zuschießen. Wäre einfach schön, wenn du mitkommst.«

»Sehr lieb, aber danke. Fahrt ihr mal Champagner nippen in St. Snob, ich schau inzwischen, dass ich hier wieder auf die Beine komme.«

Ich bin sehr froh, als einer der volkstümlichen Pampa-Kellner unsere Steaks bringt. Doch der nächste Themenwechsel ist nicht viel besser. Phil schubst mich an, als ich gerade den ersten Bissen Fleisch zu mir nehmen will.

»Haste dich mal bei meinem Kumpel Guido gemeldet wegen des Praktikums?«

»Sei mir nicht böse, Phil, aber ich mach kein Praktikum bei *Löwenzahn*!« Wie aus Protest schneide ich mir gleich ein riesiges Stück Steak ab, vielleicht muss ich dann ja eine Weile nichts sagen.

»Aber warum denn nicht?«, fragt Paula, »du wolltest doch immer was Kreatives machen!«

»Ja«, entgegne ich, »aber nicht als Kopier-Clown für 'ne bekloppte Kindersendung!«

»Hiiiiiiihihihihihihihiiii!«, tönt es schrill vom Nebentisch, begleitet von hektischem Tischtrommeln, und ich rolle genervt mit den Augen.

»Maaaaaaannnnnnn!!!«

Behutsam legt Phil seine Hand auf meine Schulter.

»Ruuuuhig, Simon. Tief durchatmen und an was Schönes denken.«

»Ich kenne nichts Schönes.«

Schweigen.

»Also, das ist echt nett, Phil, aber ich brauch einen Job und kein Praktikum. Ich bin zweiunddreißig!«

»Ist doch egal, Hauptsache, du bist von der Straße weg«, lautet der dämliche erste Gesprächsbeitrag von Nelkenjakob. Wenigstens merkt er in derselben Sekunde, dass er das besser nicht gesagt hätte.

»Ich bin weder obdachlos noch arbeitslos, okay?«, gifte ich zurück.

Prophylaktisch legt Phil wieder seine Hand auf meine Schulter. Noch ein einziger Spruch in diese Richtung und ich zieh Paulas Junganwalt seine Glitzer-Breitling so stramm über den frischrasierten Nelkenhals, dass er nicht mehr weiß, ob sein After Shave von Clinique oder Aldi ist.

»Wieso? Was machst du denn?«, fragt Nelkenjakob vorsichtig nach.

»Er schreibt Beschwerdemails!«, antwortet Phil für mich.

»Können wir über was anderes reden?«, zische ich und stürze Fliks Kölsch herunter. Ich bin ihm sehr dankbar, dass er nichts sagt.

»Gerne«, Phil nickt, »reden wir über einen richtigen Job für dich!«

»Kann er nicht in deiner Produktionsfirma arbeiten, Phil?«, schlägt Paula vor, woraufhin Phil sofort den Kopf schüttelt: »Ich glaub nicht, dass Simon sich von mir was sagen lässt, außerdem haben wir ja gerade mal ein einziges Format verkauft.«

Nun legt sogar die winzige Daniela ihre Gabel zur Seite.

»Was ist denn mit diesen Umschulungen? Der Simon ist doch noch jung, der kann doch noch was anderes lernen, jetzt ... Bäcker zum Beispiel oder ... Gärtner?«

Fassungslos starre ich Daniela an. »Gärtner?«

»Hiiiiiiiihihihihihihihihihihiiiiiii!«, quietscht das blonde Monster vom Nachbartisch. Ich stehe auf, knalle meine Serviette neben meinen Teller und flüchte auf die Straße. Nach einer Weile kommt Paula mir hinterher und umarmt mich.

»Wird schon alles wieder«, tröstet sie mich. »Die anderen ... – sie meinen's nicht so.«

Ich nicke stumm und drücke sie fest an mich. Die Umarmung tut gut, und für eine Sekunde stelle ich mir vor, wie es wäre, MEINE Freundin so zu umarmen und nicht EINE Freundin. Wie ein Liebespaar stehen wir zwischen der Eingangstür des El Gaucho und den flirrenden Lichtern des Feierabendverkehrs. Irgendwann lässt Paula mich los.

»Kommst du wieder mit runter?«

Ich schüttle stumm mit dem Kopf.

»Sei mir nicht böse, aber ich kann nicht mehr.«

»Okay.«

»Denkst du dir was aus für die anderen?«

»Mach ich. Und ...«

»Ja?«

»Lass uns mal alleine treffen. Ich versteh dich, Simon.«

»Danke!«

Ich bekomme noch zwei Bussis, dann winkt Paula mir ein Taxi. Ich steige ein und als Paula außer Sichtweite ist, wieder aus. Ich zahle € 4,20 und mache mich zu Fuß auf den Heimweg. Wie schön, wenn einen wenigstens die beste Freundin noch versteht.

Rohban Westhoff sochlook!

Eine Welle feuchtkalter Morgenluft überschwemmt meine Küche. Ich habe mir meinen Karnevalsvollbart angeklebt, das Fenster zur Straße geöffnet und schaue auf die Turmuhr der Tourette-Kirche. Ich bin früher aufgestanden als sonst, fünf Minuten sind es noch bis zum akustischen Bombenteppich von Westhoffs St. Bimbam. Unten auf der Straße hetzen in Plastikjacken verpackte Pendler in Richtung Bahn, eine blasse Mutter schiebt einen Kinderwagen über die Fußgängerampel, zwei ausländische Jugendliche kommen feixend aus der Bäckerei. Ein ganz normaler Morgen eben. Aber nicht mehr lange. Ich nehme den Zettel mit Shahins Übersetzung und schalte mein Megaphon ein.

»Al-kullu jahlam annahu lajugdu sochlukun akbaramin WEST-HOFF lianna ighaasa garasihi DING DONG jakthi biahsabinaaa!«, krächze ich im Tonfall eines Muezzins durch mein Megaphon hinunter auf die Straße. Das ist Arabisch und heißt so viel wie: »Jeder weiß, dass es keine größere Null gibt als Pfarrer Westhoff, denn sein scheiß Ding Dong raubt uns den letzten Nerv!« Eine junge Frau auf einem Fahrrad bremst und schaut hoch zu mir ans Fenster. Ich richte mein Megaphon direkt auf sie.

»Rohban WESTHOFF sochlook!«, (Westhoff ist eine Null) trompete ich, gefolgt von einem enthusiastischen »Kauim SÜLZ kauim!« (Kämpfe, Sülz, kämpfe)

Inzwischen haben sich einige Passanten unter meinem Fenster versammelt. Ein älterer Herr im Mantel zeigt mir den Vogel und ruft zu mir hoch:

»Wir sind doch nicht in Mekka!«

Ich richte das Megaphon auf ihn, stelle es noch ein wenig lauter und krächze zurück: »Artikel 4 Grundgesetz, Absatz 2: Die ungestörte Religionsausübung wird gewährleistet! Haben das alle verstanden? UN-GE-STÖRT! Bimmelt der Christ, dann plärrt der Muslim!«

Teile der Passantengruppe wenden ihren Blick von meinem Fenster ab, offenbar diskutieren sie schon über unser Grundgesetz. »Rohban WESTHOFF sochlook!«, plärre ich wieder durch mein Megaphon und endlich kommt auch Pfarrer Westhoff dazu. Der ausländische Jugendliche bepisst sich vor Lachen und knipst ein Foto mit seinem Handy. Westhoff hingegen zeigt mir den Vogel, wahrscheinlich ist er kein Moslem. Ich nutze die Gunst der Minute und rufe gemäß der Übersetzung des großen Shahin, dass Westhoff seine Scheiß-Glocken einschmelzen soll, weil wir ihn sonst einschmelzen: »Lihatha akulu lahu thauib agrasaka kabla an uthauibaka mahahum!« Gut und gerne zwanzig Passanten starren inzwischen zu mir hoch, da kann und will ich mich nicht in Diskussionen verstricken, sondern muss was bieten und meinem Bürgerprotest an der Tourette-Kirche freien Lauf lassen.

Und noch während ich eine sechzehnjährige Göre mit iPod-Kopfhörern auf arabisch darüber aufkläre, dass Nächstenliebe nichts mit Lärm zu tun hat und Westhoff Müll redet auf seiner Kanzel (min ahlaa kaniisatihi junadii al-ahmiku ahib gairaka ma hatha min hubbin allathi jasruhu bisutin halalin wa jughisunaa fi naumina), klingelt es an meiner Tür und ich muss meinen Protest abbrechen. Es ist Zwirbeljupp, mein Vermieter. Auf seinen 70er-Jahre-Wollpullunder hat er sich heute einen hochroten Kopf gesteckt, seine gedrehten Bartspitzen zittern vor Wut.

»Saht ens, hat Ehr et Schoss erus?«

»Was hab ich raus?«

Ich nehme mein Megaphon nach unten.

»Et Schublädche! Ich hab hier jleich ein Wohnungsbesichtijung nach der ander un Sie machen eine auf Jebetsscheich, dat jib et doch nit!«

Klar, Zwirbeljupp kann es kaum erwarten, mir einen dickbäuchigen Geschäftsmann über mein Wohnzimmer zu setzen, um mich endgültig aus meiner Wohnung und in den Wahnsinn zu treiben.

»Man wird doch mal einen Pfarrer beleidigen dürfen!«, verteidige ich mich.

»Suchen Se sich lieber mal en Arbeit!«, poltert Zwirbeljupp.

»Das IST Arbeit!«, protestiere ich, »bürgerliches Engagement! Und wenn Sie mal um eine Ecke denken würden: Ohne diesen Scheiß-Glockenturm könnten Sie hier glatt noch mehr Miete verlangen. Der mindert nämlich die Wohnqualität. Oder haben Sie allen Ernstes geglaubt, die Steffens nebenan ziehen wegen dem Baby aus?«

Offenbar knickt und knackt es kurz im Vermieterhirn, aber wohl nicht laut genug, sonst würde er mir eine Belohnung für den Hinweis zahlen, statt kopfschüttelnd die Stufen zur Eingangstür hinunterzustapfen, wo er dann dem ersten arschgesichtigen SLK-Bonzen ein Hochglanzexposé der Wohnung zeigen wird, nur dass der mir dann eine Woche später auf der Nase herumstapft.

»Wer zieht denn da ein?«, schnarre ich meinem Vermieter über Megaphon hinterher.

Keine Antwort.

Ich gehe zurück in die Wohnung, um mich telefonisch bei Shahin zu entschuldigen. Irgendwie habe ich das Gefühl, dass es besser wäre, in der Nähe meiner Wohnung zu bleiben.

»Shahin, sorry, ich kann nicht kommen heute, hier brennt die Hütte. Stell dir vor, mein Vermieter will mir irgendeine Flachpfeife aufs Dach setzen. Ich kann jetzt unmöglich hier weg, verstehste?«

»Du bist Kunde, Simon, du musst dich nicht krankmelden!«

»Danke. Kannst den Siebener also gerne für heute an jemand

anderen vermieten. Wichtig wär mir nur, dass morgen alles wieder an seinem Platz ist.«

»Ich lese jetzt weiter, Bichareh.«

»Du sagst mir morgen, was das heißt, dieses Bitschareh!«

»Okay. Tschüss!«

Gut. Sehr gut sogar, denn jetzt hab ich Zeit zu verhindern, dass mir Zwirbeljupp irgendeinen Nelkenjakob ins Penthouse setzt. Ich gehe ins Wohnzimmer, lege eine Speed Metal CD in meine Anlage und drehe sie bis zum Anschlag auf. Dann krame ich ein paar alte Einwegspritzen aus einer Schublade, mit denen ich Druckerpatronen nachgefüllt habe, damals, als ich noch einen Drucker hatte. Ich ziehe ein wenig rote Tinte rein und verteile sie im Treppenhaus. Als Zwirbeljupp mit seinem Interessenten aus dem Penthouse kommt, liege ich bereits mit abgebundenem Oberarm und glasigem Blick im Flur. Ein sensationeller Erfolg, denn der Mann verlässt das Objekt eiligen Schrittes. Den zweiten Interessenten vergraule ich, indem ich meine beeindruckende Leergutsammlung in den Hausflur stelle. Dem dritten erzähle ich noch im Hausflur, wie verdammt hellhörig hier alles ist, dass man schneller im Lotto gewinnt als einen Parkplatz vor dem Haus kriegt und dass das Penthouse ja schon geil wäre, wenn man das mit der Feuchtigkeit endlich in den Griff bekäme. Gute zehn Minuten später klingeln zeitgleich Handy und Türglocke. Für den Hauch einer Sekunde überfordert, entscheide ich mich dafür, zunächst die Wohnungstür zu öffnen und danach ans Handy zu gehen. Es ist Herr Wellberg. Ich bitte ihn rein und drücke auf die grüne Sprechtaste meines Handys.

»Ja?«

»Herr Peters?«, säuselt eine Damenstimme.

»Ja?!«

»Agentur Cayenne, Düsseldorf. Sie hatten eine Mail an unseren Kunden Rocher geschickt und sich über unseren ›Time for Gold‹-Spot beschwert?«

»Das … ist – äh … richtig!«

Ich bitte Herrn Wellberg Platz zu nehmen. »Was genau hat Ihnen denn an diesem Spot nicht gefallen?«, flötet es aus meinem Handy. Ich schlucke und hab nicht die geringste Ahnung, was ich sagen soll. Eine Frechheit ist das, einfache Bürger am frühen Vormittag mit Marktforschung zu belästigen. Ich sage »Howard!« und drücke das Gespräch weg. Dann setze ich mich zu Wellberg an den Küchentisch und ein übertriebenes Lächeln auf. Herr Wellberg räuspert sich. »Hören Se, Herr Peters, Se kennen mein Sitewazion nit, aber ich sach emal so viel: Dä janze Dress mit dem Haus hier wächs mer sowieso langsam übber der Kopp. Un Sie helfen mer da nit jrad bei, warum, weiß ich nit. Ich mach Ihnen trotzdem en Anjebot.«

Ein Angebot? Womöglich eines, das ich nicht ablehnen kann? Ich bin gespannt.

»Gerne. Schießen Sie los! Was wollen Sie für mich tun?«

»Janz einfach: Jehen Se in et Kinema oder wat essen …«

»Ich soll wohin?«

»In et Kinema … en et Kino!«

»Verstehe.«

»Mir es et dressegal! Jehen Se, wohin Se wollen, abber jehen Se! Ich muss dat Penthaus no emal vermieten, also jewöhnen Se sich einfach an dä Jedanke, dat bald einer übber Ihnen wohnt!«

Spricht's und schiebt einen 50-Euro-Schein über meinen Tisch.

»Das … is nett. Aber – wenn ich ins Kino gehe und was esse mit dem Geld … – ich wäre ja in knapp drei Stunden wieder da, und vielleicht haben Sie dann ja noch eine Besichtigung, bei der ich stören würde, also wenn Sie verstehen, was ich meine …«

»Hier!« Begleitet von einem Wellberg'schen Stöhnen wandert ein weiterer 50er über den Tisch. »Für der Zoo, et Schokomuseum un e lecker Esse. «

»Wunderbar. Ich liebe den Zoo. Mit seinen ganzen Tieren, groß und klein!«

»Heiß dat, Se jehen?«

Ich nicke und Wellberg steht auf.

»Absolut. Sie kriegen mich heute nicht mehr zu Gesicht!«

Es ist das erste Mal, dass mein Vermieter mich umarmt.

»Herr Peters, dat is et Schönste, wat Se mer jemals jesacht haben!«

Königin der Unterschicht

Von meinem Fensterplatz in der gemütlich-kitschigen Ha-Long-Bucht aus hab ich meinen Hauseingang ziemlich gut im Blick. Da es immer noch recht früh ist, bin ich alleine, lediglich einige bunte Tropenfische leisten mir in ihrem milchigen Aquarium Gesellschaft. Eine gute Adresse ist das, die Ha-Long-Bucht, und ich freue mich, mir dank des Bestechungsgeldes endlich mal wieder ein richtiges Restaurant leisten zu können. Einziger Wermutstropfen meiner kulinarischen Auszeit ist der nervige Chef des Ladens, ein junger Vietnamese mit kurzen schwarzen Haaren, der einen bei jedem Besuch erneut fragt, ob man schon »gerollt« habe, soll heißen eines der traditionellen Gerichte bestellt hat, welche man mit irgendwelchen Kräutern zusammen in Reispapier einrollt. Er jedenfalls hat noch nie gerollt, zumindest kein »R«, und deswegen sagt er auch »gehollt« statt »gerollt«. Den Asiaten fehlt da bekanntlich ein Enzym für das Buchstabenrollen. Reispapier rollen: ja; Buchstaben rollen: nein. Und das Enzym, mit dem man westliche Gesichter auseinanderhält, fehlt offenbar auch, sonst wüsste Mr. Long, dass ich schon zweimal hier gegessen habe: 2003 und 2005.

»Habesieschongehoollt?«
 »Natürlich hab ich schon gerollt.«
 »AhhhWunderbah.«
 »Und ich nehm 'ne Cola und die Siebenundsechzig!«
 »Siebundsechzig? Daaasdebeste!«

Egal, was man bestellt, macht oder sagt – für Mr. Long ist es immer »debeste!« Da ist der Vietnamese ein leuchtendes Beispiel positiven Denkens. Das Essen kommt fix, und ich rolle gerade den ersten von Zwirbeljupp gesponserten Spanferkel-Bissen in mein angefeuchtetes Reispapier, als sich ein panzerähnlicher roter Geländewagen mit getönten Scheiben der Garageneinfahrt meines Mehrfamilienhauses nähert. Ein Hummer? Vor Wochen lief da mal ein Bericht drüber, da haben die gesagt, dieser Hummer wäre eigentlich ein Militärfahrzeug, das Arnold Schwarzenegger hat umbauen lassen, damit seine Frau auf dem Heimweg vom Shopping auch mal über eine cracksüchtige Straßengang rollen kann, ohne dass der Kaffee umkippt. Danach wollten natürlich alle Amis einen haben. Selbst Mr. Long kommentiert den Wagen beeindruckt:

»EinHuuuummel!Daaaasdebeste!«

»Na ja, weiß nicht …«, nuschle ich und beiße in meinen Asia-Pfannkuchen. Vor der Garage öffnet sich in diesem Moment die tonnenschwere Fahrertür so langsam wie der Bug einer dänischen Autofähre.

Nee, oder?

Wie in Zeitlupe gleitet mein Spanferkel-Basilikum-Pfannkuchen aus der Hand zurück in den Teller. Die Dame, die da mit glattgebügelten blonden Haaren aus dem Panzer stöckelt, ist keine Geringere als die geliftete Botox-Schildkröte aus dem argentinischen Steakparadies. Sie trägt einen extravaganten pinken Wintermantel, den sonst nur Prinzessinnen in Science-Fiction-Filmen anhaben, und hat sich irgendein totes Tier um den Hals gewickelt. Ich verkrampfe augenblicklich und stelle sämtliche Bemühungen ein, mich durch Sauerstoffaufnahme am Leben zu erhalten. Was macht die denn hier?

»AllesinOodnungmitdeEssen?«, fragt mich der Ha-Long-Chef besorgt.

»EssenisdeBeste!«, stammle ich abwesend, ohne den Blick von der Hummertussi zu lassen. Ich luge an einer hässlichen Plastikpflanze vorbei und muss mit ansehen, wie Herr Wellberg aus dem Haus tritt und der Panzerelse die Hand reicht.

»Ja, Scheiße, die schaut sich das Penthouse an!«, sage ich laut.

»Penthouse? DasdeHöchste!«, kommentiert Herr Long und verschwindet in der Küche. Idiot! Ich biege einen Plastikfarn zur Seite und schaue in Richtung Hauseingang. Die beiden sind verschwunden. Ich bleibe sitzen, gelähmt wie in einem Albtraum, in dem ein gigantischer Germknödel in einer engen Gasse auf einen zurollt und man nicht vom Fleck kommt, weil man die Tablette für Superkräfte im Hotel vergessen hat. Noch immer starre ich an die Stelle, an der bis vor Sekunden die Riesenblondine mit dem Halstier stand. Nicht auszudenken, wenn so ein kicherndes Karrierehuhn inklusive Militärfahrzeug über mir einzieht. Eine gute Viertelstunde sitze ich so und schaffe noch insgesamt drei Bissen von der 67, da erscheint das blonde Etwas wieder im Hauseingang. Doch statt in ihren Panzer zu steigen, hüpft sie geradewegs auf die Ha-Long-Bucht zu.

Hilfe!

Da hab ich jetzt ja gar keinen Bock drauf.

Ich springe auf und rette mich und meinen Pfannkuchen an einen kleinen Zweiertisch auf der anderen Seite des Aquariums. Ein großer gelber Tropenfisch mit blassem Kullerauge gibt mir zusätzliche Deckung. Die Tür geht auf, ich ducke mich und gebe dem Kullerfisch ein Zeichen, mich abzuschirmen, indem er noch eine Handbreit nach oben schwimmt.

»Hi! Haben Sie Tom xao mia?«, höre ich eine überdrehte Frauenstimme. Diagnose: Von-Sinnen-Syndrom im fortgeschrittenen Stadium, sinnloses Niederbrüllen hilfloser Mitmenschen. Mr. Long kommt lächelnd ein paar Schritte auf sie zu.

»Tom xao mia? DaasdeBeste! Habewia!«

Die Hummertussi sondert einen erfreuten Quietschlaut ab.

»Supi! Das hab ich ewig nicht gegessen. Sitzt da jemand, an dem Fenstertisch?«

Ja. Ich, du gestraffter Schminkkrapfen. Bis vor zehn Sekunden. Hab nur meine Cola vergessen.

»Nein. Machichsauba!«

Jaja ... saubermachen. DaasdeBeste. Idiot!

»Supi!«

Supi? Wer sich mit derart verblödeten 90er Jahre Schickimicki-Diminutiven durch den Tag grinst, der hat leider nur Verachtung verdient. Durch das Aquarium beobachte ich, wie die Panzerfah-rerin ihren pinken Space-Mantel ablegt und sich in einem edlen weißen Pullover mit einem zufriedenen »Ahhh!« auf meinen Fens-terplatz setzt. Mr. Long eilt mit einem giftgrünen Lappen herbei und entfernt letzte Simon-Krümel. Als er an meinem Tisch vorbei-kommt, halte ich ihn unauffällig auf.

»Tssss!«

»Ja?«

»Was ist denn dieses Tom xao mia?«, flüstere ich.

»HiesengaanelegeblaatenmitZukkehooh«, flüstert er zurück.

Es müsste Sprachkurse geben, in denen man lernt, Asiaten sofort und rückstandsfrei zu verstehen.

»Riesengarnelen mit was?«

»Zuckehoh!«

»Zuckerrohr?«

»Genau!«

»Und daaaasdeBeste?«

»Absolut!«

»Dann nehm ich das auch.«

»Zweimal Tom xao mia! Wunderbah. KenneSiesich?«

»Um Himmels willen!«

Mit einem fernöstlichen Lächeln verdrückt sich Mr. Long in die Küche. Ich zwinkere meinem gelben Tropenfisch zu und rücke die

Essstäbchen zurecht. Ich will eine SMS an Phil schreiben, um ihn von meiner unheimlichen Begegnung zu informieren, als plötzlich ein Handy mit der Melodie von Robbie Williams' *Angel* klingelt. Fassungslos starre ich auf meinen Tropenfisch, dieser zuckt ahnungslos mit den Seitenflossen. Nach endlosen zwanzig Sekunden geht sie dran.

»Hiiiii Meredith. Was? Nee, wir sind schon durch«, lacht es gekünstelt und viel zu laut vom Fenster. »Rate mal!«

»Bitte, bitte, bitte!«, flehe ich den Tropenfisch an, »sie hat nicht die Wohnung!«

»Ich ... hab ... diiiieieeee Wohhhhnunggggg!«, jubelt die Hummertussi und reckt sogar ein Fäustchen zur Decke, dass der Armschmuck nur so klimpert.

»Supi, Supi, Supi! Geil, oder?«

Stumpf klackt mein Kopf gegen die Aquariumwand. Sogar der bunte Fisch hat sein Maul weit aufgerissen und starrt mich entsetzt an. Beide ringen wir nach Luft. Ich schlucke und kralle mich am Tisch fest, er blubbert und schlägt mit den Flossen.

»Ja, klar, das feiern wir beide.«

Ich bewege meinen Kopf von der Aquariumwand weg und lausche dem Gespräch. »Also, pass auf. Vier Zimmer, zwei Bäder, Ausstattung geht so ...«

Wie, Ausstattung geht so? Das ist 'ne Luxuswohnung!

»... aber das Beste ist: Riesendachterrasse, und im Schlafzimmer, halt dich fest ... im Schlafzimmer kannst du vom Bett aus in den Himmel gucken! Was?«

Ja, das mit dem Himmel ist bekannt, beruhig dich mal, du schief gepimpte Business-Krähe.

»Hiiiihihihihihihihihihi!«, tönt es vom Fenster begleitet von ekstatischem Tischtrommeln. Ich vergrabe mein Gesicht in den Händen und schließe die Augen. Wie kann der Zwirbeljupp mir das nur antun?

»Du, weiß ich gar nicht mehr. So um die zweitausend Euro kalt, glaube ich. Ja, absolut, ist ein Witz gegen London!«

Ein Witz, die Miete? Ob Herr Long gegen Gebühr eine Messerspitze Kugelfisch-Gift in das Tom xao mia streut? Bestimmt ...

»Okay, der einzige Haken ist, dass die Wohnung auf so'n hässliches Nachkriegshaus draufgebaut ist ... ja, genau ... das wirkt ein bisschen ärmlich alles, Treppenhaus und so ...«

Ärmlich? Ich spüre, wie mein Magen sich zusammenzieht. Die hat sie ja wohl nicht mehr alle.

»Hiiiiiiihihihihihi! Genau! Wahrscheinlich alle auf Hartz 4!«

WAS?

Eine weitere, größere Welle Wut erreicht meinen Magen, und erste Gewaltphantasien schießen durch meinen Kopf: wie ich die Hummertussi würge mit den Ärmeln ihres weißen Kaschmir-Pullöverchens; wie ich ihr überschminktes Köpfchen ins Aquarium tunke, bis ihr sicher mehrfach operiertes Spungschanzen-Näschen von einem südvietnamesischen Kampffisch abgerissen wird. »Nein«, werde ich vor Gericht sagen, »ich hatte weder aggressive Killerspiele auf meinem Rechner noch eine schlechte Kindheit, ich wollte sie einfach nur plattmachen.«

Leider reißt mich ein weiterer Kicheranfall aus meinen Träumen.

»Ich sag ja immer: Solange man drüber wohnt, ist es ja egal! Was? Jaha, genau: Johanna die Große, Königin der Unterschicht! Supi! Hiiiiiihihihihihi!«

Das reicht.

Das ist zu viel.

Ich knalle einen Zehner auf den Tisch und rudere mit einem bemühten Lächeln aus der von feindlichen Truppen besetzten Ha-Long-Bucht. Vorläufiger Rückzug – daasdeBeste! Im Augenwinkel bemerke ich noch eine sichtlich erschrockene Hummertussi, vielleicht schämt sie sich ja schon mal ein bisschen.

Ich gehe zweimal um den Block, um mein Wütchen zu kühlen, erst dann nehme ich die Bahn in den Zoo. Ich beleidige eine Giraffe und beschimpfe drei Erdmännchen auf ihren Hügeln als schwule Nazis. Dann erst mache ich mich auf den Heimweg.

Als ich am Nachmittag in die Sülzburgstraße zurückkomme, ist Wellberg bereits verschwunden. Wie vom Erdmännchen verschluckt. Nicht im Garten, nicht im Treppenhaus und auch im Keller finde ich ihn nicht. Zitternd wähle ich seine Handynummer, die Mailbox geht dran und ich spreche drauf.

»Simon Peters hier. Sie machen einen Fehler mit der Frau! Geben Sie die Wohnung jemand anderem! Bitte rufen Sie mich zurück, mein Handy ist die ganze Zeit an!«

Ich lege auf und hab sofort das Gefühl, dass ich das besser kann.

»Herr Wellberg? Ich bin's nochmal! Sie holen sich da ein riesiges Problem ins Haus. Ich will nicht zu viel verraten, ich sag nur: Prostitution und Drogen. Rufen Sie mich zurück, wenn Sie Details wissen wollen!«

Dann versuche ich Paula anzurufen. Nicht, dass sie mich verstehen würde, aber sie versucht es als Einzige zumindest noch. Ich brauche jetzt Hilfe. Zuspruch. Tipps. Psychologen vielleicht sogar. Werden die einem nicht immer gestellt, wenn irgendwas Schlimmes passiert wie Flugzeugabstürze, Grubenunglücke oder neue Nachbarn? Es tutet. Paulas Kollegin geht ans Telefon und verrät mir, dass Paula gerade Phil interviewt für ihr Stadtmagazin. Wütend lege ich auf. Jetzt interviewen die sich schon gegenseitig! Verschissenes Geklüngel! Ich überlege und wähle die Nummer vom T-Punkt. Flik ist natürlich im Kundengespräch und kann gerade nicht. Und jetzt? Phil? Phil! Dämliche Idee. Ich erfahre von seiner Assistentin, dass er gerade für das Stadtmagazin interviewt wird. Stimmt. Schließlich lasse ich mir Kaffee Numero 3 durch mein Senseo-Pad laufen und tippe die Nummer der Procter & Gamble Verbraucherberatung in mein Telefon.

»Procter & Gamble Verbraucherservice, mein Name ist Andi Schneider, was kann ich für Sie tun?«

Ich lege auf und drücke die Taste Wahlwiederholung. Es tutet kurz.

»Procter & Gamble Verbraucherservice, mein Name ist Dirk Sipp, was kann ich für Sie tun?«

»Nichts«, sage ich, lege wieder auf und bemerke, dass ich meine Jacke noch anhabe. Ich ziehe sie aus, mache mir ein Bier auf und drücke auf Wahlwiederholung. Es tutet.

»Procter & Gamble Verbraucherservice, mein Name ist Annabelle Kaspar, was kann ich für Sie tun?«

Na endlich.

»Mein Charmin-Klopapier ist falsch aufgerollt, und ich möchte nicht mitgeschnitten werden zu Schulungszwecken!«

»Herr Peters!«, höre ich die amüsierte Stimme von Frau Kaspar sagen, »lange nichts gehört von Ihnen, wir haben uns schon Sorgen gemacht.«

»Ich ... äh ... hatte zu tun«, sage ich, ziehe meine Beine auf die Couch und verbiege sie zu einem Schneidersitz.

»Das Klopapier ist falsch aufgerollt, sagen Sie?«

»Absolut. Schwer zu erklären, also ... die eine Lage ist länger als ... die andere Lage.«

»Die Perforationen überlappen?«

»Geeeenau!«

»Darf ich Ihnen eine Frage stellen, Herr Peters?«

»Immer gerne.«

»Verscheißern Sie mich?«

Ich schlucke und nehme das Telefon ans andere Ohr.

»Was? Nein! Wie … kommen Sie darauf?«

»Weil mich noch nie jemand angerufen hat wegen überlappender Perforation. Weil Sie der Einzige sind, der angeblich ins Krankenhaus musste, weil seine Hand in einer Pringles-Dose klemmte.«

Seltsam. Für mich hat das eigentlich bisher alles immer recht authentisch und nachvollziehbar geklungen. Aus ihrem Mund allerdings …

»Das mit dem Krankenhaus war vielleicht übertrieben, aber die Perforationen überlappen wirklich.«

»Darf ich Ihnen noch eine Frage stellen?«

»Weiß nicht. Okay.«

»Ist Ihnen eigentlich sehr langweilig?«

»Überhaupt nicht! Ich hab ein Problem mit einem Ihrer Produkte und rufe deswegen beim Verbraucherservice an. Deswegen schreiben Sie die Nummer doch auf die Packungen drauf, oder?«

»Das ist richtig, Herr Peters.«

»Ich weiß, wie ich heiße! Ihren Namen hab ich allerdings vergessen.«

Auch Callcenter-Mitarbeiter gilt es ab und an darauf hinzuweisen, dass sie eines der letzten Glieder in der Dienstleistungsnahrungskette sind, eingestellt, um dem Verbraucher zu helfen und ihn zu beraten und nicht, um sich über ihn zu erheben.

»Ich heiße Kaspar.«

»Und das schreibt man wie?«

»Wie der Kasper nur mit a.«

»Der Kasper hat aber auch ein a.«

»Mit einem a hinten!«

»Verstehe. Kaspar wie der Kasper nur mit zwei a, müssten Sie dann sagen.«

»Danke für den Hinweis. Ich hab dann sicher in Zukunft weniger Probleme beim Buchstabieren meines Namens.«

»Ich helfe gerne bei so was.«

»Und Ihr Klorollenproblem ist ernst gemeint?«

»Absolut.«

»Gut. Wie Sie wollen. Lösen wir das Klorollenproblem. Wenn ich Sie um einen Augenblick Geduld bitten darf, Herr Peters, ich würde da gerne mal bei meinem Kollegen nachhören, der ist Spezialist im Bereich Hygienepapiere. Bitte bleiben Sie dran.«

Ich bekomme Wartemusik ins Ohr und frage mich, warum die Stimme von Frau Kaspar mit zwei a so seltsam war, kurz bevor sie mich eben weggedrückt hat, fast so, als wolle sie ein Niesen unterdrücken. Vielleicht hab ich's ja dieses Mal übertrieben, aber was soll ich machen, wenn ich dringend Klopapier brauche?

»Danke fürs Warten, Herr ... Peters«, gluckst es aus der Leitung.

Jetzt weiß ich, was mit der Stimme war. Meine Verbraucherberaterin unterdrückt kein Niesen, sondern einen Lachanfall! Zwergenaufstand auf der Dienstleistungsinsel!

»Gibt es vielleicht irgendwas Komisches an überlappenden Perforationen, von dem ich nichts weiß?«, frage ich mit gepresster Stimme.

»Nein, natürlich nicht«, entgegnet Frau Kaspar, die sich spürbar zusammenreißt, »hat nichts mit Ihnen zu tun, der Kollege neben mir macht Faxen. Entschuldigung.«

»Okay! Ist ja nichts passiert.«

»Wir könnten Folgendes probieren, Herr ... – haben Sie die fehlerhafte Charmin-Klorolle in Reichweite?«

»Ja ...«

»Dann nehmen Sie doch jetzt bitte mal die überlappende erste Lage und drehen Sie sie einmal in entgegengesetzter Richtung um die ... Klo ... Klorolle!«

Das Wort »Klorolle« klingt schon wieder sehr komisch. Dann höre ich für den Bruchteil einer Sekunde ein Japsen und bin plötzlich wieder in der Procter & Gamble-Warteschleife mit ihrer gefälligen Tu-mir-nichts-ich-tu-dir-auch-nichts-Mucke. Hat der Fax-

Kollege von nebenan wohl wieder 'ne Grimasse gemacht. Die nutzen das echt aus, wenn die Gespräche nicht aufgezeichnet werden. Ich hebe die zu lange erste Lage des Klopapiers um die Rolle und plötzlich passt die Perforation von Lage eins haargenau auf die von Lage zwei.

»Hier bin ich wieder. Entschuldigung!«, klingt es, diesmal beherrscht, aus dem Hörer, während auf meinem Fernseher der zweite Teil des *Perfekten Dinners* beginnt.

»Hat geklappt mit der Rolle«, sage ich, »die war einfach nur falsch aufgerollt. Danke.«

»Freut mich, wenn ich Ihren Abend retten konnte. Darf ich Sie kurz noch was Privates fragen?«

Ein wenig erschrocken rutsche ich auf meiner Couch herum. Was denn? Doch wohl hoffentlich nicht, ob ich bekloppt bin.

»Wenn es unbedingt sein muss ...«

»Weil Sie doch in meiner alten Kölner Ecke wohnen. Ich hab mich gefragt ... gibt's den Kiosk in der Zülpicher Straße noch?«

Ich bin erleichtert und offenbar nicht bekloppt.

»Es gibt ungefähr 68 Kioske in der Zülpicher Straße.«

»Ich meine den kleinen mit dem ägyptischen Besitzer. Wo man drei kleine Falafel kaufen konnte für einen Euro.«

»Ja, den gibt's noch. Da bin ich selber noch ab und zu.«

»Ach, wie schön. Wenn Sie da mal zufällig vorbeikommen, würden Sie dem Aset schönen Gruß sagen, bitte?«

»Von wem soll ich grüßen ...? Von Frau Kaspar wie der Kasper nur mit zwei a?«

»Von Annabelle. Die Studentin, die immer Ketchup auf die Falafel wollte, dann weiß er Bescheid.«

»Wo sitzen Sie denn, dass Sie nicht mehr selbst grüßen können? In Indien? China? Auf'm Mond?«

»Mond ist schon nicht ganz so falsch. In Maastricht. Zwei Stunden von Köln. Bisschen weit zum Falafel-Holen. «

»Stimmt!«

»Haben Sie sonst irgendwelche Fragen, was unsere Produkte betrifft?«

»Ehrlich gesagt, nein.«

»Wunderbar, dann danke für Ihren Anruf und … wäre nett, wenn Sie den Gruß ausrichten.«

»Mach ich! Schicken Sie mir denn jetzt Toilettenpapier?«

Es tutet. Offensichtlich nicht. Aufgelegt.

Ich lege das Telefon zur Seite und starre hin zum Fernseher, in dem eine rothaarige Pharmareferentin gerade ein Mousse au chocolat mit einer Minze dekoriert. Es ist vollkommen still in der Wohnung, lediglich in meinen Ohr-Heizkörper wird wieder Flüssigkeit gepumpt. Kaspar wie der Kasper nur mit a.

Minuten später ruft Wellberg zurück. Ich setze ihn darüber in Kenntnis, was er sich da ins Haus holt. »Haben Sie sich das blondierte Monster mal genau angeguckt, diese XXL-Paris-Hilton? Ich sag Ihnen, die ist komplett wahnsinnig! Die dreht Ihnen das Haus auf links, so schnell können Sie gar nicht gucken!«

»Se meinen, de Frau Stähler pass nit in de Hausjemeinschaff?«

»Exakt! Ich bin froh, dass Sie das so schnell erkennen.«

»Un Se selbs passen da rein, meinen Se?«

»Ich BIN die Hausgemeinschaft! Denken Sie nur mal an die Aufkleber mit den Abfuhrtagen auf der Papiertonne. Das hab ich in die Wege geleitet!«

»Dat erzählen Se jedes Mal.«

»Abgesehen davon, haben Sie sich mal gefragt, wo die so viel Geld für die Miete her hat?«

»Ja, hab ich. Se hat ene Selbstauskunftsbogen ausjefüllt.«

»Und? Lassen Sie mich raten. Ex-Mann hopsgenommen oder Escort-Service.«

»Dat jeht Se nix an, Herr Peters!«

71

»Sie hat ihren Ex-Mann ausgenommen, oder?«

Leider mag Wellberg sich nicht zur Einnahmequelle meiner zukünftigen Übermieterin äußern. Ich erfahre noch, dass der Mietvertrag schon unterschrieben ist und der Möbellaster schon bestellt.

Als es draußen zu dämmern beginnt, schütte ich meine Tiefkühl-Paella in die Pfanne. Eine Frechheit. Es sind tatsächlich nur drei Garnelen drin. Nach dem Essen eile ich zum Fernseher und schalte auf n-tv, weil ich das Gefühl habe, dass irgendwas passiert ist. Und tatsächlich: Eine amerikanische Raumfähre explodiert kurz nach dem Start in einem gewaltigen Feuerball. Was für unglaubliche Bilder! Wie kann so was passieren? Erst als US-Präsident Ronald Reagan den Angehörigen der Astronauten sein Beileid ausspricht, wird mir klar, dass ich einen Bericht über die Challenger-Katastrophe von '86 sehe. Erleichtert schalte ich auf die Doku *Das höchste Kettenkarussell der Welt* und stecke meinen Fuß in eine Couchritze, was mir irgendwie ein Gefühl von Geborgenheit gibt. In dem Augenblick, als ich weiterschalten will, macht es über mir einen solchen Rumms, dass mir vor Schreck die Fernbedienung aus der Hand fällt.

HUMMERTUSSI, ICK HÖR DIR TRAPSEN

Mit schockgefrosteter Miene blicke ich zur Zimmerdecke. Was zum Teufel war das? Ich stelle den Fernseher auf stumm und drehe mein Ohr nach oben. Ganz eindeutig: Schrittgeräusche!

Tripptrapptripptrapp. Tripp. Tripptrapp.

Wer läuft denn da um diese Zeit über mir rum? Ein Handwerker? Wellberg? Fred Astaire?

Tripptrapp. Tripptripp. Tripptrapptrapp.

Der Kenner hört sofort: das sind keine Stepp-, sondern Damenschuhe, weil nämlich Steppschuhe klickediklack machen und Damenschuhe Tripptrapp. Und da die Hummertussi noch nicht eingezogen ist, kann das dann ja nur heißen: Zwirbeljupp trapst in Frauenfummeln durch seine noch leere Wohnung!

Das Schwein!

Oder ...?

Ich springe aus meiner Couch wie ein Zirkuszwerg aus der Kanone und haste in die Küche, wo ich meine Nase ans Fenster presse. In der Garageneinfahrt steht der pinke Shopping-Panzer der Hummertussi. Die Sache ist klar: Das ist ein nächtlicher Späh-Angriff der 1. Tussendivision! Das macht Sinn nach der überraschenden Landung in der Ha-Long-Bucht. Heißt das jetzt Krieg? Oh Gott! Krieg! Ich hebe meinen Blick und starre in das trübe Nichts der Nacht. Hör ich schon Motoren? Sirenen? Ich hab so einen Krieg ja nie mitgemacht. Immer nur im Fernsehen hab ich ihn gesehen und dann noch in Schwarz-Weiß. Aber ich ahne: Wenn er erst mal ausgebrochen ist, dann ist nichts mehr so, wie es war. Dann wird das

Unwichtige wichtig, das Unnütze überlebenswichtig, und wenn alles, wirklich alles schiefgeht, dann kürzen die Fernsehsender die Budgets für *Das perfekte Dinner* oder *Schmeckt's nicht gibt's nicht*. Ich bin ja auch gar nicht eingestellt auf so einen Krieg. Meine Erbsenpistole aus dem Kindergarten ist irgendwo im Keller, und das Mindesthaltbarkeitsdatum von meinem Erste-Hilfe-Kasten aus dem ersten Fiat Panda ist garantiert abgelaufen! Was ist mit Frischwasser? Antibiotikum? Kölsch?

Beruhige dich, Simon! Morgen bist du beim Arzt, die eine Nacht schaffst du auch noch.

Ich atme flach und schnell, als ich zurück ins Wohnzimmer gehe, um mich auf meine Couch fallen zu lassen.

Ruuummss!

Da ist es wieder! Dieses ratternde Grollen, das sich so anhört, als würde Catwoman eine ganze Betonwand zur Seite schieben, um in ihrem Ankleidezimmer Platz für einen neuen Schuhschrank zu machen. Dann wieder Schritte.

Tripptrapptripptrapptripptrapp. Trapp. Trippedidtrapp.

So laut und deutlich kann ich die Schritte hören, als kämen sie aus meinem eigenen Flur. Sicherheitshalber schaue ich nach. Er ist leer. Natürlich. Gerade als ich zurück ins Wohnzimmer will, klingelt es an der Wohnungstür. Ich nehme den Hörer der Türsprechanlage ab und muss ihn sofort einen halben Meter vom Ohr weg halten, weil mir eine schreckliche Frauenstimme ins Ohr springt.

»Hiiii, Johanna, ich bin's, die Meredith!«

Noch so eine Singsang-Sirene, die ihr ›Hiiiii‹ länger streckt als eine Folge *Desperate Housewives*.

»Hallo? Sie haben sich verdrückt, hier ist Simon Peters.«

»Oh! Entschuldigung«, tönt es etwas weniger enthusiastisch aus dem Hörer und nach einer Sekunde des Nachdenkens: »Komisch, weil ... ich hab auf die Klingel ohne Namen gedrückt!«

»Dann drücken Sie bitte auf die andere Klingel ohne Namen! Es gibt zwei davon und die, die Sie gerade gedrückt haben, ist meine.«

Ich höre die Freundin der Hummertussi förmlich nachdenken durch die Sprechanlage. Wahrscheinlich guckt sie zum ersten Mal überhaupt die Klingeln an.

»Ah ... stimmt. Hier sind zwei Klingeln ohne Namen! Tschuldigung!«

»Macht nix, schönen Abend noch.«

Mein Hörer hängt keine Sekunde auf der Türsprechanlage, als es wieder klingelt. Ich atme tief durch und nehme wieder ab.

»Ja?«

„Ich ... ich HAB die andere Klingel gedrückt!«, beteuert die Frauenstimme fast ein wenig ängstlich.

»Na toll. Und warum klingelt es dann bei mir?«

»Weil ... weil ... ja keine Ahnung!«

»Eben! Keine Ahnung! Also tun Sie mir einen Gefallen und klingeln Sie auf der anderen Klingel ohne Namen!«

»Aber das hab ich!«

»Dann nehmen Sie halt zur Abwechslung mal ’ne Klingel MIT Namen!«

»Warum soll ich bei jemandem klingeln, den ich nicht kenne?«

»Das haben Sie doch eben schon zweimal gemacht!«

So. Mit dem letzten Satz hab ich sie drangekriegt. Statt einer Antwort höre ich nämlich nur ein nervöses Atmen.

»Kann ich Ihnen vielleicht sonst noch irgendwie helfen?«, frage ich.

»ICH HABE eben die zweite Klingel ohne Namen gedrückt! Wenn ich jetzt wieder die erste Klingel ohne Namen drücke, dann drehen Sie mir ja total durch!«

»Ich dreh nicht durch, ich will nur nicht rausgeklingelt werden, wenn's nicht für mich ist«, antworte ich völlig gefasst und mit ruhiger Stimme.

»Vorschlag: Warum drücken Sie mir jetzt nicht einfach auf, dann gehe ich hoch zu meiner Freundin und klopfe an ihrer Wohnungstür.«

»An MEINE Wohnungstür klopfen Sie?«

»Jetzt wollen Sie mich aber auch falsch verstehen. Ich meine natürlich die Wohnungstür meiner Freundin.«

»Gut. Ich mache Ihnen auf. Aber nur, wenn Sie versprechen, nicht mehr zu klingeln!«

»Okay. Versprochen!«

Augenrollend drücke ich die Tür auf und mein Auge an den Spion. Die Schritte im Treppenhaus werden lauter, jeden Augenblick muss die Freundin der Hummertussi um die Ecke biegen und damit direkt ins Blickfeld meines Spions. Tut sie auch. Aber sehen tue ich nichts, weil in dieser Sekunde das Flurlicht ausgeht.

»Zwirbeljupp, du bist so eine Null!«, zische ich und beiße meine Zähne aufeinander.

Und dann klingelt es bei mir.

So.

Jetzt isse fällig!

Wütend reiße ich meine Wohnungstür auf, drücke auf den Lichtschalter und blicke direkt in die großen Augen des rothaarigen Jamba-Frosches aus dem Steakrestaurant. In der Hand hält sie eine Flasche Prosecco und zwei Gläser.

»Tut mir leid! Ich dachte, die Klingel wäre das Licht!«, stammelt sie.

»Sie haben aber versprochen, nicht mehr zu klingeln!«, zische ich.

»Ich hab ja gesagt, ich dachte, die Klingel wäre das Licht!«

»Aahh ... Sie haben gedacht, die Klingel wäre das Licht! Frage: Fahren Sie nachts auch hupend durch die Stadt, weil Sie denken, die Hupe wäre das Licht? Ziehen Sie sich Handschuhe über den Kopf, weil Sie denken, der Kopf wäre die Hand? Oder binden Sie Ihre Möbel an eine Birke, weil Sie denken, der Baum wäre der Raum?«

Der Jamba-Frosch antwortet nicht, sondern steht einfach nur da und schaut wie Honecker nach dem Mauerfall.

»Äh. Nein!«

»Na, dann passt ja alles. Dann tun Sie mir einen Gefallen und klingeln Sie einfach NIE WIEDER bei mir, einverstanden?«

»Ich sag Ihnen was: sehr gerne.«

»Wunderbar. Nur zur Sicherheit: Was machen Sie, wenn Sie Ihre Freundin besuchen wollen und im Treppenhaus bemerken, dass Ihr teures Designer-Kleidchen in Flammen steht?«

Ich weiß, dass ich weit gehe, aber eine solche Lektion muss sein, sonst habe ich den gleichen Schlamassel morgen gleich wieder.

»Is klar. Ich klingel nicht bei Ihnen«, lautet die genervte Antwort.

»Richtig. Und wenn Sie mal Schüsse aus meiner Wohnung hören und Blut durch den Türspalt fließt? Was machen Sie?«

»Nicht klingeln bei Ihnen!«

»Atomkrieg? Erdrutsch? Grippe-Pandemie?«

»Auf keinen Fall bei Ihnen klingeln!«

»Super! Ich denke, das haben Sie begriffen. Dann noch einen schönen Abend!«

»Ihnen auch.«

Ich lasse die Tür ins Schloss fallen und mich selbst zurück auf die Couch. Natürlich trippt und trappt es wegen der plötzlichen Vermehrung des Tussentums nun doppelt so oft. Es trappt von links nach rechts und rechts nach links, an mir vorbei, über mich drüber und hinter mir weg. Dann höre ich einen Korken ploppen und ein lautes »Hihihihihihihiiii!«.

Wellberg, das ist keine Trittschalldämmung, das ist ein Lautsprecher! Es trippt und trappt, klickt und klackt noch eine ganze Stunde lang, während ich mir vorkomme wie eine Laborratte in einem Stressversuch. Als nach einer knappen Stunde und einem letzten *Rumms* endlich Schluss ist mit der Elsen-Party, mache ich mir erleichtert eine Flasche Bier auf und beobachte am Küchenfenster den vorläufigen Rückzug der 1. Tussendivision in ihrem roten Panzer. Dann drehe ich das Türschild des kleinsten Pubs der Welt auf »Open«, trinke weitere fünf Bier und erinnere mich dummerweise erst beim letzten daran, dass ich am Morgen ja meinen Arzttermin habe.

DR. PARISI

»Herr Peters? Hören Sie mich? Herr Peters?«

Irgendjemand zieht an meinem Arm, tätschelt meine Wange. Ich nehme an, dass dieser Irgendjemand zu der Stimme gehört, die gerade aus diesem tiefen Brunnen zu mir spricht. Ich öffne die Augen und schaue in das runde Gesicht einer besorgten Arzthelferin.

»Herr Peters! Was machen Sie denn für Sachen?«

Ich kann einfach nichts dagegen machen. Wenn jemand versucht, mir Blut abzunehmen, falle ich in Ohnmacht. Das war als Kind so, das war als Jugendlicher so und das ist auch jetzt noch so. Natürlich sage ich deswegen jedes Mal Bescheid, wenn ich meinen Arzt wechsle, doch die weiß gekleideten Helferinnen lachen mich dann immer nur aus und sagen Sachen wie »Ach, das geht schon!« oder »Ist nur ein ganz kleiner Pieks!« Nur ich allein weiß, dass sie zwei Minuten später hektisch meine Füße hochlegen werden und wie aufgescheuchte Hühner durch die Praxis rennen, um den Arzt zu holen. In Ohnmacht fallen ist übrigens gar nicht so schlecht. Ist so 'ne Art Blitz-Freitod für Feiglinge. Mit dem nicht zu verachtenden Vorteil natürlich, dass man nicht stirbt.

Ich schaue mich um und erkenne die kleine Behandlungswabe wieder, die ich vor wenigen Minuten mit einem leicht fluffigen Gefühl betreten habe. Neben der Arzthelferin steht ein hagerer Mann im weißen Kittel. Er hat kurze blondierte Haare, einen Ohrring und eine weiße Kunststoff-Brille. Ich nehme an, dass es sich hierbei um den von Paula empfohlenen Dr. Parisi handelt. Rein äußerlich könnte der Typ aber auch der Chef eines Berliner Architektenbüros sein. Ich nehme all meine Kraft zusammen und forme mein von langer Hand geplantes Wort.

»Ich …«

Die Arzthelferin und Dr. Parisi schauen mich erwartungsvoll an, doch es kommt nichts mehr. Dr. Parisi tritt noch ein wenig näher auf mich zu und lächelt.

»Er darf seinen Satz ruhig beenden …«

Ich lächle zurück und sage:

»Ich … bin wieder da!«

Minuten später warte ich im Sprechzimmer und lasse meinen Blick schweifen. Mir fallen zwei Glasrahmen mit einer Art Foto-Collage auf. Sie zeigen Dr. Parisi mit Haube und Reagenzglas bei der Laborarbeit. Im Trockeneisnebel. Meine Güte, Paula, wo hast du mich da nur hingeschickt? Zum Gegenspieler von James Bond? Zu einem gefährlichen Kurpfuscher ohne Lizenz und Abitur? Ich blicke zum Bücherregal: Dort steht ein gelb-grünes, medizinisches Wörterbuch, das große Lexikon der Medizinirrtümer und das Buch »Was hab ich bloß? Die besten Krankheiten der Welt«. Interessant! Vielleicht ist da ja eine neue für mich dabei. Die Tür fliegt auf, mein blondierter Architekten-Doktor weht ins Zimmer, flattert hinter seinen Bildschirm und schaut angestrengt hinein. Viel kann nicht drinstehen im System, schließlich bin ich das erste Mal hier. Er klickt ein paar Mal auf seine Maus, dann dreht er sich mit einem Ruck zu mir, rückt seine weiße Brille zurecht und sagt:

»Entschuldigung, ich hab nur schnell noch was geguckt bei spiegel.de.«

Mein Puls schießt augenblicklich nach oben.

»Ist was passiert?«

Verwundert zieht Dr. Parisi eine Augenbraue nach oben.

»Was soll denn passiert sein?«

»Irgendwas Großes, Bedrohliches. So was mit unfassbar vielen Toten, über das alle tagelang berichten danach!«

»Nein, nichts passiert.«

Erleichtert lehne ich mich zurück.

»Gott sei Dank!«

»Was führt ihn denn zu mir?«

Ich schaue mich im Sprechzimmer um.

»Wen?«

»Ihn. Also Sie!«

Okay. Das wäre dann wohl die kleine Merkwürdigkeit, auf die Paula hingewiesen hat. Ich ignoriere sie fürs Erste.

»Also hauptsächlich bin ich hier wegen meiner Ohrgeräusche und dem Augenzucken. Das Zucken kommt, wann es will, und ich kann's gar nicht kontrollieren. Dann habe ich noch Sodbrennen, Nasenbluten und Schlafstörungen.«

Dr. Parisi antwortet mit einem interessierten Nicken.

»Und ... was quält ihn am meisten?«

»Wen?«

»Sie!«

Ich überlege mir kurz, Dr. Parisi vorzuschlagen, selbst mal einen Kollegen aufzusuchen, verwerfe die Idee aber fürs Erste.

»Also am meisten quälen mich die Ohrgeräusche. Ich denke dann immer, ich wäre so ein Heizkörper, in den Wasser läuft.«

Mit einer Mischung aus Verwunderung und Mitleid werde ich gemustert.

»Er hört ein Plätschern und denkt, er wäre eine Heizung?«

»Genau!«

»Wie oft hört er die Geräusche?«

»Er hört sie unterschiedlich oft und unterschiedlich laut!«

Zwei fragende Ärzteaugen kreuzen meinen Blick.

»Wer?«

»Er! Also ich! Moment mal, ich dachte ...«

»Schon klar, Entschuldigung, ich bin selbst ein wenig müde. Er soll ruhig fortfahren.«

»Okay. Außerdem ist er angespannt und lärmempfindlich. Das kleinste Geräusch macht ihn wahnsinnig, und jetzt zieht noch eine reiche Riesentussi mit blonden Haaren und Stöckelschuhen über ihm ein. Da hat er Angst vor.«

»Verstehe. Hat er viel Stress?«

»Bestimmt.«

»Er erwähnte ein Schlafproblem. Kann er's präzisieren?«

Dieser Kittel-Clown bringt mich noch ganz durcheinander mit seiner Mittelalter-Grammatik!

»Äh. Ja. Also, er schläft gut ein, wacht aber immer auf und ist dann zwei bis drei Stunden wach! Kurz vorm Aufwachen schläft er dann aber wieder ein.«

»Und ... wenn er nachts aufwacht, bedrückt ihn da was?«

»Ja!«

»Verrät er mir, was es ist?«

»Er kriegt Panik, dass er nicht mehr einschläft und dann den ganzen nächsten Tag müde ist und nichts auf die Reihe kriegt! Und er hat Angst.«

»Angst vor was?«

»Das ist ein bisschen lächerlich, eigentlich.«

»Er sollte mir's trotzdem erzählen.«

»Also gut. Er hat Angst, dass chilenische Einbrecher in seine Wohnung kommen und ihn erwürgen. Deswegen schläft er falschherum im Bett mit den Füßen zum Kopfende. Dann würgen die Einbrecher nämlich zuerst die Füße aus Versehen, und er kann die Zeit nutzen und den Chilenen mit seiner großen Ami-Taschenlampe auf den Kopf hauen!«

Fast ein wenig gerührt schaut mich Dr. Parisi an, dann lehnt er sich zurück.

»Meine Güte!«

Plötzlich hab ich ein wenig Angst, dass ich schwerkrank sein könnte. So krank, dass ich nicht mal mehr nach Hause darf. So krank, dass sie mich mitnehmen in einem zweifarbigen Kleinbus, der mit viel Lärm durch die Stadt fährt und man mich wegschließt in einer kleinen Zelle mit wenig Licht und viel Psychopharmaka.

»Wie sieht's mit dem Sozialleben aus? Freundin? Freunde? Er entschuldigt die Fragen, aber die sind wichtig.«

»Freundin braucht er nicht, Freunde hat er, interessieren ihn aber nicht mehr.«

»Warum?«

»Die sind so anders ...«

»Er zieht sich zurück?«

»Wenn Sie's so ausdrücken wollen – ja!«

»Tut er Ihnen leid? So von außen gesehen?«

»Irgendwie schon!«

»Sagt ihm der Begriff *Burnout* etwas?«

Ich richte mich auf.

»Ja. Meinen Sie, dass ich, also er ...«

»Nach dem, was er mir erzählt hat, hat er ziemlich viel Stress im Job.«

Ich schlucke.

»Aber: Er hat gar keinen Job!«

Dr. Parisi zieht seine Augenbrauen nach oben, kratzt sich am Kopf und schaut auf seinen Bildschirm.

»Tatsächlich. Hab ich übersehen.«

»Er hat natürlich trotzdem viel zu tun, muss sich um vieles kümmern und so.«

»Natürlich.«

Dr. Parisi tippt etwas in seinen Rechner, zieht ein Rezept aus seinem Drucker und reicht es mir. Ich lese laut vor.

»Felis 650? Was ist das?«

»Johanniskraut.«

»Johanniskraut?«

»Das ist eine circa ein Meter hohe Pflanze mit kahlem Stängel und gelben Blüten. Wächst in Europa, Asien und Nordamerika.«

»Ich verrecke an Burnout im Endstadium und alles, was Ihnen einfällt, ist ein Kraut mit kahlem Stängel?«

»Ich verschreibe das, damit er ... «

Jetzt ist es passiert. Mein Auge zuckt. Ich werde laut und knalle das Rezept auf Parisis Tisch.

»Und hören Sie auf mit dem bescheuerten ER! Hier ist kein ER! Hier sind SIE und ICH! Sonst niemand. Verdammt nochmal, das gibt's doch nicht.«

Kopfschüttelnd lehne ich mich zurück und habe plötzlich wieder Angst vor der Beklopptenklinik.

Für einen kurzen Augenblick dreht Dr. Parisi sich zum Fenster und schaut hinaus, wahrscheinlich ist's so eine Art Entspannungsübung. Schließlich dreht er sich wieder zu mir und lächelt.

»Ich benutze die dritte Person, damit die Patienten leichter und unbefangener über sich selbst sprechen können. So wie man über einen guten Freund spricht, dem man helfen will.«

»Oh, das hat er nicht gewusst«, sage ich kleinlaut.

»Das macht nichts. Er nimmt bitte zweimal zwei Johanniskrauttabletten jeden Tag. Und er möge nächste Woche wiederkommen, dann haben wir auch seine Blutwerte, vielleicht kommt der Tinnitus ja von einer Entzündung.«

»Ich kann Ihnen sagen, woher der Tinnitus kommt. Vom *Trippeditrapp* der Hummertussi und ihrer Frosch-Freundin und vom Tourette-Turm! Dong Dong Dong! Dingeling! Ding Dong! Ich sag nur Religionsfreiheit, wenn er weiß was er meint! Sie ... Ich ... MANN!!!«

»Er nimmt vielleicht doch besser dreimal drei Tabletten jeden Tag.«

Ich versuche mich zu entspannen.

»Okay.«

»Wichtiger noch als die Tabletten ist die Ruhe für ihn. Ich möchte, dass er sich entspannt. Er soll Sport machen, spazieren gehen, seine Freunde besuchen. Entspannungsübungen machen, meditieren, Yoga, was auch immer entspannt. Er muss mir versprechen, alles zu tun, um zur Ruhe zu kommen.«

»Und Alkohol? Das entspannt ihn eigentlich am meisten. Wenn er sich wegballert!«

»Ist vielleicht nicht das Ideale.«

»Och. Schade.«

Ich stehe auf und wir schütteln Hände. Dr. Parisi begleitet mich zur Tür. Vielleicht ist er ja doch nicht so ein Pfuscher, wie ich anfangs gedacht habe.

»Ihr Rezept haben Sie ja, am Empfang machen Sie bitte einen Termin für nächste Woche aus.«

Ich stutze.

»Meinen Sie jetzt ihn oder mich?«

»Sie! Also ihn. Entschuldigung.«

»Kein Thema. Das würde ihm auch dauernd passieren.«

»Wem?«

»Ihm. Also mir.«

DER SCHUBSER VON SÜLZ

Der Stress ist mörderisch. Immer läuft man der Zeit hinterher. Doch wie soll er sich entspannen, wenn er wegen eines einzigen Arzttermins eine ganze Bürostunde verliert? Wenn er die gleiche Arbeit, für die er sonst drei Stunden hat, in nur zwei Stunden machen muss? Es ist schon kurz vor zehn, als ich die Tür zu Shahins WebWorld aufreiße und an meinen Rechner haste.

»Sorry«, entschuldige ich mich atemlos, »er musste noch zum Arzt, kommt nicht mehr vor.«

Shahin blickt aus einem neuen Buch hoch. »Wer?«

»Ich! Mann! Dieser Parisi hat mich ganz rappelig gemacht.«

»Wie gesagt. Mach dir keinen Kopf. Du kommst, wann du willst. Hab dir die Sieben freigehalten.«

»Danke, Shahin. Ich weiß das echt zu schätzen.«

Ich hab gerade mal Zeit, meine Mails abzurufen. Der Kundenservice von Sony-Ericsson schlägt mir vor, die Wörter »Arschkrapfen« und »Schnellfickerschuhe« manuell ins Handywörterbuch einzugeben. Diese schwedischen Schlaumeier! Wie man »Arschkrapfen« über Direkteingabe schreibt, weiß ich selbst, es ging darum, dass so ein wichtiges Wort nicht bereits ab Werk im Handy gespeichert ist. In der letzten mir verbleibenden Happy-Surf-Stunde informiere ich mich über den Shopping-Panzer meiner designierten Übermieterin Johanna Kicher-Else Stähler. Was ich schnell rauskriege: Es ist ein Hummer H2. Was die technischen Daten angeht – sagen wir so: Vor dem Biosupermarkt sollte sie damit vielleicht nicht parken, der

Verbrauch liegt nämlich bei 19 Litern auf hundert Kilometer. Mal abgesehen davon, dass so ein Hummer auf der gleichen Distanz mal eben dreißig Kilo Kohlendioxid in die Atmosphäre bläst. Da genügt schon das Berühren des Zündschlüssels, um das Erdklima um drei Grad nach oben zu treiben. Eine einzige Runde um den Block und zehn Tierarten sterben aus. Aber was soll man sagen, wer 70 000 Steine für ein Auto hinblättert, der kann wenigstens verlangen, dass es wegen der Gletscherschmelze die Niederlande wegspült. VOR der nächsten Fußball-EM!

»Simon. Wir haben zwölf Uhr jetzt. Willst du für drei Euro die Stunde weitersurfen?«

»Geizkragen!«

»Bichareh!«

Widerwillig logge ich mich aus, packe meine Tasche und verabschiede mich von Shahin.

»Mahlzeit, Shahin!«

»Tschüss Simon, bis morgen!«

Meine »Mahlzeit« besteht heute aus einem zu Hause mit viel Liebe in den Ofen gestellten Schlemmerfilet Blattspinat. Ich ziehe mir gerade einen Teller aus dem Schrank, als es an der Tür klingelt. Mann!

»Profi-Küchen Zack. Ich komme zum Ausmessen!«, trötet es zackig durch die Sprechanlage.

»Wie bitte, was?«

»Wegen der Küche!«

Ich nehme kurz den Hörer zur Seite und schaue blöd in den Flur, um mich zu sammeln. Dann bewege ich ihn zurück ans Ohr.

»Wo … haben Sie denn geklingelt?«

»Na, auf der Klingel ohne Namen!«

Okay. Ich hab's kapiert. Offenbar stimmt was mit den Drähten nicht. Typisch Zwirbeljupp. Halbes Jahr im Lappenclown-Kostüm Karneval feiern, aber keine Klingel angeschlossen kriegen!

»Hallo?«

»Jaha!«

Ich drücke auf und stelle, natürlich rein zufällig, eine Tüte mit Pfandflaschen ins Treppenhaus, man muss ja schließlich wissen, wer da so kommt. Es ist ein junger blasser Kerl mit schmalem Gesicht und Werkzeugtasche, der sich energisch die Treppe hochschwingt.

»Guten Tag, Hans von der Firma Profi-Küchen Zack!«

»Ach ...«

Noch bevor ich reagieren kann, drückt sich Schmalhans Küchenmeister an mir vorbei und schreitet zielgerichtet in meine Küche. Für einen Augenblick stehe ich etwa so dämlich im Treppenhaus wie Tim Mälzer vor einer Tiefkühlpizza. Dann folge ich dem nassforschen Handwerker in die Küche, wo dieser in grübelnder Pose vor meinem Chaos aus Topftürmen und Pizzaschachteln verharrt. Schließlich regt sich Schmalhans Küchenschrauber doch noch und kratzt sich am Kinn.

»Die ›Modoplus Manhattan‹ kriegen Sie hier aber nicht rein. Und 'nen Mittelblock schon gar nicht!«

Ich starre ihn an.

»Können Sie mir vielleicht in einem oder zwei kleinen Sätzen erklären, was um alles in der Welt Sie hier wollen?«

Treffer. Denn jetzt starrt er mich an.

»Ihre Küche ausmessen?«

Ich deute stumm auf die 599-Euro-Küche, die mein Vermieter vor Jahren hat einbauen lassen.

»Und was ist das, Ihrer Meinung nach?«

»Ihre alte Küche?«

»Falsch. Meine jetzige Küche. Es ist vielleicht keine tolle Küche und vielleicht ist sie auch nicht besonders gut aufgeräumt, aber es ist meine Küche. Ich finde sie klasse und völlig ausreichend. Quizfrage: Warum sollte ich die von Ihnen vermessen lassen?«

»Also, Ihre Frau ...«

»Ich hab keine Frau!«

Reichlich verwirrt blickt sich der Küchenmensch bei mir um, als suche er in der Wohnung nach Indizien für eine Frau. Dann blättert er in seinem Auftragsbuch.

»Aber ich bin hier schon richtig in der Sülzburgstraße 138, oder?«

»In der Sülzburgstraße 138 ja, aber richtig nicht.«

»Ich bin nicht richtig?«

»Richtig! Denn wenn Sie richtig wären, hätte ich ja eine Küche bestellt.«

»Haben Sie nicht?«

»Nein!«

»Und Ihre Frau?«

»Ich habe keine Frau. Keine. Das buchstabiert sich Kröte, Einzeller, Inselaffe, Nichtschwimmer und Eimer. Keine Frau!«

»Sie sind nicht Herr Stähler?«

»Nein.«

»Und es wohnt auch keine Frau Stähler hier?«

»Schauen Sie sich in Ruhe um. Wenn Sie eine Frau finden, sagen Sie bitte Bescheid, ich bin nämlich Single.«

Ganz offensichtlich steigt bei Küchenmeister Zack die Verwirrung mit jedem Wort von mir.

»Mhhh…«

Ich lege meine Hand auf seine Schulter und begleite ihn behutsam Richtung Tür.

»Und wenn ich Sie wäre, dann würde ich jetzt schön um die Ecke ins Café gehen und einen lecker Milchcafé trinken. Danach können Sie dann ganz in Ruhe zurück in Ihre chaotische Firma fahren und den Auftrag stornieren.«

»Aber ich bin mir relativ sicher, weil mein Kollege persönlich mit der Frau Stähler…«

Wir sind schon fast im Treppenhaus.

»Aber das ist alles nicht schlimm. So was passiert. Wir alle werden mit so vielen Informationen bombardiert jeden Tag, Telefonanrufe, Mails, Pin-Codes, schlecht gemachte Trailer für deutsche Kinokomödien … da passiert auch mal ein Übermittlungsfehler.«

»Wo ist das Café, sagten Sie?«

»Wenn Sie aus der Wohnung kommen, rechts und dann die Berrenrather Straße hundert Meter stadteinwärts.«

»Okay. Danke. Und entschuldigen Sie das Missverständnis.«

»Kein Thema. Schönen Tag!«

»Ihnen auch.«

Was für ein Idiot. Er hätte ja zumindest mal nach dem Penthouse fragen können. Oder ob es eine Frau Stähler gibt. Wer blöd fragt, kriegt halt auch blöde Antworten. Ich schließe die Tür und schmunzle mich zurück in die Küche, wo ich den Bräunegrad meines Schlemmerfilets überprüfe. Meinen Teller stelle ich zurück in den Schrank, weil das Schlemmerfilet ja schon einen Teller hat. Dann schaue ich noch einmal in den Ofen. Noch zwei Minütchen, dann werde ich es aus seiner Hitzehölle befreien und aufessen. Denke ich mir so. Doch es klingelt wieder an der Tür. »Maaaaaaaaaaannnnn!«, stöhne ich laut. Warum akzeptiert denn hier keine Sau, dass er seine Ruhe braucht!?

»Jaaaa?«, nöle ich in die Sprechanlage, doch statt einer Antwort klopft es an der Tür.

Ich öffne und stehe direkt vor der blondierten Königin der Unterschicht. Sie strahlt mich an, als träfe sie auf ihren 1977 im Ikea-Kinderparadies verlorenen Sohn.

»Hiiiiiiiiiii! Ich bin Ihre nagelneue Nachbarin!«, schrillt es in von Sinnen gleicher Lautstärke durch den Hausflur. Ich drücke eine dünne Hand mit relativ viel Schmuck und zwinge mich zu einem freundlichen Gesichtsausdruck. Meine nagelneue Nachbarin sieht aus, als käme sie gerade von einem Schneehasen-Fotoshooting beim Playboy: Pink-weiße Skijacke, bunte Strick-Ballonmütze mit Reh-Applikation und grelle Besorg's-mir-Boots mit goldenem Felleinsatz.

»Ich wollte mich nur kurz vorstellen, weil ... ich zieh ja bald über Sie. Mein Name ist Stähler. Johanna Stähler.«

Und mein Name ist Bond. James Bond. Gleich drücke ich auf den Knopf meiner High-Tech-Uhr und jage dir einen pulsierenden Polonium-Pfeil in die Häkelhaube. Ich nuschle ein leises »Simon Peters« in den Flur und schüttle ein eiskaltes Händchen dazu.

»Ist Ihnen kalt oder haben Sie gerade was aus dem Eisfach geholt?«

Ein blondes Fragezeichen legt sich über das Gesicht meiner Nachbarin.

»Versteh ich nicht.«

»Na, weil Sie so kalte Hände haben.«

»Aber welches Eisfach? Ich ziehe doch erst ein.«

»Vergessen Sie's.«

»Wenn Sie meine Winterklamotten meinen: Ich bin doch auf dem Sprung nach St. Moritz, wegen so 'nem Meeting, und weil ich nun mal 'ne verfrorene Person bin, hab ich mir gedacht: Johanna, zieh dich warm an!«

Das würde ich ihr auch sonst empfehlen. Schon mal wegen der Stimme. Klingt irgendwie, als würde sie sich nach jedem Satz von irgendwoher Helium ziehen.

»St. Moritz?«

»Kennen Sie?«

»Nee. Aber soll jetzt ja auch nicht mehr sooo ...«

»Ist ja nur geschäftlich. Aber sagen Sie, haben Sie zufällig einen Handwerker von einer Küchenfirma gesehen im Haus?«

»Nee. Ich bin gerade eben erst nach Hause gekommen.«

»Mist. Dann hab ich den verpasst. Ich wollte das mit der Küche unbedingt vor meinem Einzug regeln.«

»Wann ziehen Sie denn ein?«

»Morgen früh! Also, das mache ich natürlich nicht selbst, sondern eine Umzugsfirma. Ich hoffe, die Arbeiter machen nicht zu viel Lärm im Haus.«

»Kommt drauf an, wie oft sie den Flügel fallen lassen.«

»Welchen Flügel?«

Ich sollte es einfach sein lassen mit den Späßchen.

»Das … war nur so als Scherz gedacht.«

»Aber ich hab keinen Flügel.«

»Okay. Keinen Flügel.«

Ich versuche, das Gespräch zu Ende zu lächeln und gehe einen kleinen Schritt zurück in meine Wohnung, um dies zu unterstützen. Doch das pink-weiße Skihuhn macht ebendiesen Schritt mit, und so stehen wir wieder gleich weit entfernt wie zuvor.

»Ich weiß, es ist vielleicht ein bisschen dreist, aber ich hätte da noch einen Anschlag auf Sie vor.«

Simon. Nein. Keinen Spaß jetzt mit dem Wort »Anschlag«.

»Was denn?«

Sehr gut, Simon. Du kannst es doch!

»Es ist wegen des Umzugs, aber nur wenn's Ihnen nichts ausmacht. Weil ich weg bin bis morgen Abend. Sie sind ja sicher den ganzen Tag im Haus. Könnten Sie vielleicht die Umzugsleute in meine Wohnung lassen morgen früh um sieben? Das wäre supi!«

Das geht ja gut los.

»Warum glauben Sie, dass ich den ganzen Tag im Haus bin?«

Ein falsches Wort meiner nagelneuen Nachbarin und ich knalle ihr die Tür vor der Nase zu.

»Weil … naja … Sie sind ja jetzt auch hier.«

Das war knapp!

»Ausnahme.«

»Nur reinlassen, sonst nichts. Ist alles vorbereitet, die Arbeiter wissen Bescheid, wo sie was hinstellen sollen, ich mache so Zettel an die Pakete und die Türen.«

Ein 70 000-Euro-Auto fahren, aber den finanziell angeschlagenen Nachbarn beim Umzug einspannen.

»Helfen Sie mir? Das wäre echt Welt.«

Das wäre ›Welt?‹ Noch so 'n Ding und du bist Mond.

»Damit ich's verstehe: Während Sie in St. Moritz ein Meeting haben, ziehen andere Leute für Sie um?«

»Ich hab doch keine sechs Jahre in London studiert, um dann Schränke durch Hausflure zu tragen.«

Ich greife nach dem Schlüssel.

»Geben Sie her, ich krieg das schon hin!«

»Hey! Supi! Danke. Dann bis morgen Abend. Tschaui!«

»Ach, eine Sache noch …«, rufe ich dem Skihuhn Columbo-mäßig nach, als sie schon mehrere Stufen in Richtung St. Moritz gelaufen ist.

»Ja?«

»Ich weiß ja nicht … kennen Sie die Gegend hier?«

»Nein, wieso?«

»Dann seien Sie vorsichtig am Abend. Ich meine, Sie haben ihn ja noch nicht! «

»Sie haben WEN noch nicht?«

»Den Schubser von Sülz!«

Hab ich »Schubser« gesagt? Scheiße! Ich Idiot! Ich wollte »Schlitzer« sagen! Mit amüsiertem Gesichtsausdruck steigt Johanna wieder eine Treppenstufe hoch.

»Den Schubser von Sülz?«

Wenigstens hab ich sie nicht vor dem Lispler von Lindenthal gewarnt, dem Nuschler von Nippes oder dem Kitzler von Klettenberg.

»So ein Typ, der nachts Frauen auflauert und … Na ja, Sie wissen schon … schubst!«, versuche ich zu retten. Ich könnte mir eine reinhauen vor Wut.

»Vielen Dank. Das ist immer gut zu wissen so was. Ich kenne Köln ja noch nicht.«

»Keine Ursache. Ich wollt's nur erwähnt haben. Wir … wir haben auch Einbrecherbanden in der Gegend. Aus … Chile!«

»Danke für den Tipp. Ich lasse jemanden kommen wegen einer Alarmanlage!«

Ich Idiot.

»Is klar.«

»Riecht übrigens ein bisschen angebrannt, ist das bei Ihnen?«

Ich Vollidiot.

»Mist, mein … mein … norwegischer Bio-Lachs in … Dings … Trüffelsauce!«

»Bonne app! Tschüssi!«

Bonne app? Kopf ab! Kochend vor Wut beobachte ich durchs Küchenfenster, wie Frau Stähler in ihrem rubinroten Hummer H2 davondonnert, und werfe das völlig verkokelte Schlemmerfilet weg. Ich hab doch mein Studium nicht nach zwei Semestern abgebrochen, um so einen Kohleklotz zu essen. Was für eine dämliche Angeberin! Und was zum Teufel verhandelt man eigentlich in St. Moritz? Was frag ich denn, ich weiß es doch: die monatlichen Zahlungen ihres Schweizer Ex-Mannes! Ich baue mir einen Studentenburger aus vier Scheiben Toast mit Margarine, Aldi-Käse und einer alten Scheibe Salami, die aber noch ganz gut riecht. Dann packe ich meine Sachen für den Außendienst: Notizbuch, Stift, Sunkist und Taschentücher, sollte ich vor Aufregung mal wieder Nasenbluten bekommen. Als ich jedoch Johannas Wohnungsschlüssel auf meinem Schuhschrank sehe, kann ich der Versuchung nicht widerstehen. Ist es nicht mein gutes Recht als Nachbar, mir ein kurzes Bild vom augenblicklichen Zustand des Tussenbaus zu machen? Also schleiche ich die zwei Treppen hoch und schließe die Wohnung auf. Ich trete ein und stehe im übergroßen Wohnzimmer, von dem die eins, zwei, drei, vier, fünf (!) Schiebefenster zur Dachterrasse abgehen. Auf dem Parkettboden erspähe ich eine leere Flasche Champagner, daneben zwei Gläser und ein Maßband. Sonst ist alles leer. Als ich ins Schlafzimmer schreite, um das Sternenfenster für Habichtkacke zu öffnen, sehe ich, dass Johanna große Zettel mit den Zimmerbezeichnungen an den Türen angebracht hat: *Wohnzimmer/Essen, Schlafzimmer, Gästezimmer, Workout-Zimmer.* Workout-Zimmer? Die Alte hat sie echt nicht mehr alle! Das hier ist Köln-Sülz, nicht Santa Monica.

Ich nehme den Gästezimmer-Zettel ab und klebe ihn an die Tür zum Wohnzimmer. Dann vertausche ich den Workout-Zimmer-Zettel mit dem fürs Schlafzimmer und Bad eins mit Bad zwei. Ha! Hat das Gästezimmer halt fünfzig Quadratmeter und das Wohnzimmer elf! Lächelnd verschließe ich das Penthouse und mache mich auf den Weg zum Außendienst. Ist es nicht unfassbar, welch dumme Fehler Möbelpacker beim Umzug machen, wenn man als neuer Mieter Prosecco in der Schweiz schlürft, statt wenigstens ein bisschen mitzuhelfen?

FROSCH

Eine Dämmerung nach EU-Norm legt sich über die Stadt, als ich nach einem anstrengenden Nachmittag zurück in mein Viertel komme. Ich war in mindestens zehn verschiedenen Supermärkten, um die Warnung: »Enthält Soldatenscheiße« auf probiotische Joghurts zu kleben. Was sich zunächst lustig anhört, ist in Wahrheit ein Lebensmittelskandal erster Güte: Die Basis jeglicher Bakterien in probiotischen Joghurts sind Keime aus menschlichem Stuhl, das kann man in jedem handelsüblichen Internet nachlesen. Für die Lebensmittelindustrie ist das freilich ein alter Hut, denn die Vorläufer dieser probiotischen Joghurtkeime hat man schon im Ersten Weltkrieg gezüchtet. Da soll eine ganze Kompanie an Durchfall erkrankt sein. Ein einziger Soldat blieb gesund. Mit dessen Stuhl hat man dann Bakterien gezüchtet, die man den anderen Soldaten ins Essen mischte, damit diese fit bleiben. Sie blieben fit. Und nun stecken die Enkelkinder dieser heroischen Fäkalbakterien in jedem probiotischen Joghurt. Scheißegal? Wohl kaum. Ich finde, dass der Verbraucher Bescheid wissen sollte, dass er keinen Mango-Pfirsich-Joghurt zum Frühstück isst, sondern einen Mango-Pfirsich-Soldatenkacke-Joghurt. Der Marktleiter bei Kaiser's fand das nicht. Hab ich halt Hausverbot. So wie bei Lidl, Edeka und Penny. Egal. Es gibt so viele andere Supermärkte ...

Ich muss im Kiosk vorbeischauen, weil ich wegen meines außerplanmäßig verkürzten Aufenthalts bei Kaiser's kein Bier mehr mitnehmen konnte. Müde drücke ich die mit vielen Zetteln beklebte

Tür meines Ägypter-Kiosks auf und trete in den winzigen Raum, dessen Platz hauptsächlich vier große Kühlschränke einnehmen.

»Haaaallo!«, begrüßt mich ein gut gelaunter Aset hinter seinem Tresen.

»Wieder auf Tour gewesen heute?«

»Ja, aber ... nicht so erfolgreich.«

Ich öffne einen der Kühlschränke, nehme drei Flaschen Bier heraus und stelle sie auf die mit Krimskrams überfrachtete Theke.

»Ich hab frische Falafel auch, wenn du willst. Heute gemacht. Sind prima zum Bier!«

»Danke, heute nicht. Aber ... ich soll dich grüßen von einer Annabelle Kaspar. Kennst du die?«

Asets Gesicht macht nicht den Eindruck, als würde irgendein Groschen fallen.

»Annabelle Kaspar? Hmm ... wie sieht die aus?«

»Das weiß ich nicht, ich kenne sie nur vom Telefon. Aber ich glaube, sie ist hübsch! Also, der Stimme nach. Die Stimme ist hübsch!«

»Tut mir leid, aber ich schau nicht so genau auf die Stimme bei Kunden.«

»Mhhh ... warte mal. Sie sagt, sie ist oft hier gewesen bis letztes Jahr und sie mochte deine Falafel so gerne!«

Asets Gesicht beginnt augenblicklich zu leuchten.

»Jeder mag meine Falafel gerne!«

»Ja, sie halt ganz besonders.«

»Leider kenne ich keine Annabelle. Sicher, dass du keine Falafel willst? Ich geb sie dir auch so, als Geschenk.«

»Also gut. Drei Stück. Danke.«

Schade, denke ich mir, während Aset die kleinen Kichererbsenbällchen in eine Papierschale packt und mit Alufolie umhüllt, ich hätte dieser Annabelle Kaspar gerne am Telefon gesagt, dass sich ihr alter Bekannter erinnert hat.

»Hab einen schönen Feierabend.« Aset lächelt, ich trete mit Bier und Falafel aus dem winzigen Kiosk.

»Du auch«, entgegne ich, schließe die Tür und trotte über den feuchten Asphalt in Richtung Wohnung. Eine Minute später stehe ich wieder im Kiosk.

»Die wollte immer Ketchup auf die Falafel! Eine Studentin ist das! Oder – gewesen.«

Asets Kopf taucht im Perlenvorhang hinter dem Tresen auf. Er strahlt.

»Ketchup auf Falafel? Ja, da erinnere ich mich. War aber lange nicht mehr hier. Freundin von dir?«

Ich bin ein wenig verdutzt über Asets Freude.

»Na ja … ›Freundin‹ ist jetzt vielleicht ein bisschen übertrieben, aber …«

»Dann warte kurz!«

Aset verschwindet im Lagerraum, ich höre ihn Getränkekästen verschieben und Kartons öffnen. Schließlich taucht er mit einer einfachen beigen Stofftasche wieder auf und gibt sie mir.

»Hier. Ich wollte schon wegschmeißen. Die hat sie vor fast einem Jahr liegen lassen, ganz beschwipst war sie von einer Party. Vielleicht kannst du ihr das geben?«

Ich nehme die Tasche, sie ist leicht, fast so, als wäre sie leer.

»Geb ich ihr!«, sage ich und wünsche Aset nochmal einen schönen Feierabend. Auf der Straße schaue ich in die Tasche. Drin ist ein Fläschchen Glitter-Haarspray Gold, ein hellblauer Spitzhut, wie ihn Zauberfeen tragen, und ein Stoff-Frosch mit einem Klettband am Hintern.

SCHIEFLAGE

Es ist nach ein Uhr nachts und ich rotiere in meinem Bett wie eine irre Rennmaus in einem Hochgeschwindigkeits-Laufrad. Je länger ich mich hin und her werfe, desto sicherer bin ich mir, dass ich nie wieder in meinem Leben schlafen werde. Auch die roten Ziffern meines Retro-Radioweckers scheinen von Minute zu Minute größer und bedrohlicher zu werden. Wenn ich nicht aufpasse, findet man mich in ein paar Wochen tot in meinem Bett: erschlagen von einer riesigen Zwei. Wenn ich doch wenigstens Annabelle erreicht hätte! Mindestens dreißig Mal habe ich bei der Verbraucherhotline ange-rufen, um sie über den Frosch zu informieren. Immer waren irgend-welche Maier, Müller und Schmidts dran. Mit einem Auge und auf dem Bauch liegend schiele ich auf den Wecker. Schon halb drei! Wenn ich IN DIESER SEKUNDE einschlafe, dann könnte ich noch volle vier Stunden pennen. Warum habe ich mich auch breitschla-gen lassen, die Luxustrulla-Möbelpacker ins Haus zu lassen? Das muss man sich mal reintun: Die Tante ist noch nicht mal im Haus, da bringt sie schon meinen Rhythmus durcheinander. Wenn ich nur mal abschalten könnte, entspannen. Wo er doch die Ruhe braucht.

02:46 Uhr, Seitenlage. Seltsam, die Sache mit der Frosch-Tüte. Vielleicht war's ja ein Geschenk? Oder 'ne Karnevalsverkleidung ... Aber die hat man doch normalerweise an und nicht in 'ner Tüte!

02:55 Uhr. Rückenlage ohne Kopfkissen. Wenn man sich's mal so überlegt, dann ist das völlig klar: Phil hat nur so viel Kohle wegen seiner großen Klappe. Eigentlich kann er gar nichts!

02:59 Uhr. Rückenlage mit Kopfkissen. Faustschläge treffen das unbenutzte Nachbarkissen. Phil kann so was von nix, dass es ihm eigentlich peinlich sein müsste. Ich kann eigentlich auch nix. Aber warum zum Teufel hat er dann Geld und ich nicht? Mist! Gleich drei Uhr.

03:00 Uhr. Bauchlage. Drei Uhr! Kein Wunder, dass ich wach liege, wenn ich dauernd auf die Uhr gucke. Ich dreh den Wecker um!

??:?? Uhr. Embryonal-Lage. Wie viel Uhr es jetzt wohl ist? Also, rein vom Gefühl her habe ich den Wecker so vor zehn Minuten umgedreht. Könnte aber auch schon 'ne Viertelstunde her sein. Mann!!!

03:04 Uhr. Rückenlage mit zwei Kopfkissen. Wenn ich um halb vier immer noch wach liege, dann stehe ich auf und mach mir einen schönen Siebträgerkaffee mit einem brandneuen Pad.

03:20 Uhr. Stabile Seitenlage. Ich könnte mich bei Gottschalk anmelden und wetten, dass ich an der Temperatur der Kaffeepads erkenne, wann genau der Kaffee gemacht wurde!

03:28 Uhr. Sterbebett-Lage mit auf der Brust verschränkten Armen. Noch zwei Minuten bis zum Kaffee. Das schaffe ich nie, dass ich bis dahin noch einschlafe.

03:30 Uhr. Beine zur Decke. Ich will überhaupt gar keinen Kaffee. Moment mal ... zuckt da mein Auge? Das geht doch jetzt nicht auch noch nachts los, oder?

03:47 Uhr. Kopf unter dem Kopfkissen. Wie lange geht eigentlich schon dieser Konflikt in Afghanistan? Und wollte ich nicht nachprüfen, ob in der Buchstabensuppe auch alle Buchstaben des Alphabets sind?

03:50 Uhr. Rückenlage ohne Decke. Ich muss mich entspannen und nur an eine Sache denken! An irgendwas Schönes. Ans Meer zum Beispiel, ja das ist gut. Okay ... Frühling auf den Kanaren, rechts von mir rauscht der Atlantik und ich laufe barfuß durch den lauwarmen Sand. Ja! Das ist gut! Ich werde schon müder. Ich spüre, wie meine Füße leicht einsinken und wie der feine Sand durch meine Zehen rieselt. Aber was ist das? Welches dumme Arschloch hat seine Bierdose einfach so an den Strand geworfen? Wenn ich die Sau erwische, dann ...

Halt. Stopp. So klappt das nicht. Konzentrier dich, Simon.

04:15 Uhr. Bauchlage. Ich fliege! Fliege mit unerhörter Leichtigkeit über die sattgrüne Krombacher-Insel aus der Werbung. Ich fühl mich leicht und frei, unbeschwert und ... ich lächle! Obwohl – eigentlich ist es schon traurig, dass mir beim Meditieren nur ein Wald aus der Werbung einfällt und kein echter. Was sag ich – »traurig« –, unfassbar ist das, wie man manipuliert wird heutzutage von diesen kaltblütigen Düsseldorfer Werbe-Schmocks mit ihren aus Elfenbein gefrästen Designerbrillen! Wenn ich die Schweine erwische, dann ...

05:12 Uhr: »Verdammte Scheiße, das gibt's doch nicht!!!«

Wütend knipse ich meine Nachttischlampe an und springe aus dem Bett. Ich stelle mich unter die Dusche und bereite mir mit einem noch jungfräulichen Senseo-Pad den ersten Kaffee des Tages zu. Dann reiße ich die Tüte mit der Buchstabensuppe auf und ordne sämtliche Pastabuchstaben alphabetisch. Kurz vor sechs habe ich das skandalöse Ergebnis: Das scharfe ß fehlt und die Umlaute! Doch noch bevor ich mich aufregen kann, schlafe ich am Küchentisch ein.

Das erste Mal werde ich um kurz vor sieben von einem riesigen Möbelpacker geweckt, der aussieht wie ein amerikanischer Truck-Fahrer. Schlaftrunken händige ich den Penthouse-Schlüssel aus und schleppe mich ins Schlafzimmer. Das zweite Mal weckt mich ein dürres grünes Männchen von Westmail mit einem Brief für Johanna Stähler und um drei vor acht der Tourette-Turm von Pfarrer Westhoff. Als der letzte der insgesamt 176 Dongs in den Straßen verhallt, beschließe ich andere Geschütze gegen den Lärm-Terror aufzufahren. Stromausfall? Russenmafia? Einstweilige Verfügung? Wärmegesteuerte Cruise Missiles? Im Turm brütende seltene Vögel? Eine Demo? Mhhh ... vielleicht ja eine Demo. Mit einem Himbeermarmelade-Toast setze ich mich ans Fenster. Der Umzug ist in vollem Gange und über mir knirscht und kracht es, dass einem schlecht werden könnte. Ein Karton nach dem anderen wandert aus einem großen LKW hinauf ins Luxus-Reich und wird direkt über meinem Kopf abgestellt. Es folgen krachteure Designermöbel: eine mindestens drei Meter große Wohnzimmerlampe im Schreibtischlampenstil, mehrere Teakholzschränke und ein stylisches Lack-Sideboard. Richtet die 'ne Designer-Messe aus oder will sie da wohnen? Was alleine das Sideboard kosten muss. Mit jedem nach oben wandernden Möbelstück fühle ich mich ein Stückchen unterschichtiger, da hilft mir auch der amüsante Gedanke nicht, dass sämtliches Mobiliar in den falschen Zimmern landet. Denn wahrscheinlich sitzt meine gestraffte Riesenblondine gerade mit irgendeinem VIP auf einer Sonnenterrasse im Schnee und giggelt sich tot über mich, den Schluff mit der dunklen Zwei-Zimmer-Wohnung. Hihihihihi-hihi! Und wo sitze ich? In einer von der Arbeitsagentur bezuschussten 2-Zimmer-Wohnung ohne Flurlicht und Balkon! Achtung Simon. Wut steigt auf. Wo er doch die Ruhe braucht. Zu spät. Mein Auge zuckt. Dessen ungeachtet wird nun ein riesiges Gemälde nach oben getragen, auf dem eine Heuschrecke mit Sonnenbrille zu sehen ist. Ist das noch Kunst oder schon Selbstkritik? Es folgen ein großer Alu-Kühlschrank mit Eiswürfelspender und ein massiver Holztisch im indischen Stil, mehrere weiße Ledersessel und eine weiße Couch. Flecken kriegt die da nie wieder raus, das ist ja wohl klar. Ich seufze und drehe mich zu meinem hölzernen Baumarkt-Buchenregal, auf dem Nutella, Tütensuppen und das Buch »Preisbewusst kochen für eine Person« steht. Als ein Spezialkran anrückt, um ein riesiges Fitnesslaufband über das Haus hinweg direkt auf die Dachterrasse zu heben, kriege ich zu viel. Ich entschuldige mich bei

Shahin für die Fehlzeit und flüchte mit zuckendem Auge aus meiner eigenen Wohnung.

Die Bahn fährt mich Richtung Neumarkt und damit mitten ins pulsierende Herz unserer liebevoll verschandelten Schunkel-Metropole. Ich steige aus und bleibe keine zwei Meter später stehen. Und jetzt? Was soll ich machen? Vor lauter Aufregung hab ich mein Notizbuch vergessen, also kommt mein üblicher Außendienst nicht in Frage. Ich könnte Flik im T-Punkt besuchen, aber wahrscheinlich hat er wieder irgendein kompliziertes Kundengespräch und gar keine Zeit für mich. Paula? Sitzt bestimmt mit ihrem Nelkensnob bei irgendeinem Nasehoch-Bussibussi-Italiener und schlürft überteuerten Espresso. Und Phil? Ich ziehe mein Handy raus und rufe seine Nummer auf. Dann stecke ich das Handy wieder ein und setze mich auf eine Bank neben der Haltestelle. Selbst wenn einer von den dreien Zeit hätte – was sollte ich ihnen sagen? Dass mir die reiche Mieterin im Haus eine Heidenangst macht? Dass ich keine einzige Bewerbung geschrieben habe im Oktober? Dass Dr. Parisi meint, ich hätte Burnout – und das ohne Job? Ich stehe auf und streife ziellos durch die Innenstadt. Erst als ich in einem Wühlkorb vor einem dm-Markt ein Sonderangebot für den Swiffer sehe, komme ich auf die Idee, Annabelle anzurufen. Sie weiß ja noch gar nichts von dem Frosch! Meine Laune steigt, als ich mir eine Packung Swiffer aus einem Korb schnappe und in den Laden gehe. Ich setze mich auf einen für winzige Kunden bereitgestellten Wickeltisch und wähle die Nummer, die auf der Rückseite der Packung steht.

Es meldet sich eine helle Männerstimme.

»Procter & Gamble Verbraucherservice, mein Name ist Walid Amin Fayed, was kann ich für Sie tun?«

»Ich möchte keine Dosierhilfe und mit Annabelle Kaspar verbunden werden! Mein Name ist Peters. Simon Peters!«

Pause.

»Das tut mir leid, ich kann Sie leider nicht verbinden, die Anrufe werden vom System zugeteilt!«

Eine junge Mutter mit roten Haaren und einem Baby an der Brust schaut zwischen mir und dem Wickeltisch hin und her. Ich verscheuche sie mit meiner Swiffer-Packung.

»Hören Sie! Es geht um einen Frosch und eine hellblaue Fee. Verstehen Sie das?«

»Auf Wiederhören!«

»Warten Sie … wie heißen Sie, haben Sie gesagt?«

»Walid Amin Fayed.«

»Können Sie mir sagen, was Bittscharäh bedeutet?«

»Auf Wiederhören.«

Es tutet. Hat mich dieser Headset-Mongo doch einfach weggedrückt. Ich gehe auf Wahlwiederholung und sehe, dass die junge Mutter wiederkommt, diesmal mit einer dm-Angestellten.

»Entschuldigung, aber Sie sitzen auf einem Wickeltisch!«, sagt die dm-Angestellte.

»Danke, aber das stört mich gar nicht«, entgegne ich freundlich.

Während Mutter und Angestellte mich verständnislos anschauen, dringt die zickige Stimme einer weiteren Verbraucherberaterin an mein Ohr.

»Procter & Gamble Verbraucherservice, mein Name ist Carmen Oh, was kann ich für Sie tun?«

»Entschuldigung, wie heißen Sie?«

»Carmen Oh.«

»Hinten nur O?«

»Die Buchstaben ›O‹ und ›h‹. So wie ›Oh‹, wenn man überrascht ist.«

»Wenn man so einen Namen hört, ist man immer überrascht.«

»Na also, dann passt es ja. Und was kann ich für Sie tun?«

»Sie können mich mit Annabelle Kaspar verbinden!«

»Das geht technisch nicht.«

»Haben Sie ›leider‹ gesagt?«

»Nein.«

»Ich hab aber ein Problem!«

»Ist eines unserer Produkte verantwortlich für Ihr Problem?«

»Nein. Es geht eigentlich um einen Frosch.«

»Das tut mir leid, aber ich fürchte, ich kann ihnen nicht helfen. Wir sind hier über dreißig Mitarbeiter, und selbst wenn ich die Frau ...«

»Kaspar. Wie der Kasper nur mit a!«, unterbreche ich.

»Der Kasper hat aber auch ein a.«

»Mit einem a hinten!«

»Verstehe. Kaspar wie der Kasper nur mit zwei a, müssten Sie dann sagen. Und Sie sind?«

»Simon Peters. Wie der Pater nur mit zwei e.«

»Sind Sie in unserer Datenbank?«

»Ja. Aber gucken Sie da bloß nicht rein.«

»Hören Sie. Selbst wenn ich Frau Kaspar kennen würde, ich dürfte Sie gar nicht verbinden.«

»Oh!«, sage ich ein wenig theatralisch.

»Ich werde jetzt auflegen, Herr Peters.«

»Haben Sie gehört? Ich war überrascht.«

»Auf Wiederhören.«

»Warten Sie! Richten Sie der Frau Kaspar bitte aus, dass ich ihren Frosch habe!«

Aufgelegt. Was für ein Saftladen! Ich stecke gerade mein Handy weg, als ich die Mutter, die dm-Angestellte und einen recht entschlossen wirkenden Marktleiter auf mich zukommen sehe. Sieht mir auf den ersten Blick nach einem weiteren Hausverbot aus.

»Was machen Sie auf dem Wickeltisch?«, herrscht mich der Marktleiter an.

»Ich ... äh ... hab drei Staffeln *Lost* geguckt und mir den Arsch wundgesessen dabei!«

Noch bevor der Marktleiter meinen Arm erwischt, springe ich vom Wickeltisch und rette mich in die Fußgängerzone. Als ich eine kleine Gruppe von Demonstranten sehe, die Flugblätter verteilen, komme ich auf eine Idee, wie ich Westhoffs Tourette-Turm stoppen könnte. Eine Viertelstunde später sitze ich bereits in der Web-World.

Bahn und Autos sind laut genug! Stoppt den Glockenlärm! Jetzt!
Stiller Protest aller Glockengegner von St. Bartholomäus.
Sonntag 15 Uhr, direkt vor der Kirche.
Sülzer gegen Glockenlärm e.V.

»Was machst du, Bichareh?«

»Flyer für 'ne Demo!«, antworte ich trocken.

»So eine Demo musst du aber anmelden!«, klärt mich Shahin auf, der urplötzlich hinter mir auftaucht.

»Aber doch nur, wenn ich mit dabei bin, oder?«, grinse ich.

»Wie? Du rufst zu einer Demo auf, zu der du gar nicht gehst?«

Ich stehe auf und gehe Richtung Drucker.

»Ein guter Demokrat muss auch delegieren können. Unsere Bundeskanzlerin fliegt unsere Tornados ja auch nicht selber runter nach Afghanistan. Was kriegst du für fünfhundert Kopien, Shahin?«

»Machen wir ... zehn Euro.«

»Pack's auf meine Surf-Rechnung drauf, ja?«

Die Zettel klebe ich an jede einzelne Ampel und jeden Stromkasten, lege sie in Geschäften aus und stecke sie unter Scheibenwischer aller Autos mit Anwohnerparkausweis. Als ich mich gegen fünf Uhr meiner Wohnung nähere, ist das bunte Möbel- und Kartonfeuerwerk zu Ende. Ich nehme den Penthouse-Schlüssel aus dem Briefkasten und werfe einen kurzen Blick in die Wohnung. Die debilen Möbel-Tonis haben sich doch tatsächlich an meine Zettel gehalten: Das

Bett steht im Workout-Zimmer, der indische Esstisch und die weiße Couchgarnitur im Gästezimmer und das Fitnesslaufband unter
den Dachfenstern im Schlafzimmer.

»Kannste schön Sternchen kucken beim Laufen!«, grinse ich,
hänge die Zettel zurück an die richtigen Türen und gehe drei Ge-
haltsklassen nach unten in meine Wohnung.

Als ich mir eine knappe Stunde später meine Fischstäbchen mit
Kartoffelbrei serviere, höre ich die ersten trippelnden Schritte über
mir. Wie knapp! Hätte mich Prinzessin Botox' hurtige Rückkunft
aus St. Moritz fast noch überrascht. Ich kann mich kaum auf mein
Lieblingsessen konzentrieren, so emsig trippelt und trappelt es über
mir, als verliefe direkt über meinem Teller eine Tussenautobahn.

Tripptripptrapp. Trapp. Tripptripp.

Ich höre auf zu kauen und halte die Luft an. Vermutlich hat sie ja in
dieser Sekunde entdeckt, dass ihrem Wohnzimmer glatte 30 qm
fehlen. Doch der Schrei des Entsetzens bleibt aus. Dafür gibt es
neue Geräusche. Ich lege meine Gabel auf den Teller und drehe
mein Ohr zur Decke.

Da hätten wir zum Beispiel ein:
Chhhhhhhhh ... k-tock!
Oder ein:
¡krck ... krck ... rattatatatata ... gtong!
Gefolgt von einem:
¡trrrrrrrrrr ... klick!

Wo zum Teufel bin ich hier? Beim Essen oder bei einem billigen
Fernseh-Geräuschequiz mit einem aalglatten Moderations-Zuhäl-
ter?!

»Herr Peters, wann kam Ihnen denn die Idee, sich mit Geräuschen zu beschäftigen?«

»Nun, ich hab gerade Fischstäbchen gegessen und da kamen all diese neuen Geräusche von dieser Trulla über mir.«

»Ja, haha ... wie originell! Dann würde ich sagen, gehen wir gleich in die erste Runde mit folgendem Geräusch. Was würden Sie sagen, was das ist?«

Chhhhhhhh ... k-tock!

»Mhhh ... ich würde sagen, meine neue Nachbarin schiebt einen Umzugskarton quer durchs Zimmer und stößt damit gegen die Fußleiste?«

»Leider falsch, Herr Peters, sie stößt mit dem Karton gegen einen hochwertigen Tropenholztisch. Null Punkte. Hier gleich das zweite Geräusch.«

¡krck ... krck ... rattatatatata ... gtong!

»Puh! Irgendeine Art von Schiebetür?«

»Welche Schiebetür?«

»Schlafzimmerschrank?«

»Leider falsch, Herr Peters, es handelt sich um eine der bodentiefen Echtholzschiebetüren zur XXL-Dachterrasse mit sensationellem Parkblick.«

»Was hat denn der Parkblick mit dem Geräusch zu tun?«

»Gut beobachtet, Herr Peters, den Parkblick hat meine Redaktion nur hinzugefügt, um Sie zu demütigen. Null Punkte. Und hier ist schon das dritte Geräusch:

¡trrrrrrrrrr ... klick!

»Sie ... lässt was einrasten?«

»Richtig! Aber was?«

»Ein Regal? Halt. Ein Regal aus hochwertigem Tropenholz!«

»Leider falsch, Herr Peters, bei dem Geräusch handelte es sich um kein Regal aus hochwertigem Tropenholz, sondern um einen von Jonathan Ive designten Effekt-Lautsprecher für eine hochwertige Infinity Dolby Digital Anlage. Damit haben Sie wieder keinen Punkt und der Jaguar geht an den Manager der Deutschen Bank, der alle Geräusche richtig hatte.«

Es wird weiter geschoben, geklopft, gepoltert und geklickt. Was mich allerdings wirklich wahnsinnig macht, sind weniger die neuartigen Geräusche als meine plötzliche Hilflosigkeit. Geht das von jetzt an so weiter da oben? Jeden Tag und jeden Abend? Oder ist das nur der Umzugstag?

In der ersten Werbepause des *Perfekten Dinners* kommt Musik zum Trippeln dazu. Sind das Klarinetten? Oboen? Laubbläser? Ist sie Klassik-Fan? Nein, ist sie nicht, denn nun höre ich die mehr als bekannte Stimme eines Mannes, auf den alle Frauen abfahren, seit Neuestem sogar die Schwestern diverser Entzugskliniken. Weil der Robbie einfach saugeil aussieht, sagt Paula. Weil er das Böse im Blick hat, schwärmt Daniela. Weil die Frauen immer wieder auf die gleichen Frauenschläger-Machos reinfallen, sage ich. Typisch Frau ist das. Erst verzückt dahinschmelzen, weil er »das Böse im Blick« hat und sich später wundern, dass sie eine gescheuert kriegen, weil das Abendessen nicht schmeckt.

Ich und vermutlich der Rest des Wohnhauses hört »I will talk and Hollywood will listen«, den ersten Song von Robbie Williams' langweiligem Swing-Album. Wer den Song kennt, der weiß, dass sich Williams' Stimme, was die Tonhöhe betrifft, in der ersten Strophe irgendwo zwischen Vorhautverengung und Arsch auf Grill bewegt.

I wouldn't be so alone
if they knew my name in every home
Kevin Spacey would call on the phone
But I'd be too busy

Nach »busy« wird die Musik noch ein wenig lauter. Ja spinnt die denn? Ich stehe auf und rase in mein Schlafzimmer. Dort ist es leiser. Ein bisschen.

Okay. Jetzt hab ICH das Böse im Blick. Ja, was passiert denn erst, wenn gleich das Orchester einsetzt? Kracht dann die ganze Wohnung runter? Oder nur der Kühlschrank und der Tropenholz-Tisch? Wie wahnsinnig laufe ich kreuz und quer durch meine Wohnung. Ich muss was machen. Ich muss doch was machen! Hochgehen! Polizei rufen. Bundesgrenzschutz und das Ordnungsamt. Moment mal! Die singt doch nicht etwa jetzt noch mit da oben, oder?

IIIIIIIII will talk aaaaand Hollllllywood will listen!!!

Sie singt mit. Und sie singt genau so, wie sie sich schminkt! Wie unter Schock kralle ich mich an meine Couch und starre nach oben. Keine zwei Stunden im Haus, aber schon Terror machen. Wo er doch die Ruhe braucht! Es folgen zwei weitere Robbie-Titel.

In der Mitte von »Do nothing till you hear from me« springe ich auf, stecke den ausgeliehenen Wohnungsschlüssel ein und gehe nach oben. Energisch poche ich gegen ihre Tür. Ich habe auch Rechte als Nachbar und die kann ich einfordern! Schon ein einfaches, aber höfliches »Drehen Sie dieses jämmerliche Britengewinsel leiser oder ich ruf die Bullen!« kann einem ein ganzes Jahr harmonischer Ruhe einbringen. Ich poche noch immer, die Musik wird leiser, die Tür geht auf und ein freudiges Lächeln erschlägt mich.

»Hiiiiiiii! Ich wollte gerade runtergehen und mir den Schlüssel holen. Kommen Sie rein!«

Ich nicke und betrete die Wohnung. Die war doch garantiert in so einem Kommunikationsseminar, wo man lernt, wie man einem stinksauren Nachbarn in einer Sekunde den Wind aus den Segeln nimmt.

»Ich brauch nur noch 'ne Sekunde im Bad!«

Noch bevor ich irgendetwas sagen kann, verschwindet Johanna in einem Badezimmer und lässt mich inmitten ihres begehbaren Habitat-Katalogs stehen. Ich fühle mich wie ein bulgarischer Kesselschmied auf der Oscar-Verleihung.

»Ich hab Getränke gekauft!«, höre ich Johanna aus einem der Bäder rufen.

»Okay!«, rufe ich schüchtern zurück und rühre mich nicht.

»Ich nehme auch eins!«, tönt es gut gelaunt aus dem Bad.

Ich nicke stumm und gehe auf den einsamen Ami-Kühlschrank im noch leeren Küchenbereich zu. Im Kühlschrank liegen eine einzige Flasche Bier und eine Fanta. Ich nehme die beiden Flaschen heraus und gucke nach einem Öffner.

»Die dreht man auf!«

Hinter mir steht Johanna in einer bauchfreien weißen Stoffhose und einem pinken Wolltop. Sie nimmt sich das Bier, dreht den Verschluss auf und grinst mich an.

»So!«

Der Duft eines aufdringlichen Parfums steigt in meine hilflose Nase.

»Vielen Dank für Ihre Hilfe nochmal. Ich bin Johanna.«

»Simon.«

»Das mit dem ›Sie‹ ist doch albern, oder?«

»Aaaabsolut!«

Wir stoßen an und ich würde am liebsten sofort verschwinden. Irgendeine seltsam dominante Energie geht von dieser straffen Person aus, eine Energie, mit der ich nicht wirklich umzugehen weiß. Genau deswegen sitze ich schon zwei Schlucke später auf einem kleinen weißen Lounge-Würfel, während die Königin der Unterschicht auf einem Design-Barhocker über mir thront. Abwechselnd werfen wir ein paar Wörter in den Smalltalk-Mixer.

»Sorry, ich hab drei Sitz-Würfel eigentlich, aber ...«

»Kein Thema, ich schau einfach hoch ...«

»Und? Wie lange wohnst du schon hier?«

»Hier im Haus zwei Jahre, in Köln elf Jahre. Und Sie ... du?«

»Hier im Haus zwei Stunden, davor New York, Los Angeles, London und Rom.«

»Rom?«

»Rom!«

»Und davor ... London ... New York ...«

»Und L.A., genau.«

»Soll ja total überschätzt sein, L.A., hat mir ein Freund erzählt.«

»Dann kennt er wahrscheinlich nicht die richtigen Leute. Ich kenn die richtigen Leute.«

»Toll! Und ... wie findest du Köln so bisher?«

»Hässlich. Asozial. Provinziell. Aber, um auch was Nettes zu sagen: unfassbar billig.«

Ich drücke meinen Kloß vom Hals in den Brustbereich. Aus mir unerklärlichen Gründen stimme ich ihr zu und sage:

»Na ja ... hässlich. Wurde ja im Zweiten Weltkrieg alles zerbombt und ...«

»Wenn du mich fragst: am besten nochmal komplett plattmachen und neuer Versuch. Das, was hier steht, geht ja gar nicht.«

Ich muss hier weg, warum stehe ich nicht auf. Noch schnell meine Kinderlimo wegmachen, kurz lächeln und sagen:

»Danke für die Kinderlimo; aber ich muss dann leider mal wieder!«

Netter Versuch, aber Johanna drückt mich zurück in den Lounge-Würfel.

»Bevor du gehst, könntest du mir noch einen klitzekleinen Gefallen tun.«

Ich schaue auf. Was kommt denn bitte jetzt?

»Die dämlichen Möbelpacker haben nämlich irgendwie die ganzen Zimmer verwechselt, und jetzt … Na ja … ein paar von den Möbeln sind ganz schön schwer.«

Ich halte die Luft an und kralle mich an meiner leeren Fanta fest. Das meint die jetzt aber nicht ernst, oder?

»Nur ein Stündchen oder zwei, dann hätten wir's! Was meinst du?«

In einer Mischung aus Protest und Irritation beginnt mein Auge zu zucken. Ein Zeichen, das Johanna offenbar als »Ja« deutet. Dieses gerissene Luder! Ächzend stehe ich auf. Wir schleppen den indischen Tisch vom Gästezimmer zurück ins Wohnzimmer und die komplette sechssitzige Couchgarnitur in die andere Richtung. Ein von innen beleuchteter Wohnzimmertisch, der vom Gästeklo ins Wohnzimmer muss, entpuppt sich als besonders schwer.

»Wenn man was abstellt auf dem, dann wechseln die Farben!«, erklärt mir Johanna stolz.

»Und ich wechsle die Farbe, wenn ich ihn trage!«

»Wieso jetzt?«

»Vergiss es.«

Ich hab kurz Angst, dass sie den Tisch loslässt, um mit den Händen darauf zu trommeln. Ich liege falsch. Sie lässt ihn los, weil ihr Handy klingelt.

»Sekündchen! Meredith! Das ist ja Welt, dass du anrufst, rate mal wer hier ist! Was? Hihihihihi! Sag ich ihm!«

»Sie verspricht, nie wieder bei dir zu klingeln.«

»Gut!«

Es plaudert sich nicht so leicht, wenn man gerade einen zentnerschweren Tisch durch die Gegend wuchtet. Und während Johanna mit Meredith über Shopping, Fusion-Food und die neue Zen-Suite in Grand Resort Lagonissi quatscht, wuchte ich das Mobiliar des kompletten Gästezimmers zurück an den korrekten Ort. Als ich gerade eine solide Truhe durch den Türrahmen wuchte, höre ich, wie Johanna vorschlägt, einen Tisch auf die EMI zu reservieren. Das ist entweder eine japanische Kollegin oder eine Plattenfirma. Wenigstens beendet Johanna in diesem Augenblick ihren Tussen-Talk und eilt zu Hilfe.

»Ach du lieber Himmel, die Truhe! Nimm doch wenigstens die Hanteln raus!«

»Hanteln?«

Krachend stelle ich die Kiste ab und reiße sie auf. Randvoll mit Sport-Gewichten. Johanna entschuldigt sich mit klimpernden Wimpern und mädchenhaftem Knicks. »Sorry!«

Ich sage: »Kein Problem« und setze mich erschöpft auf die Kiste.

»Du bist bei der EMI?«

»Ja.«

»Cool. Und, was machste da so?«

»Geschäftsführung für Europa.«

Mir fällt fast das Gesicht aufs Parkett.

»Auch ... äh ... auch cool.«

»Und du?«

»Ich?«

Wahrscheinlich ist es genetisch bedingt; jedenfalls ist es für einen Mann nahezu unmöglich, neben einer geschlechtsreifen Frau aus demselben Kulturkreis zu sitzen und stolz zu sagen, dass man Hartz IV empfängt. Besonders wenn man gerade erfahren hat, dass diese Frau in der Geschäftsführung eines der größten Plattenlabels ist und im Penthouse über einem wohnt. Ich entscheide mich dennoch für die ehrliche Variante. Es fällt schwer.

»Sagen wir so ... ich hab das Glück, nicht mehr arbeiten zu müssen.«

»Ja geil. Respekt. Ist übrigens ganz mein Motto: Wer früh Gas gibt, ist schneller auf den Seychellen.«

»Was?«

»Du, das muss dir nicht peinlich sein. Ist doch supi, wenn du's schon geschafft hast. Wie alt bist du?«

»32.«

»Hey! Ich auch! Is ja Welt! Gib mir fünf!«

Wir schlagen ein wie zwei American Football Profis nach einem Touchdown. Kann sein, dass ich dabei ein klein wenig kraftloser wirke als sie. Johanna ist GENAUSO ALT wie ich! Und warum wohnt sie dann über mir? Warum fährt sie einen Hummer und kann den Park sehen? Ich glaube, mir wird schlecht.

»Ich finde Männer gut, die Gas geben. Weißt du ... naja ... ich war mal mit 'nem Schlagzeuger zusammen in Rom. War toll und so, aber ... letztendlich hatte ich keinen Respekt vor ihm.«

Vorsichtig stelle ich meine leere Fantaflasche aufs Parkett.

»Hat ... hat er schlecht gespielt?«

»Er hat geil gespielt, aber er hat nix verdient. Auf Dauer ging das natürlich nicht. Ich meine, wie soll ich Respekt haben vor einem Mann, der nicht mal ansatzweise dazu in der Lage ist, später mal 'ne Familie zu ernähren? Ein Haus zu bauen und ein Ferienhaus?«

In diesem Augenblick erfinde ich die Geste der bedingungslosen Simon-Peters-Kapitulation: Während ich die Schultern nach oben ziehe, schüttle ich gleichzeitig den Kopf, schreibe mit den Händen ein hilfloses »Weiß nicht« in die Luft und beiße die Zähne aufeinander. Wie armselig. Dennoch klopft mir Johanna anerkennend auf die Schulter.

»Echt cool, dass du nicht mehr arbeiten musst. In welcher Branche warst du denn?«

Scheiße.

»Es ist nur wirklich nichts Besonderes.«

In welcher Branche ich war, fragt sie. Denk nach, Simon!

»Sorry, ich bin immer so neugierig.«

Sag irgendwas!

»Schon okay. Ich ... ich habe Schlupfnoppen gemacht!«

»Schlupfnoppen?«

Johanna beömmelt sich ein wenig gekünstelt. »Was machen diese Schlupfnoppen denn?«

Ich setze ein bedeutungsvolles Gesicht auf und sage: »Ohne Schlupfnoppen wäre die Welt nicht so, wie wir sie kennen. Weil … ohne Schlupfnoppen läuft heutzutage gar nichts mehr.«

So. Das muss reichen. Johannas Gesicht spricht da allerdings eine andere Sprache. Vielleicht sollte ich sie nicht mit jedem Satz noch neugieriger machen. Ich atme durch und versuche, so souverän zu wirken wie Nelkenjakob beim argentinischen Tischefang.

»Okay. Schlupfnoppen. Hast du dich jemals gefragt, warum sich manche Dinge so schön drehen?«

Mit geöffnetem Mund schüttelt Johanna den Kopf, den Blick fest auf mich gerichtet. »Schade. Wie auch immer. Schlupfnoppen sind überall da drin, wo Dinge sich schön drehen: in Küchenmixern, im Auto, in Ventilatoren!«

»In meinem Hummer auch?«, fragt Johanna mit großen Augen.

»Mindestens einhundert Schlupfnoppen!«

»Ja, geil! Und die hast DU gemacht?«

»Na ja, nicht ich direkt …«

Schlupfnoppen hin oder her: time to go! Ich ziehe meinen bleischweren Körper ins Senkrechte.

»Ich muss dann leider wirklich los. Vielleicht können wir das Laufband ja auf ein anderes Mal verschieben.«

»Brauchen wir gar nicht. Das Workout-Zimmer bleibt da, wo es ist. Die Dachluken sind klasse für'n Sport, außerdem kann ich dann beim Laufen den Park sehen. Wenn ich schlafe, sehe ich ja eh nix.«

»Stimmt. Gute Nacht.«

Johanna begleitet mich zur Tür.

»Weißt du was?«

Ich schüttle mit dem Kopf.

»Ich freu mich, dass ich so einen coolen Nachbarn habe!«

In meiner Wohnung angekommen will ich noch einen Schlummi-fix trinken, doch irgendwie hab ich nicht mal mehr die Kraft, von der Couch aufzustehen. Die EMI-Geschäftsführung hat mir meinen kleinen Hartz-IV-Tag zugeschnürt wie einen Aldi-Meisenknödel. Sie tat es kaltblütig und mit dem Selbstbewusstsein eines afrikanischen Schrebergarten-Diktators.

Ich gehe ins Schlafzimmer, lege meine große Taschenlampe zurecht und mich falschherum ins Bett. Schließlich knipse ich kleinlaut das Nachttischlicht aus, ziehe die Decke über den Kopf und schäme mich. 32! Sie ist 32! Genauso wie ich. Diese Tatsache mag banal erscheinen, aber sie bedeutet letztendlich nichts anderes als: Sie hat es geschafft und ich nicht. Ich beiße in meine Bettdecke, da höre ich etwas über mir. Es ist ein rhythmisch summendes Geräusch. Ich weiß sofort, woher es kommt. Schließlich habe ich höchstpersönlich dafür gesorgt, dass im Penthouse alles so steht, wie es steht. Warum auch immer die EMI-Geschäftsführung der Meinung ist, um diese Zeit joggen zu müssen: Mein Bett liegt direkt unter Johannas Fitnesslaufband.

FEE

Normalerweise beginnt mein Samstag mit einem Croissant der am wenigsten schlechten Bäckerei meines Viertels. Dazu trinke ich dann Siebträger-Kaffee und blättere in der von Herrn Schnabel geborgten *WELT*. Da ich die gelesene *WELT* am nächsten Tag gegen die jeweils neue austausche, hängt Herr Schnabel nachrichtentechnisch lediglich 24 Stunden hinterher. Und ob er mit seinen siebzig Jahren nun am Samstag erfährt, dass die EU die Handgepäckregeln für Flugreisen nun doch nicht verändert, oder am Sonntag, ist ja nun wirklich egal. Doch dieser Samstag beginnt anders als die anderen. Mit dem Refrain eines Rocksongs nämlich, der ohne Vorwarnung mitten durch die Zimmerdecke auf mein Bett kracht:

... hey hey, you you, I don't like your girlfrien ...

Stille. Starr wie ein Marienkäfer auf dem Rücken liege ich im Bett und lausche ins Nichts. Wenn mich nicht alles täuscht, dann waren das soeben fünf Sekunden Avril Lavigne.

... doesn't matter to me. Ruby, Ruby, Ruby, Ru ...

Ein weiterer Musikschnipsel dröhnt aus dem Tussennest, nach wenigen Sekunden ist auch hier Schluss. Welcher halbwegs gesunde Mensch hört denn am Wochenende um kurz vor acht ein Album durch? Oh! Es geht weiter:

... wieso wieso bin immer ich der Idiot und warum warum haben andere nicht ich die Million? Kann ich kann ich nicht auch ...

»Er braucht doch seine RUUUHHEEEE!«, rufe ich nach oben, doch meine Beschwerde verhallt ungehört. Brummelnd schleppe ich mich unter die Dusche und lasse lauwarmes Wasser und Himbeer-kindershampoo über meinen kraftlosen Körper laufen. Als ich ein klein wenig wacher aus der Duschkabine trete, fliegen mir weitere Sound-Häppchen um die Ohren. Ich erkenne Take That, Jennifer Lopez und Roger Ciceros *Frauen regier'n die Welt*. Na vielen Dank auch für den Soundtrack zu meiner momentanen Wohnsituation. Ich beschließe, trotz der widrigen Umstände zum Bäcker zu gehen. Als ich zurückkehre, verlässt Johanna das Haus. Die Haare zu einem Zopf gebunden und ihre kleinen Öhrchen mit weißen iPod-Kopf-hörern versiegelt, rast sie in einem High-Tech-Joggingoutfit die Treppe herunter und jubiliert, natürlich viel zu laut: »Hiii, cooler Nachbar!«

»Hallo«, grüße ich und frage ein wenig scheinheilig: »Läufste mit Musik?«

»Klar, hab eben noch 'ne Stunde Titel durchgehört für 'nen gei-len Jogging-Mix!«

Ich nicke, da schlägt die Haustür auch schon zu.

Vielleicht sollte ich auch mal wieder Sport machen, denke ich mir. Schließlich hat Dr. Parisi gesagt, dass er den Sport prima ge-brauchen könnte.

Noch während des Frühstücks versuche ich die Verbraucherbera-tung meines Vertrauens zu erreichen. Leider habe ich Pech an die-sem Tag, denn auch beim zehnten Versuch wird mir wieder ir-gendeine Quatschwurst zugeteilt, statt Annabelle. Es ist eine Sache der Selbstverständlichkeit, dass ich die Nerven verliere.

»Nein! Ich will keine Dosierhilfe!«, poltere ich ins Telefon, »ich will mit Annabelle Kaspar sprechen! Annabelle Kaspar. Wie der Kasper nur mit a! Ja, genau, der Kasper mit dem Polizisten und dem Krokodil! Kriegen Sie das in Ihr weichgespültes Berater-Hirn?«

»Es tut mir leid, aber bei uns beantwortet jeder Berater alle Kundenanfragen. Sie sagten ›weichgespült‹, geht es um Lenor?«

»Nein, es geht um einen Frosch!«

»War ein Frosch in einem unserer Produkte?«

»Nein, verdammt nochmal, es war ein Frosch in einer Tasche!«

»Eine Dosiertasche?«

»Wissen Sie was? Lecken Sie mich am Arsch!«

Es ist kurz nach vier und ich habe schon fast aufgegeben, da höre ich den Satz, auf den ich so lange warten musste: »Procter & Gamble Verbraucherservice, mein Name ist Annabelle Kaspar, was kann ich für Sie tun?«

Ich räuspere mich aufgeregt und setze mich gerade hin.

»Sie waren eine Fee an Karneval und so betrunken, dass Sie Ihren Zauberstab verloren haben, stimmt's?«

Leider scheint es der Verbraucherberaterin meines Vertrauens die Sprache verschlagen zu haben, denn statt einer Antwort höre ich lediglich das beflissene Schnattern ihrer knapp neuntausend Kollegen.

»Hallo?«, frage ich vorsichtig nach. Vielleicht war ich ja doch ein wenig zu direkt.

»Sind Sie noch dran?«

»'tschuldigung! Sie haben mich total auf dem falschen Fuß erwischt. Ich war eben noch bei Herrn Hoffmann und angetrockneten Swiffer-Tüchern.«

»Und? Kriegt er neue?«

»Nein. Er lässt sie absichtlich austrocknen, um Produkte zu schnorren.«

»Ist nicht wahr...«

»Aber woher wissen Sie das mit meinem Karnevalskostüm?«

»Ich war die Tage beim Ägypter und der hat mir Ihre Tasche mitgegeben, da war ein Klettfrosch drin, ein Feenhut und so Glitzerzeugs für die Haare.«

»DA hab ich die Sachen gelassen. Hat er mich noch gekannt?«

»Erst nicht, aber als ich das mit dem Ketchup auf den Falafeln gesagt habe, da wusste er Bescheid.«

Meine Beraterin lacht.

»Das hat er nie verstanden, stimmt. Ich packe auf alles Ketchup drauf. Na, jedenfalls danke, dass Sie gegrüßt haben. Schön, dass er mich noch kennt. So was bringt einen durch den Samstag.«

»So schlimm der Arbeitstag?«

»Ach was. Geht schon. Ist ja nicht für immer hier. Nette Kollegen habe ich auch. Geht schon, alles. Wie ist Köln so zurzeit?«

»Hässlich und verbaut wie immer. Eine Hälfte schwul, die andere bekloppt. Aber sonst ganz nett. Hat sich nix geändert.«

Ich höre ein leises Kichern.

»Das glaube ich. Wir waren oft in der Scheinbar, im DeLite und im Boogaloo. Kennste?«

»Klar. Die gibt's alle drei noch. Könnt ihr also immer noch hin.«

»Na ja ... ich fahr nicht mehr nach Köln!«

»Verstehe.«

»Aber du kannst ja mal ein Bier für mich trinken dort ... oh ... sorry. Jetzt hab ich Sie geduzt.«

»Nicht schlimm. Ich bin Simon.«

»Annabelle!«

»Na jedenfalls ... ich geh nicht mehr so oft aus.«

»Okay. Na dann ...«

Ich schiele zum Fernseher, wo ein Herr Lafer gerade ein Perlhuhn in eine Auflaufform legt.

»Ich könnte Ihnen ... DIR die Karnevalssachen zuschicken!«, sage ich nach kurzer Pause. »Ich meine, ist doch nur fair, dass ICH DIR mal was schicke.«

»Also ... das ist lieb, dass du's mitgenommen hast für mich, aber ... ehrlich gesagt, kannste die Sachen ruhig wegwerfen.«

»Den Frosch auch?«, frage ich.

»Den Frosch auch!«

»Warum?«

»Weil der mich an den beschissensten Abend meines Lebens erinnert!«

»Das war der Abend, an dem du die Tasche vergessen hast?«

»Genau der!«

»Und ... fährst du deswegen nicht mehr nach Köln?«

Ich schalte den Fernseher aus und wechsle vom kleinsten Pub der Welt in meine Lümmelcouch.

»Warum ich nicht mehr nach Köln fahre? Ich ...«

»Ja?«

»Mein Teamleiter kommt, Herr Peters. War sehr schön, mit Ihnen zu sprechen. Hatten Sie sonst noch irgendeine Frage zu einem unserer Produkte?«

»Was? Äh ... nein. Halt, doch. Haben Sie meine Pringles schon rausgeschickt?«

»Die ... sind gestern raus, ja.«

»Super. Ich frag nur, weil ... ich hab keine mehr.«

»Einen schönen Abend noch und danke für Ihren Anruf bei Procter & Gamble.«

»Ja. Danke auch. Tschüss.«

Ein wenig ratlos lege ich auf und schiele auf das gegenüberliegende Couchkissen, zu Annabelles Frosch. »Ich soll dich wegschmeißen, hat sie gesagt!« So erschrocken ist das arme Tier, dass es sich die nächste Stunde keinen Millimeter von der Stelle rührt.

LICK IT LIKE BECKHAM

Der plötzliche Abbruch meines Gesprächs mit Annabelle hat eine gewisse Schwermut auf meinen Fernsehabend geworfen. Vielleicht hätte ich ja auch nicht so direkt fragen sollen nach dieser Köln-Geschichte, immerhin kennen wir uns erst seit vier oder fünf Produkten. Ich bin schon bis zu den Knöcheln in die Wehmut gerutscht, da lassen mich Geräusche aus dem Treppenhaus aufhorchen. Ich sprinte zum Spion und sehe Johanna scherzend mit einem gut gebauten Kerl nach oben gehen. Ihr Freund? Ihr Mann? Ihr Bruder? In der Werbepause von »Die extremsten Unwetter der Welt« ahne ich dann, dass es nicht ihr Bruder ist. Ich drehe den Fernseher leiser und mein rechtes Ohr zur Decke. Mir schwant, dass diese Geräusche nur von etwas kommen können, was ich seit geraumer Zeit nur aus Erzählungen kenne: Geschlechtsverkehr!

Ich stelle den Fernseher ganz aus und springe auf. Tatsächlich! Das kann nur dieser Sex sein, von dem in letzter Zeit so viel gesprochen wird. Mit beeindruckender Geschwindigkeit poltert und rummst es über mir; nach jedem zweiten oder dritten *Ba-tang* scheint sich die Position der Akteure um ein paar Zentimeter zu verschieben. Gemeinsam wandern wir vom Wohnzimmer über den Flur in die Küche. Johanna stöhnt nach jedem *Ba-tang*. Ich mache mir ein Bier auf und widme mich mehr oder weniger pikiert meiner Wetter-Doku. Als kurz darauf über mir noch irgendetwas zu Bruch geht und diesem Geräusch ein lautes »Hihihihihi« folgt, ahne ich schon: Gegen das, was sich da über mir abspielt, ist jeder mir bekannte Fleischfilm ein verschnarchter Bingoabend.

Tak Tak Tak Tak Tak Tak Tak
  »Jaaaa!«

Ja spinnt die denn? Neunzig Prozent der Leute im Haus haben überhaupt keinen Sex mehr, wie kann man die so brüskieren? Was glaubt diese notgeile Panzerfahrerin denn, wie lange gerade ich brauche, um das alles zu verarbeiten? Mein ganzes Leben! Wenn nicht länger!

Dongel Dongel Dongel
  »Aaaaaaaaaahhhhhhhh!!!«

Das gibt's doch nicht! Wer erklärt sich denn freiwillig bereit, so eine aufgetakelte Else zu pieksen? Oder bezahlt sie ihn dafür?
  »Komm! Komm! Komm!«, sage ich laut.
  Doch Johanna will nicht kommen.
  Im Gegenteil.
  Als es eine Viertelstunde später in einem weiteren Raum rumpelt weiß ich: Meine Penthouse-Bewohnerin ist nicht nur wohlhabender als ich, sie hat auch noch den besseren Sex. Was nicht besonders schwer ist, weil ich seit einem ganzen Jahr gar keinen hatte. Oder seit vier Jahren, je nachdem ob man es als Sex werten kann, wenn die flüchtige Discobekanntschaft nach zwölf Red Bull Absinth zwar die Augen weit aufgerissen hat, aber trotzdem nicht mehr wirklich mitbekommt, wer da gerade über ihr liegt.
  Kapier es endlich mal, Simon. Reich, fit und notgeil! So sind sie, die neuen Frauen. Die brauchen Männer nur noch zum Vögeln, Kinder großziehen und essen gehen. Das ist exakt der Teil westlicher Emanzipation, der uns alle so fertigmacht und Typen wie Roger Cicero erst ermöglicht. Oder glaubt hier irgendjemand ernsthaft, in Abu Dhabi würde man länger als drei Sekunden auf der Bühne stehen bleiben, wenn man sich einen Hut aufsetzt und singt

»Frauen regier'n die Welt«? Das geht einen ganz schlimmen Weg bei uns, das hab ich im Gefühl. Am Ende krallen sich alte reiche Frauen hübsche junge Männer. Was heißt am Ende? Hat nicht Cameron Diaz jetzt schon einen viel jüngeren Freund? Ist Botox-Johanna nicht vorhin mit einem Erstsemester die Treppen hoch und lässt sich gerade besinnungslos pimpern?

Eine weitere Viertelstunde später, Johannas »Ah« hat sich mittlerweile in »Jajaja!« verwandelt, beschließe ich, etwas gegen diesen Sex-Terror zu unternehmen. Ich kann auch Sex haben, wenn ich will! Und zwar noch viel intensiveren als euer affektiertes Neureichengeschubse. Simon, die geile Sau, zeigt es allen! Verfickt nochmal! Wütend reiße ich die Schublade mit meinen alten Porno-DVDs heraus und überlege, welcher der Streifen die realistischste Tonspur haben könnte: *Bananenfick in Mosambik* fällt da schon mal aus, viel zu billo alles. In die *Schwanzwaldklinik* mischen sie dauernd GEMA-freies Weltspartaggedudel, das kommt auch nicht echt. Wie wär's mit *Kompaniehuren II – Trommelfeuer aus der Sackkanone*? Oder doch *Hairy Potter und die Kammer des Schleckens*? Scheißegal Simon, nimm irgendeinen und dreh ihn volles Rohr auf, damit das da oben aufhört. *Kuck mal wer da schluckt?* Oder doch lieber: *Stoß langsam III*?

»Maaaaaannnn!«

Nix passt! Das kommt davon, wenn man sich Pornos nur wegen der bescheuerten Titel kauft, statt sie anzuschauen wie jeder normale Sexgestörte. Ganz am Ende meiner Schublade finde ich dann noch einen Film, der geräuschtechnisch passen könnte: *Lick it like Beckham*. Ich drücke ihn vor bis zu der Stelle, an der dieser halbseidene Beckham-Doppelgänger die Masseurin mit dem Schlafzimmerblick nackig gemacht hat, und pumpe die Lautstärke hoch. Das Timing ist ideal, weil Frau Geschäftsführerin und ihr prominenter Monsterstecher gerade eine kleine Pause eingelegt zu haben scheinen.

»Ahhhhh!« und »Uhhhh« stöhnt es aus meinem Fernseher, während ich mitten im Raum stehe und die beiden stumm dirigiere.

Zehn Minuten geht meine ganz private Porno-Show, ich gebe alles beim Dirigieren und mein seelisches Gleichgewicht ist fast schon wieder hergestellt, als es an der Tür pocht. Ich stelle den Fernseher aus, verwuschel meine Haare und sage laut: »Ist okay, Mandy, ich geh schon.«

Vorsichtig schaue ich durch den Spion. Es ist der junge Typ, der mit Johanna ins Penthouse gestiegen ist. Er trägt ein rotes Polohemd und wirkt ein wenig verschämt. Ich öffne, er zwingt sich zu einem Lächeln.

»Hi, ich bin Jan.«

»Schön. Und weiter ...?«

»Gaugert. Jan Gaugert.«

»Weswegen Sie geklingelt haben, nicht wie Ihr Nachname ist!«

»Ach so ... ja ... könnten Sie vielleicht Ihren Fernseher ein bisschen leiser machen, wir sind gerade in der Entspannungsphase und ... Na ja ... Sie wissen schon ... stört halt.«

Was erlauben Gaugert? Es beginnt zu brodeln in mir und ich sage wütend:

»Klar. Erst das Haus zu Feinstaub vögeln, aber sich dann anspießen, wenn die Nachbarn auch geil werden!«

»Wir haben nicht ... ›gevögelt‹. Wir haben trainiert. Ich bin Johannas Personal-Trainer.«

»Natürlich. Und was macht dabei ›aaaaaaaaaaahhhhh‹?«

»Die Halteübung!«

»Und *taktaktaktak*?«

»Der Punchingball!«

»*Dongel Dongel Dongel?*«

»Das Teraband.«

»Ich glaub Ihnen kein Wort.«

»Dann kommen Sie bitte mit!«

Das hätte ich nicht sagen sollen, denn nun werde ich von »The Body« die Treppe hoch und in Johannas Wohnung gezogen. Und tatsächlich: Neben mehreren Medizinbällen und Bändern, Springseilen und einer Matte steht auch ein mobiler Punchingball. Johanna sitzt im Schneidersitz mit einer Trinkflasche auf dem Boden und macht keine Anstalten aufzustehen.

»Hi Johanna«, sage ich schüchtern und mit rotem Kopf.

»Hi, Simon. Keine Freundin?«, grinst sie mich an.

»Äh ... Fernbeziehung. Wohnt oben in Holland.«

»Dann fahr doch mal hin!«

Jan und Johanna giggeln. Ich fühle mich wie ein kleiner Schuljunge, der an der Tafel gerade von der ganzen Klasse ausgelacht wird. Auch mein Auge hat die peinliche Situation nun geschnallt und zuckt wie wild.

»Sorry Simon, das ist Jan, Jan, das ist Simon. Jan ist mein Personal-Trainer. Hundertfünfzig Euro die Stunde, aber der Beste dafür. Hat schon mit Julia Roberts trainiert und Matt Damon. Simon hat in Schlupfnoppen gemacht und genießt sein Geld.«

Ich räuspere mich. Dass die sich das gemerkt hat! Jan nickt interessiert und zieht eine Visitenkartenbox aus seiner Sporttasche.

»Hut ab!«, sagt er, während er mir seine Karte reicht, auf der neben seinem Namen die Begriffe PT, Triathlon-Vorbereitung und Ernährungsberatung stehen.

»Falls du mal was für deine Fitness tun willst ...«

Ich gebe ihm die Karte zurück.

»Sehr nett, aber ich bin topfit. Dreimal die Woche zehn Kilometer Jogging Minimum.«

»Okay. Das IST fit. Na dann ...«

»Ach und Simon ...«

Johanna steht auf und zieht mich zum Fenster.

»Falls du wirklich mal was Intimes vorhast, dann wäre vielleicht ein Vorhang vor deinem Fenster nicht schlecht.«

Mit offenem Mund blicke ich in die Fassade des Bürohauses gegenüber, in dem sich mein komplettes Wohnzimmer spiegelt. Inklusive Fernseher mit Pornostandbild. Ich lächle für eine Millisekunde, nuschle ein »Danke« in den Raum und husche nach unten. Dann ziehe ich die Vorhänge zu, schmeiße die Pornos in den Müll und versuche noch neben der gelben Tonne zu sterben vor Scham. Es gelingt mir nicht.

ERHÖHE DEIN TEMPO

Zum ersten Mal seit der Wiedervereinigung ziehe ich meine Joggingschuhe aus einer muffigen Kiste. Es ist ein sonniger Novembersonntag und mein Fensterthermometer zeigt akzeptable 7 Grad. Warum also nicht ein wenig laufen, wo er doch Sport machen soll? Sich ein wenig entspannen, wo er doch die Ruhe braucht? Da ich keine Sportsachen im herkömmlichen Sinn besitze, schlüpfe ich in meine gelb-grüne Fernsehjogginghose mit dem Ketchupfleck am Knie und ziehe mir ein rotes Kapuzenshirt über. Hat Ex-Außenminister Joschka Fischer nicht auch so angefangen sich fit zu machen? Heimlich und im schmuddeligen Kapuzenshirt? Ich meine, ich hätte da mal was gelesen.

Die erste Minute läuft's richtig gut. Ich finde meinen Rhythmus und fühle mich toll. So ein bisschen wie Rocky, nur halt ohne Musik, weil ich keinen MP3-Spieler habe. Ich biege in die Straße, bei der ich davon ausgehe, dass sie in den Park führt, den man von der Tussenterrasse aus sehen kann. In der zweiten Minute habe ich dann allerdings schon das Gefühl, dass ich zu schnell laufe für meinen Trainingszustand, und drossle mein Tempo. Dennoch: Die frische Luft und die alleinige Tatsache, dass ich tatsächlich Sport mache, erhöht meine Laune. Bis ich direkt hinter mir eine wohlbekannte Stimme höre.

»Simon?«

Ich reiße meinen Kopf herum.

»Johanna!«

»Hiiiii! So früh am Sporteln, is ja Welt! Gib mir fünf!«

Johanna holt auf und ich arme Wurst muss einschlagen.

»Wie ... hast du mich erkannt von hinten?«

»Gleiche Hose wie gestern Abend!«

»Okay!«

»Läufste ein Stückchen mit?«

»Äh ... klar ... warum nicht?«

Wie hieß es früher immer in den reißerischen RTL Explosiv Reportagen: *Es sollte ein ganz normaler Sonntag werden, doch es wurde Hölle pur.* Wenige Augenblicke nach meinem leichtsinnigen »warum nicht« fühle ich mich bereits wie in *Rocky III*, trabe wie eine Südstaaten-Dampflok neben meiner perfekt ausgerüsteten Nachbarin durch den Park.

»Sag mal, Simon, sind in meinen Schuhen auch Schlupfnoppen?«

Unfassbar, wie sie bei dem Tempo auch noch reden kann!

»Drehen sich deine Schuhe?«, keuche ich.

»Eher nicht ...«

»Dann sind keine drin!«

»Schade!«

Natürlich joggen wir nicht einfach so, wie das normale Menschen tun, das hätte ich vielleicht noch überlebt, wir machen ein spezielles, von Johannas Personal-Trainer entwickeltes Ausdauer-Lauftraining.

»So ein PT ist schon Welt!«, schwärmt sie, als wir ein rauchendes Pärchen mit Bierflasche passieren, an dem mein neidischer Blick förmlich kleben bleibt.

»Und was ... genau hat uns ... dein Welt-PT jetzt so ... zusammengestellt?«, keuche ich.

»Okay. Pass auf. Wir traben jetzt noch kurz so wie jetzt, danach wechseln sich schnelle Etappen mit langsamen ab. Das Geile ist, dass du damit Ausdauer und Tempo gleichermaßen steigerst.«

Schön, denke ich mir noch, dass ich jetzt endlich mal Ausdauer und Tempo gleichermaßen steigere, da rieselt mir schon die erste Portion Blei in die Beine. Wir überqueren die Fußgängerbrücke des Parks und biegen nach rechts ab.

»Jetzt!«

»Was?«

»Die erste Tempoetappe. Vier Minuten. Dann Pause!«

Johanna und ich beschleunigen und schon nach wenigen Sekunden weiß ich, dass ich das nie im Leben vier Minuten durchhalte. Obwohl ich mich richtig anstrenge, kann ich kaum Schritt halten, ich puste und schnaube und mache sicher auch stilistisch nicht die beste Figur. Nach einer gefühlten Stunde ruft mir Johanna zu, dass wir schon die Hälfte der vier Minuten haben und ich bald wieder so langsam traben darf wie am Anfang. Doch in meiner rechten Seite spüre ich bereits einen stechenden Schmerz. »Alles okay mit dir, Simon?«

»Wieso?«, hechle ich, »was ... was ... soll denn sein?«

»Du bist krebsrot im Gesicht!«

»Alles okay. Ich ... werde immer rot beim Laufen.«

»Sicher?«

»Ja!«

»An der Abzweigung da vorne links?«

Ich hab keine Ahnung. Schließlich hab ich den Park noch nie gesehen in meinem Leben. Weil ich aber trotz meiner mangelnden Fitness ein echter Mann bin, sage ich:

»Genau. Links.«

Noch nie habe ich mich so auf das Ende von vier Minuten gefreut wie jetzt. Mein Kopf fühlt sich an wie eine rotglühende Ceranplatte und meinen Pulsschlag könnte man von Google Earth aus sehen. Mit starr nach vorne gerichtetem Blick trotte ich neben Johanna her und versuche meinen Tod noch ein paar Sekunden nach hinten zu schieben.

»Sicher, dass alles okay ist, Simon?«

»Alles … herrlich.«

»Supi. Biste bereit?«

»Bereit zu was?«

»Drei Minuten bei achtzig Prozent.«

Ich atme dreimal tief ein, um Kraft für meinen Satz zu sammeln.

»Wann … wann wird das sein, nur so grob?«

»Jetzt!«

Scheiße! Das waren doch niemals vier Minuten Pause! Mit Betonbeinen stampfe ich hinter der bemerkenswert locker laufenden Johanna her. Zwei entgegenkommende Silberkopf-Senioren mit Nordic-Walking-Stöcken starren mich an wie einen verunglückten Formel-1-Fahrer, der gerade brennend aus seinem Wagen steigt. Vielleicht haben sie dieses dreitastige Senioren-Notrufhandy dabei und holen Hilfe … Die Sinne verschwimmen, es mischen sich Baumkronen, Waldweg und wirre Gedanken zu einem einzigen pulsierenden Brei. Einfach weiterlaufen, Simon, dein Körper kann weit mehr, als du denkst! Wahnsinn! Ich schaffe auch diese Tempo-Etappe. Nur wenige Sekunden vor meinem sicheren Herztod vernehme ich Johannas »Okay!«, und wir verfallen in einen leichten Trab. Wenn ich nur wüsste, warum ich noch lebe: Meine Lunge steht kurz vor der Explosion, mein Puls hämmert in Spechtgeschwindigkeit durch meinen ganzen Körper, und meine Zunge ist fast so trocken wie das Croissant der am wenigsten schlechten Bäckerei in meinem Viertel. Lauf, Simon, lauf, motiviere ich mich selbst. Immer auf die Atmung achten und die Arme ziehen! Die Füße hoch! Den Schmerz ignorieren und die nagelneue Nachbarin anlächeln. Irgendwas musst du doch besser können als sie, wenn du schon keine Kohle hast. Es geht vorbei, es ist nicht mehr lang, du schaffst das. Nur noch zwei Sprints. Johannas Stimme reißt mich aus meinen Gedanken.

»Bereit für die zwei Minuten bei neunzig Prozent?«

...ist mein Kopf, der nickt, nicht ich. Schade, viel lieber würde ich jetzt entweder kotzen oder verenden. Wär eigentlich auch eine schöne Spielshow für Sat1: Kotz oder stirb! Na ja, gibt's wahrscheinlich schon.

»Jetzt!«

Ich will beschleunigen, doch es geht nicht. Es ist wie in einem Albtraum, in dem man nicht von der Stelle kommt. Ich kämpfe und mache und tue und schnaufe und werde doch immer langsamer. Auch die Geräusche um mich herum klingen plötzlich dumpf, doch die Beine werden zur gleichen Zeit leicht! Das hat der liebe Gott toll gemacht, wie der einen so runterdimmt und die Beine leicht macht, wenn man auf einem Waldweg mal so spontan zusammenbrechen will ...

Der Boden ist gar nicht so feucht, ich liebe den Boden, liebe ihn dafür, dass er mich nicht zwingt zu laufen! Ich kann echt cool auf dem Boden rumliegen, kann rumliegen, so lange ich will, und mich um die wirklich wichtigen Dinge im Leben kümmern: atmen zum Beispiel. Hey Waldboden, duuuu bist gut. Duuuu hast dieses Talent! Duuuu weißt, was mit mir los ist, und gibst mir genau das Richtige!

»Simon! Um Himmels willen!«

Eine junge Frau mit blonden Zöpfen beugt sich über mich und berührt meinen Hals.

»Sag doch, wenn's dir zu schnell ist!«

»Ach ... schnell ... ach was ... ich bin nur ... ausgerutscht ... wegen ... meiner ... alten ... Schu ... Schuhe!«

»Mein Gott, du hast mindestens einen 200er Puls!«

»Und ...? Ist das ... gut oder schlecht?«

Wir brauchen eine geschlagene Stunde nach Hause. Das liegt daran, dass ich zum einen kaum noch aufrecht gehen kann, und zum anderen ums Verrecken nicht weiß, wo wir hingelaufen sind. Erstaunlicherweise bleibt Johanna gut gelaunt und lobt mich sogar dafür, dass ich so gekämpft habe.

»Ich hab einfach keinen Respekt vor Männern, die nicht ihr Bestes geben. Die nur rumjammern statt zu kämpfen.«

»Seh ich ganz genauso«, höre ich mich sagen, bevor ich ein zweites Mal zusammensacke.

Immer noch zitternd vom Tempotraining drehe ich den Duschhahn auf. Doch statt einem Schwall Wasser kommt ein Robbie-Williams-Refrain aus der Dusche.

Let meeeeeee ... entertain you ...!!!

Ich bin zu schwach, um mich aufzuregen. Müde plätschert gerade mal ein Viertel der sonst üblichen Wassermenge aus meinem Brausekopf. Stumm und gerade mal halb angeduscht steige ich aus der Kabine und setze mich nackt auf den Wannenrand.

»Er braucht doch die Ruhe!«, sage ich leise zu mir und bedecke mich mit einem großen Handtuch. Ich werde einfach warten, bis meine Übermieterin fertig geduscht hat. Und dann gehe ich runter zu Wellberg und sage ihm die Sache mit dem Wasser und der Klingel. Als Johanna nach fünf Minuten immer noch duscht, lege ich mich in die Wanne und decke mich mit meinem Saunahandtuch zu. Ich rutsche in einen monstertiefen und traumlosen Schlaf.

»Procter & Gamble Verbraucherservice, mein Name ist Annabelle Kaspar, was kann ich für Sie tun?«

»Mein Deo klebt, und ich möchte nicht aufgenommen werden zu Schulungszwecken.«

»Simon!«, höre ich Annabelles erfreute Stimme, »schön, dass du anrufst. Warte!«

»Auf was?«

Ich binde mir unter Schmerzen mein Saunahandtuch fest um die Hüfte und werfe einen Blick auf die Küchenuhr. Es ist kurz vor zwei! Ich hab fünf Stunden in meiner Wanne geschlafen! Kein Wunder, dass mir der Rücken wehtut.

»Erzähl mir schnell von dem Deo, mein Teamleiter schwirrt hier schon wieder rum.«

»Okay. Also. Euer Deo riecht nach ... nach ungarischem Schwulenthermalbad!«

Annabelle muss lachen.

»Wie bitte riecht denn ein ungarisches Schwulenthermalbad, Herr Peters?«

»Exakt so wie euer Deo. Und zweitens klebt einem das Zeug so die Achseln zu. Ich musste deine Nummer mit der Nase tippen eben!«

»Ich trag das mal gerade ein, Herr Peters ... verklebte dem Kunden die Achseln ...«

Annabelle kriegt sich gar nicht mehr ein und ich werfe einen Blick durchs Küchenfenster. Irgendwas scheint da zu passieren, jedenfalls stehen mehr Menschen als sonst auf dem Platz vor der Kirche.

»Okay. Der Teamleiter ist weg. Wir haben hier bei Procter & Gamble übrigens gar kein Deo.«

Ich ziehe den Vorhang wieder zu, drehe die Heizung wärmer und setze mich falschherum auf den Küchenstuhl.

»Na, dann bin ich ja froh, dass ich nicht bei euch im Callcenter sitze.«

Annabelle muss wieder kichern. Wenigstens eine, die meine Späße versteht.

»Halb so schlimm. Wir machen ab und zu die Fenster auf. Warum rufst du denn an?«

»Ich ... weiß nicht. Ich dachte einfach, wir quatschen ein bisschen ...«

»Du hast gedacht, wir quatschen ein bisschen?«

»Ehrlich gesagt, ja.«

»Und ... quatschst du sonst auch gerne mal ein bisschen? Mit der Bahnauskunft vielleicht oder mit dem vodafone-Kundenservice?«

»Nee. Nur mit dir.«

Für einen kurzen Augenblick frage ich mich, ob sich das nicht alles schrecklich blöd anhören muss für jemanden, der mit was weiß ich wie viel Kollegen in einem Callcenter hockt und von einem Kunden gesagt bekommt, er wolle quatschen. Doch dann sagt Annabelle:

»Okay. Quatschen wir.«

»Schön!«

»Weißt du, was ich mich gestern gefragt habe auf dem Heimweg?«

»Ob meine Pringels schon angekommen sind?«

»Genau. Nein, ich hab mich gefragt, wie du aussiehst. Ich meine, du bist doch kein fetter, alter Typ mit Vollbart, oder?«

Ich muss lachen.

»Also, wenn du sechsundfünfzig alt findest und hundertdreizehn Kilo dick, dann haben wir ein Problem.«

»Bitte sag, dass du einen Witz machst!«

Annabelles Stimme bekommt plötzlich eine ganz neue Farbe. Wie süß! Sie hat tatsächlich Angst, ich sei ein fetter alter Sack.

»Ich mache einen Witz.«

»Gott sei Dank! Und?«

»Was und?«

»Wie siehst du denn nun aus?«

»Okay. Ich will ehrlich zu dir sein. Sagt dir der Name Brad Pitt irgendwas?«

»Jetzt verarsch mich nicht …«

»Also gut, dann im Ernst. Wie sehe ich aus?! Stichwort Robbie Williams.«

»Simon!«

»Okay. Okay. Also ich bin schlank, aber nicht durchtrainiert. Groß, aber nicht riesig. Ich hab weder Bart noch Brille und ich bin keine hässliche Kackbratze! Ach ja, und ich bin 32, genau wie … egal.«

»Okay. Das reicht mir. So telefoniert sich's doch schon viel leichter.«

»Da siehste mal. Und du?«

»Wie? Ich?«

»Wie siehst du aus?«

»Hallo? Ich erzähl doch einem wildfremden Typen am Telefon nicht, wie ich aussehe.«

Ich bin einigermaßen irritiert.

»Aber … wir kennen uns doch jetzt. Und ich hab's dir doch auch gesagt.«

»Für eine Frau ist das aber wichtiger.«

»Warum ist das für 'ne Frau wichtiger?«

»Weil von einem Mann eine Bedrohung ausgehen könnte. Von einer Frau nicht!«

»Ha! Frauen sind die allergrößte Bedrohung überhaupt. Ich könnte auch Angst haben, dass du aussiehst wie eine überschminkte Presswurst und mich irgendwann heimlich hintern Busch ziehst!«

»Tja. Mit der Angst musst du dann wohl leben!«

Verunsichert stehe ich auf und schaue ein weiteres Mal aus dem Fenster. Gut und gerne hundert Leute stehen nun vor und neben der Kirche. Hochzeit? Nein. Zu schlecht angezogen. Motorradgottesdienst? Nein. Zu gut angezogen. Wahrscheinlich wieder einer der neunhundert kirchlichen Feiertage, die ich sowieso immer durcheinanderbringe.

»Ich hab mich auch was gefragt, Annabelle.«

»Was denn?«

»Ich hab mich gefragt, warum du nicht mehr nach Köln fährst.«

Für einen kurzen Moment sagt Annabelle nichts. Da ich im Hintergrund das Geschnatter ihrer Kollegen hören kann, weiß ich aber, dass sie noch dran ist.

»Das hast du dir gemerkt?«

»Offensichtlich.«

»Okay. Du kriegst die Kurzversion. Ich hab meinen Freund an Karneval mit 'ner anderen erwischt. Was sag ich – ›Freund‹ ... meinen Verlobten. Im Hauseingang neben einer Kneipe. Im Alcazar. Kennste?«

»Oh ja! Der kleinste Puff der Welt. Also – an Karneval.«

»Stimmt. Das war genau vier Wochen vor der Hochzeit. Das war's dann. Ich hab meinen Hund eingepackt, hab den erstbesten Job im Ausland angenommen und ... na ja ... da bin ich noch. Und Fluff auch.«

Ich muss grinsen.

»Dein Hund heißt Fluff?«

»Hallo? Ist das alles, was dir zu meiner Geschichte einfällt?«

»Äh. Nein. Sorry. Er hat mit 'ner anderen Frau rumgeknutscht, oder was?«

»Er hat eine Sonnenblume im Stehen gevögelt.«

Ich muss grinsen bei der Vorstellung.

»Jetzt wär's vielleicht doch mal wichtig zu wissen, wie du aussiehst.«

Ich höre ein Lachen am anderen Ende der Leitung.

»Nee, nee, nee, Simon. So billig kriegst du mich nicht dran.«

»Als was waren die beiden denn verkleidet?«

»Was tut das denn zur Sache?«

»Ich will mir die Situation einfach bildlich vorstellen. Fee, Sonnenblume und …«

»Er war als Zapfsäule verkleidet. Also so 'ne Tankstellenzapfsäule.«

»Aral? Shell? BP?«

»'ne freie Tankstelle! Aber … vielleicht möchte ich da jetzt doch nicht mehr drüber reden.«

Ich kann nicht anders, ich muss laut loslachen über das Bild, das sich da in meinem Kopf festsetzt.

»Simon, bitte. Ich find's nicht so lustig!«

»Tut mir leid …«, pruste ich ins Telefon, »aber ich seh das jetzt einfach vor mir, die Tankstelle auf der Sonnenblume und du mit deinem Frosch!«

»Weißt du was? Probier's doch das nächste Mal einfach bei der Bahnauskunft!«

Es tutet. So schnell kann man als Mann gar nicht denken, wie manche Frauen auflegen. Regungslos sitze ich da mit meinem Saunatuch, den Telefonhörer noch immer in der Hand.

»Was hat sie denn?«, sage ich laut zu mir selbst, dann tippe ich ein weiteres Mal ihre Nummer. Es geht ein Herr Fleischer ran. Ich lege auf, ohne ein Wort zu sagen.

Mist.

Wo wir uns so schön unterhalten haben.

Oder hab ich wieder irgendwas falsch gemacht, ohne es zu merken? Ich wüsste nicht, was. Warum sagt mir Annabelle auch nicht, wie sie aussieht? Da ist doch eh was faul. Am Ende ist das 'ne schwabbelige, kettenrauchende Kuh, die mich nur deswegen ausfragt, um meine Adresse an zehn Sportartikelfirmen durchzugeben, und dann wissen alle, dass ich zwar schlank bin, aber nicht durchtrainiert und Anfang dreißig. Ich will gerade rübergehen ins Schlafzimmer und mein Handtuch gegen ein T-Shirt tauschen, da höre ich eine Art Sprechchor von draußen. Irgendwas mit »Trocken« und »Kirche hocken«. Ich reiße den Vorhang auf und sehe mindestens 200 Menschen, die, teilweise mit Transparenten, vor der Kirche stehen. Lesen kann ich keines von hier oben. Als ich jedoch einen Mann sehe, der sich zwei selbstgebastelte, ananasgroße Ohropax auf die Ohren geklebt hat, ahne ich, um was es sich bei dieser Veranstaltung handeln könnte: meine Demo! Erschrocken schaue ich auf die Uhr. Es ist genau 15 Uhr. Und jetzt verstehe ich auch den Sprechchor:

> *Ohne Glocken in die Kirche locken!*
> *Ohne Glocken in die Kirche locken!*
> *Ohne ...*

Panisch schließe ich Tür und Vorhang, verbrenne die übrig gebliebenen Flyer, mit denen ich zu dieser Demo aufgerufen habe, im Waschbecken und mache mir mehrere Bier auf.

DIE SCHLIMMSTE WOCHE MEINES LEBENS

Es ist Montagmorgen. Ich hab beschissen geschlafen und sitze mit meinem ersten Kaffee am Küchentisch. Sanfte Sonnenstrahlen dringen durchs Fenster und umschmeicheln mein übermüdetes, übellauniges Gesicht so zärtlich, als wollten sie sagen: *Lächle Simon, lächle! Eine neue Woche liegt vor dir, prall gefüllt mit Möglichkeiten, Liebe, Leben...*

»Leck mich!«, beschimpfe ich die Sonne und ziehe die Vorhänge zu. Für derartig sinnlose Anflüge positiven Denkens habe ich keine Kraft nach so einer Nacht. Nicht etwa wegen des unerträglichen Muskelkaters vom Joggen oder des seltsamen Karnevalsanrufs, war ich wach gelegen, neeiiiin ... Ich habe vor allem deswegen schlecht geschlafen, weil meine nagelneue Nachbarin die halbe Nacht versucht hat, ihre dämliche Spielkonsole im Tennis zu schlagen. Erst dachte ich, dass sie eine Tennisübertragung schaut, doch dann hat mich die Kindermusik zwischen den einzelnen Ballwechseln stutzig gemacht und Johannas Kommentare: »Schlecht! Ahhhhh! Sooo schlecht, Johanna!«

Es war so um drei Uhr morgens, als ich mich zu ihr hochgeschleppt und geklopft habe. Im Gegensatz zu mir war Johanna natürlich hellwach und hat eine weiße Fernbedienung in der Hand gehalten.

»Was macht denn diese komischen Geräusche?«, hab ich gefragt.

»Ich spiel Tennis auf der Wii. Bin ich zu laut?«

»Nein. Zu schlecht!«

Statt der neureichen Nervensäge mal so richtig die Meinung zu sagen oder ihr zumindest den goldenen Tussenhintern zu versohlen, bin ich wieder gegangen, ich Idiot. Wäre sicherlich Welt gewesen ...

Ich mache mir eine zweite Tasse Kaffee, als ein schielender Westmail-Bote klingelt und die *Vanity Fair, Glamour, Park Avenue* und *Cosmopolitan* für Johanna bringt. Ich tunke die Zeitschriften in mein Klo und werfe sie vor ihre Tür. Dann schreibe ich Wellberg einen Zettel mit der freundlichen Bitte, endlich die verschissene Nazi-Klingel zu reparieren. Natürlich verpasse ich meine 8 Uhr 46 Bahn. Ich verpasse auch die 8 Uhr 56 Bahn und die 9 Uhr 06 Bahn. Wo ich doch die Welt verbessern muss ...

Gegen zehn Uhr schließlich schleppe ich mich mit dunklen Rändern unter den Augen zu Shahins WebWorld.

»Morgen!«

»Wie siehst du denn aus?«

»Neue Nachbarin!«

»Hast du Sex gehabt die ganze Nacht?«

»Ja, genau!«

Lustlos klicke ich mich durchs Netz. Bei tchibo.de lege ich vier Spiegeleierformer in Herz-, Katzen-, Küken- und Kleeblattform in den Warenkorb und frage den Kundenservice per Mail, warum es keine Spiegeleierformer in Spiegeleierform gibt. Ich schreibe außerdem eine Mail an spiegel.de mit der Frage, ob abzusehen ist, wann wieder was passiert.

Als ich am Abend nach Hause komme, werde ich fast von Johannas Hummer angefahren. Sie fragt mich, wie das mit dem Putzen läuft, im Hausflur. Ich antworte ihr, dass das normalerweise die Hausbewohner selber machen, ich aber natürlich eine Angestellte für so was habe. Ist eine ziemlich blöde Idee, weil Johanna mich daraufhin bittet, meine Putzfrau diese Woche das Treppenhaus für sie reinigen zu lassen. Sie hätte nämlich noch keine eigene Raumpflegerin und natürlich keine Lust, derartige Arbeiten selbst zu verrichten, dafür habe sie nicht sechs Jahre lang in London studiert. Ich sage, das sei kein Problem, meine Angestellte verlange aber immer dreißig Euro. Natürlich rufe ich sofort Lala an und frage sie, ob sie am Dienstag unser Treppenhaus putzen könnte für zwanzig Euro. Leider ist Lala gar nicht mehr in Köln, sondern wieder in ihrer kroatischen Heimat, wo sie erfolgreich Apartments an deutsche Touristen vermietet.

»Siiiimon! Bin ich endlich wieder zu Hause! Fahr ich 3er BMW. Wohn ich in Haus mit Blick ins Meer. Sagst du Glückwunsch!«

»Glückwunsch, Lala.«

Nach diesem Gespräch sitze ich zehn Minuten stumm da und starre in meinen Herbstbaum, wo sich inzwischen die Hälfte der Blätter das Leben genommen hat.

Sogar Lala hat es geschafft!

Am Abend lädt Johanna mich zu sich ein, um gemeinsam mit ihr Tennis zu spielen auf ihrer blöden Kinderspiel-Konsole. Einen Teufel werde ich tun. Ich sage, dass ich wahnsinnig gerne mitspielen würde, mir aber totenschlecht sei von einer verdorbenen Lachs-Tortilla. Eine dumme Idee, denn 1. bittet sie mich, meinen Backofen für einen mexikanischen Auflauf benutzen zu dürfen, wo sich das mit ihrer Küche verschoben hat, und 2. spielt sie noch schlechter an diesem Abend: »Schlecht! Schlecht! Schlecht! Sooooo schlecht, Johanna!«

Nach dem neunten Match habe ich herausgefunden, wo es in meiner Wohnung am leisesten ist, während Johanna Weltranglistenpunkte sammelt: in meiner Abstellkammer.

Dienstag. Habe beschlossen, das Treppenhaus selber zu putzen und die dreißig Euro von Johanna einzustecken. Krieg für die Kohle immerhin drei Kästen Kölsch oder fast sieben Hartz IV Menüs in der Jägerklause. Unglücklicherweise kommt Johanna ausgerechnet dann von der Arbeit, als ich gerade vor ihrer Tür putze. Ich lasse alles stehen und liegen und tue so, als würde ich meine Putzfrau suchen. Johanna starrt mich an dabei und sagt zum ersten Mal kein Wort.

»Lala? Laaaaaala?«, rufe ich, »die halbe Treppe ist schmutzig, jetzt aber zack zack!«

Meine verzweifelten Rufe verhallen ungehört im trüben Hausflur. Johanna starrt mich ungläubig an und macht ein Gesicht, das ich lange nicht vergessen werde. Und dann verändert sich ihre Miene von »hallo, ich bin die nagelneue Nachbarin« zu einer Mischung aus Überlegenheit, Hohn und Schadenfreude.

»Wer früh Gas gibt, ist schneller auf den Seychellen, ja?«, fragt sie mit einem giftigen Grinsen.

»Absolut!«, lache ich. »Absolut!«

»Na dann ...«

Kopfschüttelnd verschwindet Johanna in ihrem Penthouse und lässt mich im Hausflur stehen wie einen verarmten Deppen. Erst in meiner Wohnung wird mir der Grund für den Stimmungswechsel meiner Nachbarin klar: An meiner rechten Hand trage ich noch immer den gelben Gummihandschuh vom Putzen.

Ich schäme mich in Grund und Boden und würde am liebsten für immer in meiner Abstellkammer untertauchen. Als ich mich wieder einigermaßen beruhigt habe, versuche ich Annabelle zu erreichen. Es sind immer andere Kollegen dran, die mich nicht verbinden wollen. Hätte mir ja auch ruhig mal eine Durchwahl oder so was geben lassen können, ich Idiot. Am Abend lässt Johanna ihr Robbie-Williams-Album rauf und runter laufen. Ich glaube, ich höre es insgesamt sieben- oder achtmal. Gegen Mitternacht sehe ich

Johanna leicht angetrunken den Hausflur hochgehen. Keine Minute nachdem sie in der Wohnung ist, geht die Musik aus. Unfassbar! Sie hat die Musik die ganze Zeit laufen lassen, obwohl sie gar nicht da war!

Weil ich mich zu sehr schäme, um noch mit ihr zu sprechen, hefte ich ihr ein gelbes Post-it an die Tür mit der Frage: »Warum lassen Sie denn Musik laufen, wenn Sie gar nicht da sind? Grüße, Horst Schnabel.«

Der Mittwoch beginnt mit einem einzigartigen Triumph: Es läuten keine Kirchenglocken mehr um kurz vor acht, offenbar hat meine Phantomdemo wirklich was gebracht! Doch die Freude ist schnell verraucht, als ich einen pinken Notizzettel an meiner Eingangstür finde:

»Ich lasse Musik laufen, damit die chilenischen Einbrecher denken, ich sei zu Hause. Grüße, Johanna Schnabel.«

Donnerstag. Aus Scham wird Wut. Hab fast kein Auge zugemacht in dieser Nacht, weil dieses sportsüchtige Kackhuhn bis vier Uhr Tennis gespielt hat auf ihrer Scheiß Wii. »Schlecht. Schlecht. Schlecht!«

Versuche Beschwerdemails zu schreiben in der WebWorld, kann mich aber auf nichts mehr konzentrieren und gehe früher nach Hause, wo ich Herrn Schnabel im Hausflur treffe. Er ist sehr verärgert darüber, dass Frau Stähler von Zwirbeljupp die größere Garage zugewiesen bekommen hat und er die kleine. Wo er doch solche Schwierigkeiten habe beim Einparken. Ich habe eine Idee: Gemeinsam tauschen wir die Kennzeichen auf den Garagentoren aus und programmieren den Funkempfänger für den Toröffner um. Herr Schnabel wirkt um glatte zehn Jahre jünger, als wir am Abend beobachten, wie Johanna mit ihrem riesigen Hummer H2 in die viel zu kleine Garage schrammt und nicht mal mehr die Tür aufkriegt. Ich hingegen wirke um zehn Jahre älter, als Johanna sich nicht mal ärgert über die Schrammen und scheinbar gut gelaunt an uns vorbeizwitschert.

»Lass ich reparieren. It's only money!«

Immer noch Donnerstag. Alle im Haus kriegen Einladungen zu Johannas Einweihungsfeier am Samstag durch die Tür geschoben. Ich nicht.

Alles klar.

Wenn ich wenigstens mit Annabelle plaudern könnte! Ich setze Annabelles Stoff-Frosch auf den Rand meines altes Küchenmixers, knipse ein Foto und schicke es als Mailanhang an den Kundenservice mit dem Text:

Melde dich oder ich springe!

Ich lache auch nie wieder. Simon Peters.

Am Abend spielt Johanna insgesamt zweihundert Musiktitel für jeweils fünf Sekunden ab.

Am Freitag schaue ich kurz bei Dr. Parisi vorbei, wegen der Blutwerte. Parisi sagt mir, dass ich auf dem Papier schon klinisch tot sei, und fragt, von was ich mich eigentlich ernähre. Ich erkläre ihm, dass ich auf eine ausgewogene Ernährung achte und deshalb nur Konserven aus den unterschiedlichsten Supermärkten zu mir nehme. Parisi rät ihm weiterhin zur Ruhe. Ich frage »Wem?«, und er sagt »mir«, also »Ihm!«. Er sehe nicht gut aus und am liebsten würde er ihn in einer bayerischen Burnout-Klinik anmelden. Ich frage »Wen?« und er sagt »Sie!«. Dann sage ich, dass ihm Burnout immer noch lieber sei als Bayern. Ob er ein Tagebuch habe, will Parisi wissen. Er habe irgendwo noch eins von ganz früher, entgegne ich. Dr. Parisi fragt »Wer?« und ich sage »Er«, also »Ich«. Ich bekomme den dringenden Ratschlag, mir meinen Kummer von der Seele zu schreiben.

Am Nachmittag finde ich in einer staubigen Ikea-Box mein Tagebuch aus der Schulzeit wieder und blättere es bei einem Senseo Third Brew mit pochendem Herzen ganz durch. An einem Julitag des Jahres 1986 bleibe ich hängen.

9.7.86

Der arme Olli kann die Klassenfahrt nach München nicht mitmachen, weil seine Eltern die 60 Mark nicht haben. Da krieg ich echt das Kotzen, daß seine Eltern ihm das antun. Für mich steht fest: spätestens wenn ich 30 bin oder so, dann bin ich Millionär! Mit Penthouse, nem schnellen Auto, am besten dem Pontiac Firebird Trans Am aus Knight Rider und natürlich einer geilen Frau nach der sich alle umgucken so wie Amanda Carringten aus 'm Denver Clan oder noch besser Anja aus der 8c. Na jedenfalls: wenn ich's mit 30 nicht geschafft habe, dann kann ich mich auch gleich auf die Gleise legen ...

Ich halte kurz inne und schlucke. Dann lege ich das Tagebuch weg, schütte den dünnen Kaffee ins Basilikum und weine eine ganze Stunde lang.

Samstag. Der Tag von Johannas Einweihungsfeier. Gegen neun Uhr höre ich, wie die ersten Gäste zu Johanna kommen. Gegen elf Uhr ist die Musik schon so laut, dass ich nicht mal mehr fernsehen könnte. Irgendjemand hat einen nervösen Hund mit ungeschnittenen Krallen mitgebracht, der immer übers Parkett läuft. Hin und her. Hört sich an wie 'ne gedopte Riesenratte. Immer hin und her. Als die ersten Takte der Live-Band durch das Parkett wummern, krümme ich mich igelgleich auf meiner Couch. Das Lied kommt mir bekannt vor. Sehr bekannt sogar. Plötzlich weiß ich es!

Keine drei Meter über mir steht die personifizierte Rettung des nie existenten deutschen Swing und heult seinen Hit »Zieh die Schuh aus« ins Mikro. Hat sich die EMI-Geschäftsführung doch tatsächlich mal eben Roger Cicero in ihre bescheidene Hütte gebucht. Und Cicero swingt: »Zieh die Schuh aus, bring den Müll raus, pass aufs Kind auf und dann räum hier auf ...«

»Hihihihihihi!«

»Schlecht! Schlecht! Schlecht!«

Spielen die jetzt auch noch Nintendo da oben?

Die Riesenratte dreht sich im Kreis! Warum das denn?

»... kein Boss und kein Action-Held, kein Stahl- und kein Mafiageld: Frauen regier'n die Welt!«

Jetzt reicht's.

Und zwar endgültig!

Ich stehe auf, ziehe meine Jacke an und zähle mein Bargeld. Ich hab noch genau 23 Euro und 90 Cent. Denke, das müsste reichen, um mich für heute irgendwo komplett wegzuballern. In meinem zweizimmrigen Geräusch-Guantánamo bleibe ich jedenfalls keine Sekunde länger!

DIE UNTERSCHICHT SCHLÄGT ZURÜCK

Die Jägerklause platzt fast aus allen Nähten. Aus den Lautsprechern quillt Zwei-Sterne-Schlagermusik, Billo-Mucke also, die man sonst nur auf Busreisen an die Adria hört. Karl-Heinz, der aussieht wie eine Mischung aus Käpt'n Iglu und Kurt Beck, steht gut gelaunt hinter dem Tresen, zapft fleißig Kölsch und summt die Schlager mit. Seinen Bleistiftstummel hat er akkurat hinters gerötete Ohr geklemmt. Ich setze mich auf den letzten freien Platz am Tresen, exakt vor die aufgeklebte 2-Euro-Münze. Einmal hab ich versucht sie wegzunehmen, was bei Karl-Heinz einen köstlichen Lachanfall ausgelöst hat. Ich schiebe ihm meinen 20-Euro-Schein und die Münzen hin.

»Karl-Heinz? Reicht das, um mich abzuschießen?«

Durch den Rauschebart hindurch lässt sich ein Grinsen nur erahnen. Gastwirte sind ja generell unterfordert. Gibt man ihnen eine sinnvolle Aufgabe, freuen sie sich. Er nickt.

»Dat kri' ich hin.«

Also doch gegrinst.

Das Beste an der Jägerklause, neben Pächter Karl-Heinz natürlich, sind die Sprüche der Stammgäste, die auf diversen Frühstücksbrettchen eingebrannt sind. Es sind Sprüche wie »Lieber Karl-Heinz, danke für viele hunderttausend Kölsch. Chris & Marc« oder »Im Rausch zeigt sich der wahre Gentleman. John«.

Ich bekomme ein Kölsch und einen Schnaps. Das Kölschglas einmal angesetzt, einmal kurzes Schnapsgesicht und zack sind beide Gläser leergezischt. Herrlich! Mein Blick fällt auf eine geöffnete Zigarettenpackung auf dem Tresen. Hey! Was ist das denn jetzt für eine geile Idee? Ich könnte ja wieder mit dem Rauchen anfangen, jetzt, wo eh alles egal ist. Ich bekomme meine zweite Runde vom überaus aufmerksamen Karl-Heinz.

»Kölsch un Kabänes. Wie föhls de dich?«

»Nüchtern wie 'ne Nonne auf Rügen.«

Zack. Schnapsgesicht!

»Ich bränge noch en Rund.«

»Danke!«

Ich tippe den Besitzer der Zigarettenschachtel an.

»'tschuldigung. Kann ich eine haben?«

Der Herr dreht sich um und ich falle fast von meinem blankpolierten Holzhocker. Es ist Zwirbeljupp, mein Vermieter.

»Herr Peters!«

Ein wenig überrascht schiebt er die Kippen in Richtung meines Kölschglases.

»Ja, bedienen Se sich! Ich hab Se jar nit jesehen!«

Umständlich friemel ich mir eine Zigarette aus der Zwirbeljupp-Packung. Wir stoßen an und leeren beide das Kölsch auf Ex.

»Wie jeht et denn mit der Wohnung, Herr Peters?«

»Beschissen! Die arrogante Kuh schmeißt gerade 'ne Party ...«

»Arrojante Kuh?«

»Frau Johanna Hummertussi arrogante Kuh Stähler. Miss Pain in the Ass nagelneue Nervensäge Stähler. Die Königin der Unterschicht. Ihre Mieterin. Meine Nachbarin. Prost!«

»Danke. Ich hab et bejriffen.«

»Sogar 'ne Band spielt da gerade. Raten Sie mal wer?«

»Kein Ahnung ...«

»Roger Cicero!«

Fast schon reflexartig dreht Zwirbeljupp sich zum Tresen.

»Karl-Heinz, maach däm Jung noch e Kölsch un ene Kabänes op minge Deckel!«

151

Offenbar habe ich sein tiefstes Mitgefühl. Ich bekomme Feuer, nehme einen ersten Zug und fühle mich augenblicklich, als hätte ich nie aufgehört zu rauchen.

»Alle paar Tage hat sie diesen aufgepumpten Sportaffen bei sich, mit dem sie trainiert. Wenn mal keiner da ist, hört sie Robbie Williams, telefoniert oder rennt auf ihrem verschissenen Quietsch-Laufband und singt dazu. Aus meiner Dusche kommt kein Tropfen, wenn sie gleichzeitig mit mir duscht, und die Klingel geht immer noch nicht.«

Ich packe den verdutzten Wellberg an seinen Schultern und schüttle ihn durch, als würde ich ihn aus einem Albtraum reißen wollen.

»Ich flehe Sie an, Herr Wellberg! Schmeißen Sie das blonde Monster raus! Geben Sie mir 'ne Wohnung im Erdgeschoss. Machen Sie irgendwas, ich halte das nicht mehr aus! Das neureiche Geschwätz nicht und das Getrampel nicht und ... eine Sekunde, bitte!«

Ich greife nach dem Kölsch und dem Schnaps, den ich eben bekommen habe und schütte beides in mich rein, ohne zu schlucken. Schnapsgesicht!

»... und ihr blödes Videospiel nicht. Schlecht! Schlecht! Schlecht!«

Jetzt nimmt Zwirbeljupp ebenfalls einen Schluck Kölsch. Er wirkt nachdenklich.

»Vielleich hätt ich mer die Madame ja wirklich e bissje jenauer angucken sollen. Abber jetz kann ich nix mehr für Se tun.«

»Wieso denn nicht?«

»Weil ich dat Haus verkaufe. Komplett mit allem Drum und Dran.«

»Is nich' wahr?«

Ich drücke die Zigarette aus.

»Mir is dat übber der Kopp jewachsen mit dem Haus. Ich bin ja

152

auch schon neunundfuffzich. Ich ziehe bei meine Sohn nach Wien. Da kann ich de Enkelcher sehen un et mer jut jehen lassen!«

»Was … kostet denn … so ein … also dieses Haus?«

»Ja, Se werden sich dat nit leisten können, Herr Peters.«

»Ich würd's trotzdem gerne wissen.«

»Ein Million.«

»Was?«

Karl-Heinz rettet mit einem weiteren Herrengedeck.

»Han ich Kölsch geschwaadt? EIN MILLION! Is alles top-saniert, jute Lage, achthundert Quadratmeter Fläche …«

Schnapsgesicht!

Eine Million.

Während Zwirbeljupp so redet, kommt mir ein seltsamer Gedanke. Ich muss an mein 86er Pontiac Firebird-Tagebuch denken. An Johanna und an meinen Putzhandschuh. An den Snowboard-Urlaub und auch an Annabelle. Vielleicht sind ja nicht nur Wirte unterfordert. Vielleicht bin ich es ja auch! Vielleicht arbeite ja auch ich am unteren Ende meiner Möglichkeiten. Vielleicht sage ich deswegen:

»Ich kaufe es!«

Es ist, als fiele die gesamte Kneipe in eine Zeitlupe. Wellbergs Gesichtsausdruck schwankt zwischen Amüsement und Schock. Ich nutze die Gesprächspause, um meine Aussage zu unterstreichen.

»Ich kaufe es und schmeiß sie raus. Dann hab ich endlich meine Ruhe, kann wieder duschen, pennen und Dokus gucken!«

Im Gegensatz zu Wellberg hab ich keine Ahnung, welcher Teil meiner Aussage einen Witz enthielt. Er prustet nämlich laut los.

»SIE kaufen dat Haus! Für EIN Million? Entschuldijung, aber dat es wirklich jeck.«

Zitternd vor Lachen wendet er sich an Karl-Heinz, der gerade mit der nächsten Runde anrückt.

»Karl-Heinz. Häs de gehoot? Dä junge Mann hee op Hartz IV käuf mi Huus!«

Schmunzelnd nimmt Karl-Heinz meine leeren Gläser weg und ersetzt sie durch neue. Dann klopft er mir auf die Schulter und reicht mir ein Kölsch.

»Hier, meine Jung, mach die Fütze weg!«

Nicht schon wieder Mitleid, meine Herrschaften! Ich schiebe das Glas beiseite und tippe den immer noch kopfschüttelnden Wellberg an.

»Wann wollen Sie denn verkaufen?«

»Jetz bleiben Se mal om Teppich. Se kriejen doch nit emal en Finanzierung für e Puppenhaus zusammen!«

»In vier Wochen? In zwei? Noch früher?«

Ein wenig ratlos wendet sich Wellberg an den zapfenden Karl-Heinz.

»Er meint et ernst, Karl-Heinz.«

Doch der zuckt nur wortlos mit den Schultern und stellt seinen Kölsch-Kranz ab.

»Herr Wellberg! Ich krieg das hin. Ich hab mindestens zweimal in diesem Jahr meine Miete pünktlich bezahlt!«

»Stimmp. Seit de Arbeitsajentur de Miet übbernommen hat, kommp se pünktlich!«

Wellberg sieht nicht so aus, als würde er mir eine Chance geben. Ich würde mir auch keine geben, ehrlich gesagt. Wellberg sieht nicht mal so aus, als wolle er noch länger über das Haus sprechen.

»Bei allem Respek. Ich seh nit, wie Sie in ... ich sach emal, in en Position kommen könnten, die Ihnen erlaub, dat Haus zu kaufen.«

Ich beiße mir von innen auf die Wangen und schaue angestrengt durch den Raum. Irgendwas muss ich mir einfallen lassen, dass er mir glaubt.

»Ich vielleicht nicht, aber meine Eltern. Die haben so einiges auf der Bank, die könnte ich fragen!«

»Wenn Ihr Eltern so viel an de Füß haben, Herr Peters, warum müssen Se dann so mit Ihrem Jeld knapsen?«

Ein wenig betreten schaue ich zu Boden und lüge.

»Weil ... die immer noch denken, dass ich einen Job habe!«

Zumindest ist Wellbergs Lächeln verschwunden.

»Oh! Tut mer leid.«

»Bitte, Herr Wellberg! Geben Sie mir eine Chance. Setzen Sie eine Frist und wenn ich das Geld dann nicht habe, dann ... verkaufen Sie's irgendwem!«

Wellberg nimmt einen besonnenen Schluck Kölsch, zündet sich eine Zigarette an und bläst den Rauch durch die Spirituosen, die über uns im Regal stehen.

»Also jut, Herr Peters. Dat mit de Eltern hat mich übberzeuch. Trotzdem brauch ich en Sicherheit!«

Aufgeregt rutsche ich auf meinem Hocker hin und her.

»Jede Sicherheit, die Sie wollen!«

Ich denke nicht, dass Wellberg sich über meine Eltern informiert. Das wäre schlecht, denn die fahren einen sieben Jahre alten Ford und wohnen in einer einfachen 3-Zimmer-Mietwohnung in Dortmund. Ich bin unglaublich aufgeregt.

»Dann bräuch ich von Ihnen en Reservierungsjebühr von zehntausend Euro. Die verrechne mer, wenn Se kaufen. Wenn Se nit kaufen, is et Jeld kapodd.«

»Zehntausend Euro? Die ›kapodd‹ gehen, wenn ich ›nit kaufe‹?«

»Ja. Dann halt ich ab jetzt zwei Wochen still un Sie machen de Finanzierung klar.«

Ich reiche Wellberg die Hand und wir schlagen ein.

»Einverstanden! So machen wir's.«

»Zehntausend Euro. Montag!«

»Karl-Heinz?«

Ich winke Karl Heinz zu mir, um ihm mitzuteilen, dass ich mein Geld zurückhaben will, weil ich mich nun doch nicht besaufe. Zähneknirschend gibt er mir 15 Euro, die ich sofort Wellberg in die Hand drücke.

»So. Nur noch 9985 Euro! Oh ... Sekunde ...«

Es kann nur an der Energie meiner Entscheidung liegen, dass ich unter den staunenden Augen des Wirtes die am Tresen festgeklebte Münze mit meinem Schlüssel freikriege und ebenfalls zu Wellberg schiebe.

»9983 Euro! Bis Montag!«

Gut gelaunt trete ich hinaus in die kalte Novembernacht. Ich fühle mich sensationell! Ich werde Millionär! Ich werde das Haus kaufen und die ätzende Bessertussi rausschmeißen! Und dann ... kuck ich eine Doku nach der anderen. *Wohnen nach Wunsch, Die Auswanderer, Das perfekte Dinner* – scheißegal! Das ist die Lösung für all meine Probleme: Ich muss einfach nur Millionär werden. Es ist schon verrückt im Leben: Auf die einfachsten Sachen kommt man manchmal nicht.

ZEHNTAUSEND

Phil Konrad geht immer ans Handy: Es könnte ja Hollywood anrufen und ihm eine 18-Millionen-Dollar-Produktion anbieten. So ist es nicht besonders schwer herauszubekommen, dass er gerade Cocktails im Shepherd vernichtet – rein geschäftlich natürlich. Die Viertelstunde, die ich von der Jägerklause bis dorthin laufe, kommt mir vor wie zehn Sekunden, so aufgeregt bin ich wegen meiner Idee, die Nervensäge vor die Tür zu setzen. Und während ich so gehe, reift mein Millionärs-Plan zur Vollendung. Erster Schritt: Ich brauche die zehntausend Euro, damit Zwirbeljupp nicht abspringt. Zweiter Schritt: unfassbar viel Geld in sehr, sehr kurzer Zeit verdienen.

Klingt aufs erste Ohr vielleicht ein wenig unglaubwürdig, aber ich wurde vor zwei Jahren ja auch innerhalb eines Tages gefeuert. Das hätte vorher auch keiner gedacht, dass ich das schaffe! Es gibt so viele Beispiele von Menschen aus aller Welt, die sich eine Million schneller geschossen haben als der 1. FC Köln ein Tor gegen Koblenz. Der Pixel-Millionär zum Beispiel, der einfach für einen Dollar pro Bildpunkt Werbung verschachert hat auf einer schnöden Internetseite und Millionär wurde! Ich krieg das auch hin. Weil alles relativ ist. Weil eine Million genauso viel ist wie 345 Euro weniger. Also – glaube ich …

Die Cocktail-Bar ist krachvoll mit Leuten, die so aussehen, als hätten sie es geschafft. Vorbei an funkelnden Blondinen und rauchenden Herren in Anzügen bahne ich mir meinen Weg ans Ende der

Bar, wo Phil neben einem Hooligan mit Eintracht-Frankfurt-Mütze und Jeans steht. Wenigstens noch ein Kauz, der hier nicht reinpasst, denke ich mir und werde vorgestellt: Der Eintracht-Typ ist gar kein Hooligan, sondern Magazin-Chef bei RTL. Ich sage ihm, dass ich nur Dokus gucke, und wende mich an Phil.

»Phil? Hilfe!«

Phil zieht an seinem Strohhalm und blickt mich durchdringend an.

»Wie viel?«

»Zehntausend.«

Phil spuckt seinen Strohhalm wieder aus.

»Was?«

»Zehntausend. Ich brauche zehntausend Euro. Bis Montag.«

Der RTL-Hooligan versucht wegzuhören, was ihm nicht wirklich gelingt, weil er mich mindestens ebenso anstarrt, wie Phil das tut.

»Wofür um alles in der Welt brauchst du denn bis Montag zehntausend Euro?«

»Das ist die Reservierungsgebühr. Die braucht der Zwirbeljupp zum Stillhalten. Sonst kann ich sein Haus nicht kaufen für 'ne Million und die Kuh rauswerfen, du weißt doch, die Tante vom Nachbartisch aus dem El Gaucho. Weil er seine Ruhe braucht, das sagt doch sogar der Parisi!«

So. Jetzt ist alles raus. Wenn das nicht einleuchtet, dann weiß ich auch nicht mehr. Doch weder Phil noch der RTL-Typ sagen etwas, sie gaffen mich an, als hätte ich mir gerade einen Alienwurm aus der Brust gezogen und ihm eine Erdnuss ins Auge gedrückt. Schließlich ist es doch Phil, der als Erster seinen Mund aufkriegt.

»Willst du vielleicht auch erst mal einen Cocktail zur Beruhigung? Was Leichtes? Planters Punch oder Mai Thai?«

Der RTL-Typ verzieht das Gesicht und flüstert mir zu:

»Nimm lieber einen Longdrink, die Cocktails schmecken hier nich' so!«

»Hallo?«, lacht Phil, »die Leute kommen sogar aus Frankfurt wegen der Cocktails.«

»Is mir unverständlich«, brummelt der RTL-Typ.

»Phil! Jetzt sag doch mal. Kannst du mir das leihen?«

Phil stellt sein Glas ab.

»Okay. Ich fass das mal zusammen, Simon: Ich soll dir zehntausend Euro geben, damit du ein Haus für eine Million reservieren kannst? Damit du ›die Kuh‹ vor die Tür setzen kannst und wieder deine Ruhe hast?«

»Ja. Und ich bin gottfroh, dass du mich verstehst. Vielleicht muss ich ja nicht mal Millionär werden und krieg einen Teil des Hauses finanziert.«

»Du bist arbeitslos, Simon. Du kriegst nicht mal deinen eigenen Arsch finanziert!«

»Stimmt!«, sage ich trotzig, »mit solchen Freunden bestimmt nicht!«

Phil atmet leicht genervt aus.

»Sei mir nicht böse, Simon, aber ich hab hier gerade so 'ne Art Konzeptgespräch, können wir da morgen drüber reden?«

»Also, ich find's ja schon interessant!«, nickt der RTL-Typ. »Ein Arbeitsloser, der in null Komma nix Millionär werden will, nur um seine Ruhe zu haben!«

Na also! Da haben wir's doch. Nicht Phil zahlt mir die Kohle, sondern RTL! Ha! Es ist erstaunlich, welche Kräfte man mobilisiert, wenn man erst mal eine Entscheidung getroffen hat.

»Ich könnte ein Konzept schreiben!«, biete ich aufgeregt an und drängle mich zwischen Phil und den Magazin-Menschen.

»Das wäre klasse!«

»Wie viel gäb's denn dafür so …?«, frage ich.

»Ist nicht wirklich mein Bereich, aber ich nehme mal an, das Gleiche wie immer, wenn ein Quereinsteiger was pitcht.«

Ich sehe, wie Phil in seinen Drink grinst.

»Und was ist das Gleiche wie immer?«, frage ich aufgeregt.

»Jar nix!«

Die beiden prusten los und ich stehe da wie ein kanadischer Kragenbär auf der A3. Aber nicht lange. In Rekordzeit ziehe ich meine Jacke an und lasse die jämmerlichen Entschuldigungsversuche von meinem Ex-Freund Phil und Deutschlands erfolgreichstem Privatsender an mir abprallen.

»Simon! War nicht so gemeint. Wir haben halt schon was getrunken!«, quäkt Phil und der Fernseh-Hooligan ergänzt: »Die Goldgräberzeiten sind nun mal vorbei!«

»Ja. Aber Cocktails trinken für acht Euro!«

»Zwölf Euro!«

»Und Eintracht Frankfurt find ich auch scheiße!«

Wütend verlasse ich die Cocktailbar und mache mich auf den Weg zu Flik und Daniela. Ich zweifle kurz, ob ich Flik noch rausklingeln kann um kurz nach drei Uhr nachts, tue es dann aber doch. Außergewöhnliche Resultate verlangen schließlich außergewöhnlichen Einsatz. Es ist Daniela, nicht Flik, die mir mit kleinen Augen die Tür öffnet.

»Simon. Ist was passiert?«

»Ja!«

»Oh Gott. Komm rein. Ich hol Flik!«

Minuten später sitzen wir mit einem warmen Wasser aus einer Sodamaschine auf einer braunen Stoffcouch, die in puncto Hässlichkeit nur noch von Fliks Schlafanzug getoppt wird. Dieser besteht nämlich hauptsächlich aus grauen Hunden auf grünem Grund.

»Was ist das denn für ein Schlafanzug?«

»Prämiengeschenk von der *Wild & Hund*. Gut, oder?«

»Du liest *Wild & Hund*?«

»Mein Vater. Also, erzähl!«

Wegen meines Cocktail-Erlebnisses entscheide ich mich für eine leicht modifizierte Geschichte.

»Flik. Ich hab DIE Geschäftsidee. Das Ding ist so sicher, dagegen ist 'ne Schweizer Bank ein Mercedes Cabrio vor 'nem polnischen Supermarkt.«

»Ja super, das freut mich aber für dich. Was ist es denn?«

»Aaaa ... ich würd's dir so gerne sagen, Flik, aber ich darf noch nicht wegen ... meines Partners!«

»Och! Und ... das wolltest du mir sagen, jetzt um ... kurz nach drei?«

»Flik, ich brauche Zehntausend Startkapital!«

Flik nickt anerkennend. Fast so, als hätte ich ihm meine sensationelle Geschäftsidee schon erzählt. Erschrecken tut er nicht.

»Zehntausend. Das geht ja fast. Und ... wie willste das Geld kriegen?«

Ich nehme einen Schluck Wasser und rutsche auf der Couch nach vorne.

»Ich ... dachte da eigentlich an dich!«

Ich hab Flik schon sehr blöd gucken sehen. So ein Blick wie jetzt war allerdings noch nie dabei. Ich würde sagen, dass ein Pinguin so schaut, wenn man ihm den Abfuhrkalender der Kölner Abfallwirtschaftsbetriebe auf den Flügel tätowiert. Oder George W. Bush, wenn ihm das FBI simst, dass Bin Laden in seinen Jim Beam gepisst hat. Für eine kleine Ewigkeit sagt Flik gar nichts und guckt nur.

»Aber ... das geht nicht, Simon. Ich kann dir das nicht leihen. Wir stecken jeden Euro in unsere neue Eigentumswohnung.«

»Eben. Deswegen freut ihr euch doch bestimmt, wenn aus zehntausend elftausend Euro werden, in nur zwei Wochen, oder? Du, Flik, ich hab mir lange überlegt, wen ich fragen soll. Weil – es ist nun mal eine Tatsache, dass diese Idee knallt. Ich hab keinen Bock, Hinz und Kunz reich zu machen. Da frag ich lieber jemanden, der das Geld echt gebrauchen kann.«

»Ich weiß nicht …«

»Bitte Flik. Wenn ich das Geld nicht kriege, dann …«

»Dann was …?«

»Schon okay. Ich würd's mir auch nicht geben.«

Wir schweigen für einen kurzen Augenblick, schließlich stehe ich seufzend auf und klopfe Flik auf die Schulter.

»Mach dir keinen Kopf. Ich … ich krieg's irgendwie anders.«

Als Flik sein Glas abstellt und »Schatz?« in Richtung Schlafzimmer ruft, weiß ich, dass ich es von ihm bekomme.

Gegen fünf Uhr schlüpfe ich ins Bett. Von oben höre ich noch immer vereinzelte Stimmen und Gekicher von der Party. Der Schäferhund ist entweder gegangen oder liegt mit Hüftschaden auf der Designercouch. Wenigstens läuft wieder Robbie Williams statt Roger Cicero. Ich spiele trotzdem kurz mit dem Gedanken, die Hauptsicherung im Keller rauszudrehen, schlafe dann aber doch bei dem süßen Gedanken ein, Johanna schon sehr bald die Kündigung zu überreichen. Am liebsten bei Kilometer 28 eines dreistündigen Dauerlaufs im Stadtwald.

FLASH GORDON

Endlich Montag. Ich nehme meine alte 8 Uhr 46 Bahn und treffe Flik vor seiner Bank, wo er mir schweren Herzens die zehntausend Euro in einem Sparkassenumschlag überreicht. Umso motivierter bin ich, dem armen Kerl bald jeden einzelnen Cent zurückzuzahlen.

»Was machst du denn jetzt damit?«, fragt Flik, und es tut mir in der Seele weh, dass ich es ihm immer noch nicht sagen kann. Also sage ich nur: »Ich investiere!«, umarme ihn kurz und fahre zum mehr als erstaunten Wellberg, dem ich den Geldpacken in die Hand drücke. Zum ersten Mal fühle ich so etwas wie einen kleinen Triumph. Und als dann noch Johanna grußlos an mir vorbeirauscht und in ihren Hummer steigt, gelingt es mir sogar zum ersten Mal, ihr einen schönen Tag zu wünschen.

Eine halbe Stunde später reiße ich die Türen zur WebWorld auf, haste an einem stummen Shahin vorbei und lasse mich mit einem energiegeladenen »Okay« auf den Stuhl von Rechner Nummer 7 fallen. Shahin, der mit irgendeinem Fischbuch sprachlos hinter seinem Tresen sitzt, schaut mir nach, als wäre gerade Eisbär Knut mit einem Kamerateam in sein Café gekommen.

»Simon?«

»Keine Zeit!«

Es dauert eine gefühlte Ewigkeit, bis sich der blöde Browser öffnet, und ich trommle hummertussengleich auf den Tisch dabei. Shahin, der sein Buch inzwischen weggelegt hat, nähert sich langsam meinem Platz.

»Was ist los, Simon?«

»Nichts! Lass mich in Ruhe. Ich muss arbeiten.«

Und natürlich blitzt in meinem rechten Augenwinkel Shahins Kopf auf.

»Doch, da ist was!«

Den hab ich jetzt an der Backe, da hätte ich besser aufpassen müssen. Mist!

»Okay! Ich sag's dir, wenn du mich heute den ganzen Tag umsonst surfen lässt!«

»Uhhhhh!«

Typisch: Jeder Cent Verlust führt zu körperlichen Schmerzen. Doch Shahins Neugierde ist stärker und nur deswegen macht er ein neues Angebot.

»Okay, bis 16 Uhr frei surfen, wenn du's sagst!«

»19 Uhr!«

»17 Uhr!«

»18 Uhr und keine Minute weniger!«

Wir schlagen ein.

»Okay. Was ist los?«

»Ich werde Millionär, Shahin.«

»Du?«

»Ja, ich. Ich brauch exakt eine Million Euro und hab zwei Wochen Zeit. Und jetzt recherchiere ich, wie man Millionär wird. Also bitte lass mich in Ruhe, ich brauche jede Sekunde.«

Die explizite Antwort hätte ich mir sparen können. Weil Shahin noch immer nicht über das Wort »Millionär« hinweggekommen ist, wie ich an seinem spitzbübischen Schmunzeln sehen kann.

»DU wirst Millionär?«

Ich fixiere meine Tastatur und beiße die Zähne zusammen. Warum geht er nicht einfach wieder hinter seinen 1000-und-eine-Nacht-Tresen und blättert in seinem Buch?

»Ja. Ich werde Millionär. Und du nicht.«

Ich versuche Shahin zu ignorieren und tippe das Wort »Millionär« in die Google-Suchzeile. Dann drücke ich die Entertaste. Es erscheinen mindestens zehn Links zu Günther Jauch. Hinter mir ringt Shahin nach Luft, doch ich mag gar nicht hinschauen.

»Miiilllionär! Er gibt ›Millionär‹ bei Google ein!«, prustet es aus ihm heraus.

Ich hole tief Luft, schließe die Augen und zische: »Shahin, es reicht!«

Doch statt aufzuhören schnappt sich Shahin den Bürostuhl des Nachbarrechners und rollt neben mich.

»Simon. Tipp doch mal: ›Wie werde ich Millionär?‹«

Shahin fängt sich einen ziemlich giftigen Blick meinerseits.

»Willst du nicht vielleicht wieder lesen?«

»Nein. Hier ist's viel spannender. Jetzt tipp doch mal ›Wie werde ich Millionär?‹! Nicht vergessen, du surfst auf meine Kosten!«

»Ja ha!«

Ich tue ihm den Gefallen und tippe ›Wie werde ich Millionär?‹ in die Suchmaschine.

Es erscheinen Roulettestrategien, mehrere Artikel zum Pixel-Millionär, ein Online-Quiz und eine Seite mit Erfolgsseminaren eines gewissen Ron Schubert mit dem Titel *Der Sekundenmillionär*.

»Klick doch mal das Roulette!«

»Also wenn du nicht sofort die Klappe hältst, dann zahl ich lieber fürs Surfen.«

»Das Roulette!«

Trotzig klicke ich auf den Link vom Sekundenmillionär und lande auf einer Seite mit Merksprüchen. Ich erfahre, dass es manchmal besser ist, einen Tag lang über Geld nachzudenken, als einen Monat lang zu arbeiten. Wie genau ich mit diesem Wissen die Million mache, ist mir leider nicht klar. Da ebendieser Ron Schubert in wenigen Tagen sein Moneybooster™ Seminar im Kölner Mercure Hotel gibt, klicke ich weiter durch seine Seite und lese, dass Schubert schon mit 24 seine erste Million gemacht hat. Mit 27 hat er sie wieder verloren, ist aber natürlich wieder aufgestanden und hat weitergekämpft. Mit 31 hatte er sieben Millionen. Die er mit 33 wieder verlor wegen Steuerproblemen. Im Augenblick arbeitet er an seiner dritten ersten Million. Hut ab. Da will es aber einer wissen. Man könnte ihm auch raten: Lass es doch endlich!

»Bei solchen Leuten wirst du nur Geld los, Simon. Ich würde da nicht hingehen.«

»Jaja!«

»Schau mal, Shahin. Hier steht, dass jeder einzigartig ist!«

»Wissen ist wenig! Tun ist König!«, liest Shahin grinsend vor und ich ergänze

»What your mind can believe – you can achieve!«

»Was ist *achieve*, Simon?«

»Erreichen. ›*Was du dir vorstellen kannst in deinem Kopf, das kannst du auch erreichen*‹ steht da.«

»Stimmt! Ich kann mir zum Beispiel gut vorstellen, dass ich jetzt doch lieber lese und dich alleine lasse.«

»Super!«

Shahin steht auf und schiebt den Stuhl zurück an Rechner acht. Er hat das Interesse verloren. Das Beste, was mir passieren konnte. Stumm verschwindet er hinter seinem Tresen. Von dort aus wedelt er mit seinem Buch und ruft mir zu: »Siehst du, Simon? Ich lese. Eben hab ich's mir noch vorgestellt und schon erreicht!«

»Jaja.«

»Wissen ist wenig. Tun ist König!«

»Du bist mir echt 'ne Riesenhilfe, danke!«

Grummelnd drehe ich mich zurück zum Bildschirm und gebe »Erfolg« in die Suchzeile ein. Vielleicht hat Shahin recht mit dem Seminar. Was soll das schon bringen, außer Platitüden und Phrasendrescherei?

»Simon. Mir ist was eingefallen.«

Shahin hat sein Buch wieder zur Seite gelegt und sich in meine Richtung gedreht.

»Was!?«, murmele ich genervt.

»Kennst du die Typen mit dem Kaninchen?«

»Nein, was soll mit denen sein?«, frage ich genervt zurück.

»Die haben ziemlich viel Geld gemacht mit so einer verrückten Idee fürs Internet. Haben ein Foto gemacht von sich und einem süßen Kaninchen und haben gesagt, dass sie es schlachten und in den Ofen schieben, wenn die Leute nicht fünfzigtausend Dollar spenden.«

Mein Puls schießt nach oben.

»Und? Was ist passiert? Haben sie ihn verhaftet?«

»Nee. Er hat das Geld bekommen.«

»Ich werd bekloppt. Eine Kaninchen-Erpresserseite!«

»Warte, ich zeig's dir!«

Während Shahin nach der Seite sucht, wirbeln Tausende Gedanken durch meinen Kopf. Wie kommt man denn bitte auf so eine geile Idee? Ich könnte die Idee mit einem anderen Tier wiederholen. Nur wahrscheinlich haben sich diese Typen längst nelkenjakobmäßig die Rechte an allem schützen lassen, und wenn ich sie klaue, sitzen mir innerhalb von 24 Stunden zwei New Yorker Staranwälte auf dem Schoß.

»Hier!«

Shahin hat den Artikel gefunden. Aufgeregt rolle ich zu Rechner acht und lese ihn durch.

DIE WELT

Geld her – oder ich schlachte mein Kaninchen

Von Ulli Kulke

Geniale Geschäftsidee oder grenzenlose Grausamkeit? Die Tierschutzszene der USA ist in Rage, und der kleine Rest der Gesellschaft lacht – auf Kosten einer ahnungslosen Kreatur.

Zwei Studenten stellten eine Website ins Internet, um der Welt ihr überaus süßes Jungkaninchen Toby zu zeigen, in Wort und Bild: ein Herzensbrecher. Doch Toby ist in Gefahr. Knallhart kündigen seine Eigner an, ihn am 30. Juni schlachten zu lassen, in die Röhre zu schieben und in vornehmer Runde aufzuessen.

Eine Chance hat Toby: Wenn die Betreiber von savetoby.com bis Ende Juni insgesamt 50 000 Dollar gespendet bekommen, wollen sie ihn am Leben lassen. »Tobys Leben in Ihrer Hand«, steht dort, der Button zum Spenden ist oben anzuklicken. Gleich neben dem Link zu Rezepten, die in Frage kommen für den Sommerabend – vom »Toby Confit« bis zum Hasenpfeffer. Und neben dem anderen, in dem sie Rechtliches erörtern: Toby sei ihr Eigentum, und es sei erlaubt, Kaninchen zu schlachten und Spenden zu kassieren. Erpressung? Dazu müßte ein Mensch oder sein Besitz bedroht sein. Andere dagegen würden fragen, ob die Spenden steuerlich absetzbar seien. Antwort: Nein, man sei ja eben »keine Non-Profit-Organisation«.

»Unfassbar!«, sage ich und klicke den Link zur Original Kaninchenseite. Dort springt mir ein süßes Kaninchenfoto ins Auge und die Überschrift: *Toby has finally been saved!!!!!*

»Gott sei Dank!«, stöhnt Shahin. »Toby lebt!«

Ich atme tief durch und lehne mich zurück.

»Kannst du Seiten programmieren, Shahin?«

»Kennst du nicht meinen nickname bei heise.de?«

»Woher sollte ich den kennen, ich kenn ja nicht mal heise.de!«

»Flash Gordon!«

»Und das bedeutet?«

»Dass ich dir auch Flash-Seiten bauen kann.«

»Shahin, mal angenommen, ich würde auch so was machen wie savetoby.com. Mit irgendeinem anderen Tier. Bis wann hättest du die fertig programmiert?«

»Ha! Willst du auch ein Tier fangen und essen?«

»Bis wann, Shahin?«

»Bis morgen, wenn wir fifty-fifty machen.«

Irgendwie habe ich den Eindruck, dass Shahin seit einem Jahr auf exakt diese Frage gewartet hat.

»Einverstanden!«

Wir diskutieren insgesamt zwei Stunden über Funktion und Aussehen der Seite. Dann steht das Konzept. Bester Laune trete ich nach draußen auf die Straße, ziehe mein Handy aus der Jacke und wähle Fliks Telefonnummer. »Flik? Wegen der Geschäftsidee. Ich kann's dir jetzt sagen. Und: Hast du in deiner Mittagspause schon was vor?«

Flik und ich stehen am Aachener Weiher, einem viereckigen City-Tümpel mit dem ein oder anderen Fleckchen Wiese herum. Ich habe Shahins Digitalkamera in der Hand und Flik Schweiß auf der Stirn.

»Erklär's mir nochmal bitte, ich glaub, ich bin zu blöd!«, ächzt er.

»Okay. Wir machen das ganz genau so wie die Kaninchen-Jungs. Internetseite. Spenden-Button. Deadline mit dem großen Schlachtfest. Es gibt nur zwei Unterschiede: 1. wir nehmen einen Schwan, kein Kaninchen und 2. wir kidnappen ihn nicht, sondern ich mache nur ein Foto.«

Trotzig stemmt Flik seine Hände in die Hüfte.

»Moment mal. Wenn du ein Foto machst, wer fängt denn dann den Schwan?«

»Du!«

»Im Leben nicht.«

»Flik! Du darfst nicht vergessen: Es geht um dein Geld!«

Ein riesiger Typ mit winzigem Hund quatscht sich mit seinem Handy an uns vorbei und wir treten einen Schritt zur Seite. Flik wischt sich mit einem Tuch den Schweiß von der Stirn und schaut ängstlich in Richtung eines Schwanenpaares am Ufer des Weihers. Schließlich wendet er sich mir wieder zu, mustert mich und sagt:

»Warum nimmst du für die Aktion nicht einfach ein Foto aus dem Internet, also von einem Schwan?«

»Weil ich keine Lust habe, von Paulas Jura-Schmierwurst wegen Verletzung des Urheberrechts verklagt zu werden.«

»Warum nimmst du überhaupt einen Schwan?«

»Ich hatte eben eine Zwei-Stunden-Diskussion darüber, ich hab keinen Bock mehr, das zu erklären.«

»Simon, ich möchte bitte mein Geld zurück.«

»Was?«

»Das Geld. Die zehntausend Euro. Du hast gesagt, es sei für 'ne tolle Geschäftsidee.«

»Aber das hier ist eine tolle Geschäftsidee!«

»Wir essen einen Schwan, wenn die Leute keine hunderttausend Euro spenden? DAS ist deine Geschäftsidee?«

»Ach Schnuff!«

»Halt die Klappe, du Idiot!«

Flik hört gar nicht mehr auf, mit dem Kopf zu schütteln, vielleicht sollte er sich von Dr. Parisi mal auf Autismus testen lassen.

»Du hast das Geld nicht mehr, oder?«

Ich presse meine Lippen zusammen und senke den Blick. Dann sage ich kleinlaut:

»Nein, ich hab's nicht mehr.«

Flik schließt seine Augen und hält die Luft an. Seinen rasenden Puls kann man an den Schläfen förmlich sehen.

»Das Geld steckt schon in der Webseite, Flik. Ich hab's schon investiert. Vertrau mir!«

Er öffnet seine Augen.

»In die Internetseite hast du investiert?«

»Ja!«

»Wer programmiert die denn?«

»Shahin?«

»Aus dem arabischen Webcafé in der Zülpicher Straße?«

»Persisches Webcafé. Und es ist in der Moselstraße.«

»Für zehntausend Euro?«

»Hey, Flik! Sie nennen ihn Flash Gordon bei heise.de! Wo gehste denn hin?«

Ich folge Flik zu einer feuchten Parkbank am Rande des Weges.

»Ich muss mich setzen.«

Leichenblass lässt Flik sich nieder, ich bleibe neben ihm stehen.

»Flik, wenn wir jetzt aufgeben, ist das Geld garantiert futsch. Wenn wir 'nen Schwan fangen und die Sache durchziehen, dann haben wir 'ne Chance. Dann sahnen wir richtig ab und du kriegst das Geld zurück und den Tausender drauf, wie versprochen.«

»Natürlich! www.rettetsascha.de. Ich fass es nicht!«

»Bitte Flik, lass es uns probieren.«

Eine kleine Ewigkeit lang schweigt Flik mich an, sein Blick ist trüb ins Leere gerichtet. Schließlich blickt er mich verloren an.

»Daniela bringt mich um.«

»Was?«

»Daniela bringt mich um, wenn ich ihr das erzähle. Das Geld ist ja fest eingeplant für die Finanzierung von der Wohnung.«

Ich setze mich zu Flik auf die Bank und lege meinen Arm um seine Schulter.

»Ach Flik. Warum gehst du denn immer davon aus, dass es nicht klappt? Warum denkst du denn nicht mal daran, wie du Daniela den Extra-Tausender auf den Tisch legst und sagst: ›Hab ich uns in der Mittagspause verdient.‹«

Ich überlege mir gerade, wie ich meine Freundschaft retten kann, da springt Flik mit einem markerschütternden Schrei auf und rennt in Richtung eines Schwanenpaares. Ich verharre wie vom Donner gerührt auf meiner Bank. Die Schwäne sind ebenso überrascht wie ich und wissen vor Schreck nicht, ob sie rennen oder fliegen sollen: Als ginge es um Leben und Tod, flitzt Flik zwei flüchtenden Schwänen hinterher. Sein Hechtsprung in die feuchte Wiese verfehlt einen Schwanenhals nur knapp. Flik landet im braungrünen Herbstgras. Ich schalte Shahins Kamera ein und trabe los.

»Flik! Warte! Du darfst dich nicht draufwerfen! Nur in die Kamera halten, am besten am Hals!«

»Mach einfach nur das Foto, ja?«

»Okay!«

Und schon steht Flik wieder in Kampfposition, bereit, seine fast hundert Kilo auf den nächsten Vogel zu werfen.

»Flik! Schau mal. Hinter dir sind gleich drei!«

»Klappe!«

Offenbar bedient Flik sich einer anderen Taktik als beim ersten Angriff. In der Geschwindigkeit eines Zivis nach der dritten Tüte schlurft er auf dem Kiesweg in Richtung Schwanentrio. Ich halte mich gute zehn Meter hinter ihm. Zwei Meter vor den Schwänen verharrt er und kramt etwas aus seiner Tasche.

»Schnuff, was machste?«

»Psssttt!«

Was soll er schon machen? Er füttert den Schwan! Klar. Dass ich da nicht eher drauf gekommen bin. Durch den Sucher sehe ich Fliks beherzten Griff nach dem Schwanenhals. Ich drücke auf den Auslöser. Doch statt dem Hals erwischt Flik einen Teil des Flügels. Und dann geschieht das Unfassbare: Der Schwan greift an! Immer wieder hackt er Flik blitzschnell in die Hand.

»Autsch! Scheiß Vieh!«

Ich schieße ein Foto nach dem anderen, Flik schreit und lässt dann blöderweise den Flügel los. Doch der Schwan ist immer noch stocksauer und hat offenbar seinen Spaß dran gefunden, mit seinem harten Schnabel in den flauschigen Flik zu donnern.

»Du musst ihn am Hals packen und in die Kamera schauen! Denk an dein Geld!«

»Was glaubst du, was ich gerade versuche, du Arsch? Aua!«

»Am Hals, Flik! Am Hals!«

Selbst als Flik ängstlich ein paar Schritte zurückweicht, lässt der Schwan nicht von ihm ab. Und dann gelingt Flik das Unmögliche: als ihn der Schwan ins Knie picken will, greift er den Hals und reißt ihn nach oben. Der Schwan flattert panisch mit den Flügeln, Fe-

dern fliegen, Passanten gaffen und Flik posiert mit stolz-gefähr-
lichem Gesichtsausdruck und einem panischen Schwan.

Ich drücke auf den Auslöser.

Es ist das Foto des Jahres.

Ich bin beeindruckt, dass Flik die Tollwutspritze bei Dr. Parisi
ohne Ohnmacht übersteht. Kopfschüttelnd desinfiziert mein Hausarzt einen letzten Schwanenpicker an Fliks Hand, während ich
kleinlaut danebensitze.

»Brennt kurz, am besten er hält still.«

Ein wenig irritiert schaut Flik auf.

»Wer?«

WUNDER PUNKT

Schon im Hausflur höre ich mein Telefon klingeln. Ich rase nach oben, stochere meinen Schlüssel ins Schloss und haste in die Wohnung. Mit einem beherzten Schwanen-Flik-Sprung kralle ich mir in letzter Sekunde das Telefon.

»Ja?«

Es meldet sich eine heitere, fast amüsierte Stimme.

»Procter & Gamble Verbraucherservice, wir wollten mal nachfragen, ob Sie Probleme mit unseren Produkten haben.«

Ich brauche einen Augenblick, bis ich mich orientiert habe.

»Annabelle! Woher hast du denn meine Nummer?«

»Aus der Datenbank.«

»Aber ... wie kommt sie da rein?«

»Du hast sie mir diktiert. Am 18. September um 18 Uhr 37. Stichwort: Wick Blau schmecken nach WC-Reiniger.«

Ärgerlich, wie einem seine Vergangenheit immer wieder aufs Brot geschmiert wird. Trotzdem bin ich froh, endlich wieder mit Annabelle zu sprechen.

»18 Uhr 37? Das ... kann nicht sein. Ich ruf doch nicht während der *Simpsons* an und beschwere mich über Halsbonbons.«

»Stimmt«, lacht Annabelle, »normalerweise rufst du in den Werbepausen vom *Perfekten Dinner* an ...«

Ein wenig umständlich versuche ich mich meiner Jacke zu entledigen und gleichzeitig weiterzutelefonieren. Seltsam. Mr. Bean hat das schon einmal geschafft, das hab ich vor Jahren mal an Bord eines Urlaubsfliegers gesehen.

»Hab das Frosch-Foto bekommen. Sieht lustig aus auf dem Mixer.«

»Gut. Und sorry nochmal wegen der Karnevalsgeschichte ...«

»Schon vergessen.«

»Na Gott sei Dank. Ich hab aber jetzt gar kein akutes Problem mit euren Produkten.«

Irgendwie hab ich mich jetzt komplett verheddert mit meiner Jacke. Ein Arm ist bereits fast frei, lediglich meine Hand hängt noch fest am vorderen Teil des Ärmels, wofür ein trotziger Knopf verantwortlich zeichnet.

»Och, schade. Ich war mir da eigentlich ziemlich sicher. Dann leg ich mal besser wieder auf, oder?«

»Nein, halt! Warte! Ich hab gleich ein Problem! Der ... Dings ... hilf mir ...!«

Der eine Arm ist frei und ich kann den Hörer wechseln.

»Swiffer?«

»Nein ... äh ... was man sich ins Haar schmiert beim Duschen?«

»Shampoo!«

»Richtig. Und von euch ... daaa gibt es doch das ...«

Mit dem Hörer zwischen Schulter und Ohr versuche ich mir den anderen Teil der Jacke abzustreifen, scheitere aber auch dort am Knopf, den ich nicht mehr erreiche, weil ich den Ärmel drübergezogen habe.

»Pantene Pro V, Wella, Head & Shoulders, Wash & Go?«

»Wash & Go!«

»Was ist damit?«

»Es ist ... leer.«

»Leer?« Annabelle lacht. »In diesem Fall schicken wir selbstverständlich eine neue Flasche!«

Yap! Ich bin die Jacke los. Erleichtert lasse ich mich auf meine Couch gleiten.

»Wie geht's dir denn?«

»Geht so.«

»Geht so ist schon mal nicht gut, oder?«

»Ich weiß halt manchmal gar nicht so genau, warum ich eigentlich hier bin.«

»Na ja, das ist, weil sich deine Mama und dein Papa mal gaaaanz lieb hatten.«

»Lustig, aber ich meine in Maastricht.«

»Na ja, haste ja gesagt. Weil dein Freund von der Tankstelle seinen ... halt! Nicht, dass du wieder auflegst!«

»Keine Angst. Vielleicht war ich ein bisschen empfindlich letztes Mal. Ich frag mich halt immer noch, wie blöd man eigentlich sein muss, wegen einem Kerl die Stadt zu verlassen.«

»Du bist nur wegen ihm gegangen?«

»Ja. Ich war sowieso fertig mit dem Studium, als ... – Da hab ich mir gedacht, jobbst du halt 'ne Weile in Holland. Läufste ihm wenigstens nicht in die Arme. Na ja. Die Weile dauert jetzt fast ein Jahr.«

»Ein Liebes-Exil sozusagen. Kannst ja Kabel eins anrufen, die machen sofort 'ne siebenteilige Doku draus: *Mein neues Leben XXL – Morgen geht's nach Maastricht.*«

»Eine Doku über meinen Ex fände ich besser. Der hat jetzt nämlich ein Kind mit 'ner 43-jährigen Erzieherin aus dem Taunus. Und alles wegen zwei Minuten Spaß an Karneval. Lustig, oder?«

»Legst du wieder auf, wenn ich's lustig finde?«

»Nein.«

»Dann find ich's lustig! Tja, Annabelle, so sind wir Männer halt. Nach dreißig Kölsch steht das Thema Treue nicht unbedingt ganz oben auf der Tanzkarte.«

»Hätte ich das mal vorher gewusst. Und du?«

»Ich bin als *Express*-Zeitungskasten gegangen, hab aber keine Frau abbekommen. Ein besoffener Pinguin hat mir mal fünfzig Cent eingeworfen, das war's.«

»Ob du auch so unten bist, wollte ich eigentlich wissen.«

»Ich hab erstens keine Freundin und zweitens gar kein Geld für dreißig Kölsch.«

»Und? Wenn du Geld hättest und 'ne Freundin? Wärst du dann so?«

»Wie soll ich das wissen? Ich krieg' keine Freundin ohne Geld.«

»Hattest du vor, eine zu kaufen?«

»Natürlich nicht, aber ... is doch so. Ich bin arbeitslos, hab Augenzucken und seit Neuestem wohnt auch noch 'ne überdrehte Trulla aus der Plattenbranche direkt über mir. Die ist reich, laut und nervt wie Sau.«

»Wie sieht sie denn aus?«, unterbricht mich Annabelle.

»Ungefähr so wie die zurechtgefrästen blonden Kleiderständer, die sich immer in diesen Ami-Serien angiften, vorzugsweise in Redaktionen von New Yorker Frauenmagazinen: laut, völlig übertaktet und immer 'ne Handvoll Make-up im Gesicht.«

»Ich spüre eine gewisse Abneigung ...«

»Hass wäre wohl eher das richtige Wort. Und stell dir vor: Am Anfang war die arschfreundlich zu mir, aber seit sie gemerkt hat, dass ich keine Kohle hab, bin ich Luft. Und irgendwas spritzt die sich auch in den Kopf, Napalm oder Arsen oder so, keine einzige Falte hat die, und das mit zweiunddreißig!«

»Natürliche Schönheit oder Botox.«

»Botox. Auf jeden Fall kauf ich jetzt das Haus und schmeiß sie raus.«

»Was?«

»Richtig. Ich kauf das Haus und schmeiß sie raus!«

»Im Ernst?«

»Im vollen Ernst.«

»Was ist das für ein Haus?«

»Ein Mehrfamilienhaus. Sieben Parteien, 800 qm vermietbare Fläche, gute Lage.«

»Puh. Das kostet 'ne Stange, oder?«

»Eine Million.«

»Und ... hast du so viel Geld?«

»Ich muss es mir irgendwie besorgen.«

»Du bist jetzt aber kein Krimineller, oder?«

»Quatsch.«

»Du, aber ... wenn dich die Frau so nervt, warum ziehst du nicht einfach woandershin?«

»Ich wusste, dass du das sagst. Das sagen nämlich alle.«

»Und was sagst du denen dann?«

»Ich sage denen, dass ich mich nicht von einem neureichen Schneehuhn aus meiner Wohnung vertreiben lasse. Ich sage, dass das eine Frage der Ehre ist und dass ich auch mal was zu sagen haben will. Okay. Den meisten sage ich natürlich, dass sie das einen Scheiß angeht.«

»Klingt schon verrückt, irgendwie. Aber ... Na ja. Irgendwie verstehe ich's auch. Mir sagen auch alle, ich soll zurück nach Köln. Und ich sag auch allen, dass sie das einen Scheiß angeht.«

»Mir hast du das nicht gesagt.«

»Stimmt. Dir nicht.«

Für einen kleinen Augenblick schweigen wir. Ein Beratungskollege rattert im Hintergrund seinen Begrüßungsspruch runter und ich frage mich, ob Annabelle überhaupt noch dran ist. Sie ist es.

»Was machst du denn am Donnerstag eigentlich?«

Ich schlucke. »Ich werd versuchen Millionär zu werden. Sonst habe ich noch nichts vor. Wieso?«

»Weil ich da nach Köln komme.«

Vor Schreck nehme ich den Hörer zum anderen Ohr. Ich wusste, dass das irgendwann passieren würde. »Und? Was machst du hier? Was hast du vor?«, frage ich vorsichtig.

»Ich besuche Steffi und Lara aus meiner alten WG. Wir wollen ins DeLite gehen später, wenn du Lust hast, dann kannst du gerne dazustoßen.«

179

»Warum nicht«, lache ich und hoffe, dass es nicht allzu künstlich klingt. »Dann sehen wir uns ja endlich mal!«

»Eben.«

»Eben«, sage ich leise. Dann schweigen wir für einen Augenblick.

»Schön!«, beendet Annabelle unsere Konversationspause, »dann würde ich sagen: Donnerstag so ab zehn?«

»Okay.«

»Tschüss, Simon.«

»Tschüss Annabelle.«

Ich lege auf, da rollt mir auch schon eine Träne über die rechte Wange. Sie rollt, weil ich weiß, dass ich Annabelle von der Verbraucherhotline nie wieder sprechen werde. Und sehen auch nicht. Den nächsten Schritt, so logisch er dieser Frau auch scheinen mag: Ich kann ihn nicht gehen. Das eigentlich Enttäuschende an der Sache aber ist: Der Köln-Besuch ist ihr auch erst eingefallen, als ich verraten habe, dass ich Millionär werde.

Herr Rautenstrauch von der Deutschen Bank

Mittwochmorgen sitze ich mit meinem besten T-Shirt und echten Lederschuhen bei der Kreditvergabe der Deutschen Bank und warte auf einen Herrn Rautenstrauch. Shahin hat inzwischen ganze Arbeit geleistet mit der *rettetsascha*-Seite und sie am Morgen online gestellt. Auch die Medienkontakte von Paula und Phil haben sich schon ausgezahlt: Kurz vor neun kam in *Eins Live* der erste Bericht über den »Typen mit dem Schwan« und mit ein bisschen Glück erwähnt Stefan Raab die Sache am Abend in *TV total*. Ich erhebe mich also mit einem guten Gefühl, als Herr Rautenstrauch, ein älterer Herr mit schütterem grauen Haar und dünner Lesebrille, den Raum betritt. »Ich hoffe, Sie haben nicht allzu lange warten müssen.«

»Ach, halbes Stündchen …«

Mein Berater streift sich seine Krawatte glatt und tippt etwas in eine graue Tastatur. Ich räuspere mich und warte darauf, dass er irgendwas sagt.

»Eine Sekunde bitte noch, Herr Peters …«

»Sind Sie gerade bei spiegel.de?«

»Nein, wieso?«

»Nur so.«

Nervös lasse ich meinen Blick durch das Büro wandern. Es ist alles vom Feinsten: Holzjalousien, edelstes Parkett, und wenn mich nicht alles täuscht, dann sitze ich vor einem Schreibtisch aus echtem Tropenholz. Die silberglänzende Designerlampe darauf hat ihm die

Deutsche Bank wahrscheinlich von meinen Überziehungszinsen gekauft.

»Herr Peters, ich fürchte, ich kann da leider nichts für Sie tun.«

Ich schrecke auf und starre Herrn Rautenstrauch an.

»Aber ... Sie wissen doch gar nicht, um was es geht.«

Offenbar weiß er es doch. Mit verkniffenem Gesicht schiebt er seine Lesebrille nach oben und fährt mit dem Finger über seinen Bildschirm.

»Hier oben steht, dass Sie gerne einen Kalender hätten. Und hier unten stehen Ihre Umsätze. Für einen Original Deutsche Bank Kalender müssten Sie entweder Geschäftskunde sein oder seit mehr als fünf Jahren bei uns.«

Damit wendet Herr Rautenstrauch sich vom Monitor ab und wieder mir zu.

Für einen Augenblick kriege ich keinen Ton raus. Dann richte ich mich auf, räuspere mich kurz und sage:

»Ich bin wegen eines Kredits hier, Herr Rautenstrauch, nicht wegen eines Kalenders.«

»Ach ja? Die Kollegin sagte mir ...«

»Ich brauche keinen Kalender. Ich brauche einen Kredit!«

»Aber Sie haben einen Kredit, Herr Peters.«

»Ich habe einen Kredit?«

Herr Rautenstrauch dreht sich wieder zu seinem Monitor.

»In Höhe von ... 1389 Euro. So viel leihen wir Ihnen gerade auf Ihrem Girokonto.«

Ich sollte ihm mein Kunden-Mineralwasser auf die Tastatur kippen und mich verpissen. Aber dann kriege ich erst recht keinen Cent und garantiert nie einen Kalender.

»Das ist wahnsinnig nett, dass ich schon einen Kredit habe, aber ich brauche noch einen. Einen etwas höheren. Ich brauche eine Million.«

Mein grauhaariger Berater rollt einen halben Meter von mir weg mit seinem Stuhl – vermutlich vor Schreck.

»Eine Million, sagen Sie?«

Ich greife in meine Tasche und lege die Infomappe zu Wellbergs Haus auf den Tisch.

»Ich will ein Haus kaufen, Herr Rautenstrauch. Ein Mehrfamilienhaus. Gute Lage, neues Dach, neue Leitungen, kein Investitionsstau. In der Mappe sind Baubeschreibung, Teilungserklärung und Grundbucheintrag.«

Seltsamerweise macht Herr Rautenstrauch keinerlei Anstalten, meine Mappe auch nur zu berühren. Stattdessen starrt er mich ungläubig über den Rand seiner Brille an, als hätte ich ihm gerade gesagt, ich sei sein unehelicher Sohn und gerade zurück aus Texas von einem Resozialisierungs-Boot-Camp.

»Wollen Sie die Mappe gar nicht sehen?«, frage ich.

Herr Rautenstrauch reibt sich kurz an der Nase, räuspert sich und zieht sich wieder vor bis zu seiner Schreibtischkante.

»Die Mappe tut nichts zur Sache, Herr Peters. Ich kann Ihnen so einen Kredit nicht geben. Sie haben keine Sicherheit. Sie haben keinen Job. Sie haben ja nicht mal einen Kalender.«

»Aber ich hab eine tolle Geschäftsidee. Und mit dieser Geschäftsidee könnte ich in den nächsten Tagen locker 100 000 Euro machen! Die könnte ich dann schon mal anzahlen. Und das Haus ist ja auch 'ne Sicherheit.«

»Wie geht denn Ihre Geschäftsidee, Herr Peters?«

Na also. Man darf nur nicht so schnell aufgeben. Ich erzähle Herrn Rautenstrauch von unserer Schwanen-Webpage und dass exakt diese Nummer in den USA mit einem Kaninchen schon mal geklappt hat. Angestrengt hört mir Herr Rautenstrauch zu. Natürlich lasse ich auch den Beitrag bei *Eins Live* nicht unerwähnt und verweise auf die abendliche Berichterstattung auf Pro7. Nach einer guten Viertelstunde habe ich alles erzählt und lehne mich zurück.

»So sieht's aus. Das ist meine Idee.«

Mein Berater nickt stumm. Seiner Mimik nach zu urteilen, ist alles möglich: dass ich die Million kriege oder dass ich hochkantig rausfliege.

»Ich hab nicht viel Ahnung von diesem Internet, Herr Peters, das werden Sie bemerkt haben ...«

Aufgeregt rutsche ich auf meinem Stuhl herum.

»... aber was Sie sagen, ist sehr interessant.«

Herr Rautenstrauch greift nach einem Stift und lehnt sich entspannt im Bürostuhl zurück.

»Wissen Sie, meine Erfahrung mit Krediten hat gezeigt, dass es immer irgendwelche Leute gibt, die ... wie soll ich sagen, fernab des Normalen mit frischen Ideen viel Geld machen können.«

Yes! Ich hab ihn!

»Menschen, die sich durchsetzen gegen ihr konservatives Umfeld, Menschen, die den Mut haben, sich durch ... wie soll ich sagen ... schlaue Überlegungen einen Vorsprung zu verschaffen.«

Ich grinse über beide Ohren und kann gar nichts dagegen machen. Unglaublich, wie sich alles verändern kann, wenn man sich nur mal ein paar Tage in den Arsch tritt.

»Ein Jammer ist nur, dass Sie nicht dazugehören.«

Ich zucke zusammen, als hätte man mir ein paar tausend Volt in den Stuhl gejagt.

»Was?«

»Ich sagte, dass ich es schade finde, dass Sie nicht dazugehören.«

»Aber eben sagten Sie doch, also indirekt, dass Sie meinen Plan gut finden.«

»Ja. Ihre Geschäftsidee hat nur einen klitzekleinen Haken.«

»Hat sie nicht!«

»Oh doch!«

»Nicht!«

»Doch!«

»Und was ist das für ein Haken?«

»Wann haben Sie Ihren letzten Schwan gegessen?«

Wann ich meinen letzten Schwan gegessen habe? Spinnt der? Ich grabe meine Vorderzähne in die Unterlippe.

»Ja keine Ahnung, ist ein paar Jahre her …«

»Sind Sie sicher, dass es ein Schwan war und keine Gans oder Ente? Ein Huhn?« Ein wenig zittrig schüttle ich mit dem Kopf.

»Nicht sicher.«

»Und haben Sie vielleicht irgendeine Idee, warum?«

Langsam, fast ehrfürchtig drehe ich meinen Kopf zurück in Richtung meines Beraters.

»Weil man … keine Schwäne isst?«

Herr Rautenstrauch nickt stumm.

Offensichtlich ist er sich der Tragweite seiner Aussage bewusst.

Ich stehe auf und ziehe meine Jacke an.

»Tut mir leid, Herr Peters!«

Ich sage nichts und nicke ein schüchternes »Auf Wiedersehen«.

»Und äh … das mit dem Kalender hab ich gesehen!«

Ich lege den Kalender zurück und verlasse die Bank, so schnell ich kann.

Shahin legt gerade ein neues Kohlestück auf seine Wasserpfeife, als ich die Tür aufstoße und ebenso grußlos wie hektisch meinen Stammrechner anpeile.

»Simon! Ich wollte dich gerade anrufen! Irgendwas stimmt … –«

»Bin ja jetzt hier«, unterbreche ich Shahin, »muss auch dringend was nachschauen wegen Schwanenfleisch.«

»Deswegen wollte ich dich ja auch anrufen.«

Hastig hacke ich das Wort »Schwanenfleisch« in die Google-Suchzeile und drücke Return. Wie erstarrt überfliege ich die ersten Suchergebnisse, hinter mir taucht Shahin mitsamt seiner Wasserpfeife auf.

»Hat denn schon jemand für Sascha gespendet?«

»Also, bis vor fünf Minuten noch nicht!«

Ich klicke auf den WDR-Link und gelange auf eine Seite mit einem Schwanenfoto und dem Artikel mit der Überschrift »Darum essen wir keinen Schwan!«.

Gemeinsam lesen wir den Artikel und erfahren, dass man seit dem Mittelalter keine Schwäne mehr isst, weil das Fleisch einfach widerwärtig schmeckt, was unter anderem daran liegt, dass Schwäne sich ihre Nahrung in stinkenden, abgestandenen Gewässern suchen. Frustriert lehne ich mich zurück.

»Wie lange hast du an der Sascha-Seite gebastelt, Shahin?«

»Zwei Tage!«

»Und dabei hast du dich nie gefragt, ob man Schwäne isst?«

»Warum sollte ich? Ihr Deutschen esst ja auch Pferde, Wachteln und Schweine! Außerdem war das mit dem Schwan deine Idee, nicht meine! Gib mal unsere Seite ein!«

»Ja ha!«

Ängstlich tippe ich www.rettetsascha.de in die Adresszeile. Das

Foto mit Flik, der den zappelnden Schwan Sascha am Hals hält, taucht auf inklusive unserer Headline: »Geld her oder wir essen Sascha!«

Ich scrolle mich runter zum Kommentarbereich. Darüber prangt Shahins orange pumpender Flash-Button: *Noch 100 000 Euro!*

»Kein einziger Cent, aber 148 Kommentare!«, sage ich laut und traue mich fast nicht, sie zu lesen.

15.11.06 09:39
DarthVapour

Erster!
Ihr seid so behämmert, jetzt ohne Scheiß. Wisst ihr, WANN ich was spenden würde? Wenn ihr den Schwan ESST vor laufender Web-Cam.
Soll ja unfassbar scheiße schmecken, das Fleisch.

15.11.06 09:45
Schäfer

Stimmt, darth … so blöd möchte ich sein! Wenn die wenigstens irgendein süßes Tier genommen hätten bei dem man Mitleid hat, aber einen Schwan?

15.11.06 09:47
karotte67

Schäfer: ein Schwan ist auch ein Lebewesen. Ob er nun süß guckt oder böse.

15.11.06 09:51
tausendsascha

Ein Tier, dass so einen Hals hat, schmeckt bestimmt stocksauer!

15.11.06 10:01
Bastelbienchen

tausendsascha: lol! Ne Giraffe hat auch einen Hals und wird nicht gegessen! Ich glaube, man isst überhaupt keine Tiere mit langen Hälsen.

15.11.06 10:02
anonym

Wer so eine Seite macht ist Krank in Kopf und gehört auch dorthin geschoßen!

15.11.06 10:05
Flik

Bist Du eigentlich total bekloppt, mich nicht mal unkenntlich zu machen auf dem Foto? Das war so selbstverständlich für mich, dass ich gar nicht erst gefragt habe. Hast Du ne Ahnung, wie die mich gerade verarschen auf der Arbeit?

Mist. An Flik habe ich gar nicht mehr gedacht. Es folgen 141 ähnliche Kommentare, die sich gewaschen haben. Wenigstens ist Shahin so taktvoll, mich nach Kommentar 32 zu verlassen, um sich wieder ganz seiner Wasserpfeife hinzugeben. Schwerfällig und entmutigt trotte ich zu Shahins Tresen.

»Tust du mir einen Gefallen, Shahin?«

»Ja?«

»Nimm die Seite aus'm Netz. Flik hatte recht. Es war eine Scheiß-Idee.«

Shahin kratzt sich mit nachdenklicher Miene am Kinn.

»Warte!«

»Auf was?«

»Ich hab eben mal nachgedacht.«

»Oh. Toll!«

»Pass auf. Der Erste hat doch geschrieben, er würde spenden, wenn wir den Schwan essen.«

»Ja und?«

»Wir drehen einfach alles um. Wenn die Leute wollen, dass wir eklige Tiere essen, dann können wir ja auch damit Geld verdienen. Wir setzen uns vor 'ne Webcam und sagen jetzt zum Beispiel, für 25 000 Euro essen wir ein ekelhaftes Schwein!«

»Schweine sind nicht eklig für uns, Shahin.«

»Stimmt. Hab ich vergessen. Dann halt Marder, Quallen ... Ratten. Wir ändern einfach rettetsascha.de in wir-essen-alles.de!«

Entgeistert starre ich Shahin an. Er wirkt wirklich sehr überzeugt. Leider bin ich es nicht.

»Shahin, du kannst gerne vor laufender Webcam ein Schwein essen und das Ganze nach Teheran streamen. Ich bin da erst mal raus. Ich muss nachdenken.«

Bedächtig steigt Shahin von seinem Hocker und murmelt beleidigt: »Also ich find's 'ne gute Idee.«

Niedergeschlagen gehe ich zurück zu meinem Rechner suche in meiner Verzweiflung ein weiteres Mal die Seite trainers Ron Schubert. Das Moneybooster-Ser

Mercure Hotel – das ist morgen. Vielleicht sollte ich ja doch mal hingehen?

»Wenn du zu dem Seminar gehst, dann komme ich mit!«

Entsetzt drehe ich meinen Bürostuhl zu Shahin. Erstens, weil ich nicht wusste, dass er vom Tresen aus meinen Bildschirm sieht und zweitens: weil er mitkommen würde.

»DU kommst mit? Wolltest du nicht eben noch ein Schwein essen?«

»Ich will auch nicht ewig meine Shishas in einem blöden Web-Café rauchen, wo Spinner wie du reindürfen. Mein Bruder hat ein Hotel in Aachen, meine Schwester wohnt in London, die hat ein Townhouse in Chelsea. Und ich?«

Wie zum Beweis seines Versagens schaut Shahin sich in seinem Internet-Café um. »Mein Gott, Shahin«, sage ich erstaunt, »ich dachte immer, du bist mit allem zufrieden.«

MR. MONEYBOOSTER

Viel zu früh stehe ich in dem von zittrigen Energiesparlampen illu-
minierten Foyer des 80er-Jahre-Kongresshotels. Von überall her
stolpern aufgedrehte Seminarteilnehmer herbei und rollen ihre
Trolleys über den kotzfarbenen Teppichboden. Mit meinem gelben
Akkreditierungsbändchen am linken Handgelenk stehe ich neben
einem ockerfarbenen Seminarwegweiser mit weißen Steckbuchsta-
ben und warte auf Shahin. »Moneybooster ™ – Der Sekundenmillionär« findet im Raum »Johann Sulpiz Melchior Dominikus
Boisserée« statt, dem offenbar größten Seminarraum, wenn man
nach der Länge des Namens geht. Die Teilnehmer vom »Ayurveda-
Kongress« treffen sich im Raum »Jupp Schmitz« und alle, die ihr
Wissen in »Konzernrechnungslegung nach IFRS/IAS« vertiefen wollen, im Raum »Eric Voegelin«, was im späten Mittelalter vermutlich
einer der renommiertesten Konzernrechnungsleger war. Direkt neben mir steht eine ganze Gruppe leichenblasser Möchtegern-Ge-
schäftsleute in C&A-Anzügen und quarzt eine Kippe nach der anderen weg. Mal ehrlich: Wer sich einen Plastikkugelschreiber in die
Brusttasche eines viel zu großen Anzugs steckt und diese Textil-Ha-
varie dann noch mit einer pfiffigen Musiknoten-Krawatte in Rot
garniert, dem ist ohnehin nicht mehr zu helfen. Nicht mit Ayurve-
da, nicht mit Konzernrechnungslegung und nicht mit Ron Schubert. Kopfschüttelnd blicke ich zur großen Drehtür des Eingangs-
bereiches. Ich erspähe Shahin und winke ihm. Er hat sich ein weißes
Hemd und einen Sakko angezogen und sieht dadurch fast schon ein
wenig seriös aus.

»Na, Simon. Heute mal nicht Rechner sieben?«

»Wie siehst DU denn aus?«

Shahin zieht seine Augenbrauen nach oben und fährt sich mit der rechten Hand über seine steife Kragenspitze.

»Sag mir, wie du dich kleidest, und ich sage dir, ob du reich wirst!«

»Sag mal, hältst DU jetzt das Seminar oder dieser Schubert?«

Durch endlose, immer fahlere Hotelkorridore erreichen wir unseren Seminarraum. Er sieht exakt so aus wie das Foyer mit dem einzigen Unterschied, dass er doppelt so groß ist. Noch mehr als die Größe des Raumes überrascht mich das Publikum, das bereits drin sitzt. Es ist eine unbeschreibliche Mischung aus Leuten, die es schon geschafft haben, und Leuten, die es nie schaffen. Shahin und ich haben uns einen Platz im hinteren Drittel des Raumes ausgesucht. Sicher ist sicher. Direkt neben mir sitzt ein lustiger Kauz mit langen Haaren und Halbglatze, der andauernd irgendwelche Dinge aus seiner Jacke holt. Ich nutze die Wartezeit und lasse meinen Blick durch den Raum schweifen. Ganz vorne hat man eine breite Bühne aufgebaut mit zwei türgroßen Papierbannern, von denen das eine einen zuversichtlich lächelnden Heini im Anzug zeigt und das andere das Seminarmotto »Der Sekundenmillionär«.

Ich schubse Shahin mit dem Ellenbogen.

»Ist das dieser Ron Schubert auf dem Banner?«

»Glaub schon.«

»Super. Dann können wir eigentlich gleich wieder gehen!«

»Wieso?«

»Weil ich von dem Schmierlappen nicht mal 'ne Handy-Oberschale kaufen würde auf'm Weihnachtsmarkt.«

»Ich hab bezahlt, Simon. Ich bleibe.«

Ich will gerade mein gelbes Notizbuch zurück in die Tasche stecken, als uns in Diskothekenlautstärke die ersten Takte des 80er-

Jahre-Dancehits »The Power« von SNAP ins Gesicht schlagen. Der gesamte Saal springt auf und klatscht mit, wobei der Kauz neben mir gleich völlig durchdreht und so ausladend zu tanzen beginnt, dass drei von seinen Dingen auf den Boden fallen. Shahin, der ebenfalls steht und klatscht, zieht an meiner Jacke.

»Simon! Mach mit!«

»Ich will Millionär werden, kein Zirkusaffe!«

Ich verschränke meine Arme und rutsche noch ein wenig tiefer in meinen Sitz.

Shahin greift mir unter die Schulter und zieht mich nach oben. Augenrollend lasse ich mir hochhelfen und traue meinen Augen nicht, als ich vorne auf der Bühne die Damen und Herren erkenne, die mir eben noch bei der Akkreditierung das gelbe Bändchen an die Hand gesteckt haben. Dem Publikum zugewandt klatschen sie zum Rhythmus der Musik und animieren uns, das Gleiche zu tun. Besonders ein grauhaariger Senior gibt dabei alles und legt sogar eine Breakdance-Rolle aufs Parkett. Unfassbar. Ist das vielleicht ein Sektentreffen hier? Und müssen wir uns zum Schluss alle selbst anzünden, um das wahre Glück zu finden? Aber vor allem – was freuen sich denn schon alle so, das Seminar hat doch noch gar nicht angefangen! Shahin stellt sich solche Fragen offenbar nicht, denn während ich nur stumm die Bass-Einschläge in meiner Jacke zähle, macht der es wie alle anderen und tanzt mit.

»I got the power!«, singt er mich schließlich sogar an, woraufhin ich ihm den Vogel zeige. Statt sich zu ärgern deutet er auf mich und singt in persischem Englisch mit:

»And I will attack and you don't want that!«

Ich senke meinen Blick und halte die Hand vors Gesicht. Das darf doch wohl alles nicht wahr sein! Wie weit hat mich diese Hummertussi gebracht, dass ich mir freiwillig so was antue? Ich sollte echt abhauen. Und dann? Was dann? Was ist, wenn dieser Motivationstrainer auch nur einen einzigen geldbringenden Tipp in seiner goldenen Weste hat? Was ist, wenn dann Shahin Millionär wird und ich nicht? Wenn ich das Haus doch nicht kaufen könnte und bis an mein Lebensende fünfsekündige Dancetitel über mir ertragen müsste, mitternächtliche Laufband-Sessions und schlechte Tennisspiele? Ich würde es verdammt nochmal keine Scheißsekunde lang ertragen! Ein letztes Mal hallt dem offenbar leicht zu beeinflussenden Seminarvolk ein »I got the power« um die Ohren, dann setzen sich alle und ein esoterischer Klangteppich legt sich über den Saal. Trockeneisnebel wird auf die Bühne gepumpt und das Licht verdunkelt.

»Es war einmal ein Bauer …«

Eine ruhige und tiefe Männerstimme legt sich über die Sphärenklänge, und dann entdecke ich mitten im Trockeneis einen Mann mit beigefarbenem Hemd, gelben Business-Hosenträgern und Funk-Headset. Er könnte *Märkte am Morgen* auf n-tv moderieren.

»Es war einmal ein Bauer, der fand ein Adler-Ei auf seinem Feld.«

Irgendetwas Seltsames ist an dieser Stimme. Ich drehe mich zu Shahin, doch der lauscht ganz beseelt den ersten Worten des großen Meisters.

»Und da der Bauer nicht wusste, was er mit dem Adler-Ei tun sollte, legte er es zu seinen Hennen ins Nest. Tage später schlüpfte der kleine Adler aus seinem Ei und blickte umher: Es waren nur Hühner um ihn herum.«

Jetzt hab ich's! Mr. Moneyboosters Deutsch hat eine ostdeutsche Färbung! Unser teuer bezahlter Geld-Guru ist also weder aus Berlin noch aus Hamburg und schon gar nicht von der Wallstreet, sondern definitiv nichtkapitalistischer Herkunft. Wir sitzen im Seminar von einem spätsozialistischen Möchtegern-Gecko aus Jena-Lobeda!

»Shahin, das is'n Ossi!«

»Ja und? Ich bin Perser!«

Lässig schwingt sich Mr. Moneybooster auf seinen Seminartisch und fährt mit seiner kleinen Fabel fort.

»Der kleine Adler wuchs mit den Hühnern auf, und da er ja nicht wusste, dass er ein Adler war, tat er all das, was seine Stallgenossen taten: Er gackerte, er schlug mit den Flügeln und flatterte immer nur einen Meter durch die Luft, so wie sich das für ein Huhn gehört.«

»Pass auf, Shahin, gleich sagt der Ossi, dass wir alle Adler sind!«
»Pssst!«
»Außer dir halt! Du bist ja Perser.«
»Ich würde jetzt gerne zuhören, Simon.«

Ich blicke nach links und sehe, dass der Kauz mit den vielen Dingen in der Jacke fast jedes Wort in ein Schulheft schreibt.

»Ja, der kleine Adler war so sehr Huhn, er scharrte sogar nach Würmern und Insekten. Aber was sollte er auch anderes tun, er war sich seiner Herkunft ja nicht bewusst! Es war ja kein Warnhinweis auf seinem Ei gewesen: *Achtung, kein Huhn, sondern Adler! Bitte bevorzugt fördern.*«

Gelächter im Saal. Tja, so locker-flockig geht's zu in Thüringen auf dem Weg zur Million.

»Eines Tages aber erspähte der kleine Adler einen ehrwürdigen Vogel, der in gewagten Höhen majestätisch seine Kreise zog. ›Was ist das denn für ein Vogel?‹, fragte der Adler ein Huhn. ›Das ist ein Adler, der König der Vögel‹, antwortete das Huhn mit großem Respekt und der kleine Adler fragte: ›Wäre es nicht herrlich, wenn wir auch so hoch am Himmel kreisen könnten?‹

›Vergiss es‹, sagte das Huhn, ›wir Hühner können so was nicht.‹

Zunächst vergaß der Adler es wieder. Doch eines Tages, als die anderen Hühner schliefen, da breitete er seine Flügel aus und hob vom Boden ab. Er schaffte einen Meter und dann noch einen. Immer höher zog der kleine Adler seine Kreise um seinen alten Hühnerstall. Die Hühner waren inzwischen aufgewacht und riefen: ›Hör auf, so hoch zu fliegen, das ist gefährlich, du bist ein Huhn!‹ Da schrie der kleine Adler zum ersten Mal in seinem Leben wie ein richtiger Adler und flog mit immer selbstbewussteren Flügelschlägen hinaus in eine neue und unbekannte Welt!«

Bedeutungsschwer erhebt sich Zeremonienmeister Schubert von seinem Seminartisch. Schweigend und mit dem Lächeln des Wissenden blickt er hinab auf uns, auf die Unwissenden.

»Warum habe ich euch diese Geschichte erzählt?«

Ich kichere und drücke Shahin mit dem Ellenbogen.

»Ich weiß, warum. Weil er mit 'nem Heißluftballon in den Westen rübergemacht hat!«

Shahin bringt es fertig, mich komplett zu ignorieren. Die Stimme des Headset-Ossis dagegen wird eindringlicher und lauter.

»Ich habe euch diese Geschichte erzählt, damit ihr aufsteht! Damit auch ihr mit den Flügeln schlagt und merkt, wie hoch ihr damit kommt! Denn vielleicht seid ja auch ihr umgeben von Hühnern, die euch zurufen: ›Das kannst du nicht! Das erreichst du nicht! Das wirst du nicht!‹

Doch was ist das, was die armen Hühner euch da zurufen? Ist es ein Ratschlag? Ein guter Tipp?«

Shahin beantwortet die Frage mit einem konzentrierten Kopfschüttler. Ich wende mich nach links zum Kauz und sehe ihn mit offenem Mund in Richtung Ron Schubert starren, sein Schulheft zwischen den Beinen eingeklemmt. Genervt atme ich aus und schaue auch wieder nach vorne.

»Nein! Das ist kein Tipp! Was das Huhn euch rät, ist nichts anderes als die Rechtfertigung der eigenen, erbärmlichen Situation!«

Mr. Moneybooster hat nun endgültig die Sprachmelodie eines Wanderpredigers angenommen. Mit großen Gesten und beschwörender Stimme powert er durch den Mittelgang und wird von Reihe zu Reihe lauter.

»Wenn du also hoch fliegen willst, HOCH WIE EIN ADLER,

DANN HÖR NICHT AUF DIE HÜHNER! HÖR AUF DICH SELBST! BREITE DEINE SCHWINGEN AUS UND FLIEG! IMMER HÖHER UND IMMER WEITER! DENN IN JEDEM VON EUCH STECKT EIN ADLER!«

Es ist unglaublich, aber einige Seminarteilnehmer springen auf und applaudieren. Eine junge Frau mit einem roten Halstuch ruft »Ja!« und dreht sich im Kreis dazu. Kinder! Das kann man echt keinem erzählen.

Da kommt ein Zonenzampano in Hosenträgern nach Köln, greift von jedem 150 Euros ab, spielt »The Power« von SNAP, erzählt, wir seien alle Adler, und vierhundert Wessis haben Tränen in den Augen. Eines muss man dem Headset-Ossi aber lassen: Sich selbst hat er schon mal motiviert, so energiegeladen und positiv wie er die Faust in die Luft reckt und ruft:

»IHR SEID ALLE ADLER! ALSO BREITET DIE SCHWINGEN AUS UND FLIEGT!«

Während Schubert ruhig zur Bühne zurückgeht, sehen wir auf einer ausgerollten Leinwand einen majestätischen Adler über einer sattgrünen Wiese fliegen. Passend dazu trieft schwülstige Filmmusik. Okay. Ich bin also ein Adler. Und wie komme ich jetzt an die große Kohle, bitteschön?

Ich werde es wohl so schnell nicht erfahren, denn bis zur ersten Kaffeepause erzählt uns Schubert vor allem von seiner schweren Jugend. Wie die anderen Jungs immer die Mädels abbekamen. Wie er sich vorstellte, eines Tages ein erfolgreicher Unternehmer im Westen zu sein. Wie er mit seiner ersten Firma pleiteging, einem Spezialstaubsaugerverleih für Hotelmatratzenreinigung, und wie er wieder aufstand danach. Wer hinfalle, der müsse auch wieder aufstehen, das sei das Entscheidende. Bla bla bla …

Die Zeit vergeht dabei vor allem für den Referenten wie im Fluge. Zwei Firmenpleiten später ist es zwölf Uhr dreißig und Zeit für die Mittagspause.

Reichlich desillusioniert schleiche ich nach draußen und stelle mich mit Shahin in die Schlange für Cola und Sandwiches. Shahin macht einen auf Pokerface und sagt keinen Ton. Ich beschließe, ihn ein wenig aufzuziehen und sage:

»Na, mein persischer Adler? Fliegst du schon oder scharrst du noch?«

»Ich hör doch gar nicht auf dich.«

»Wieso das denn jetzt?«

»Du bist ein Huhn, Bichareh!«

Spricht's, nimmt sich sein Sandwich und lässt mich doch tatsächlich alleine stehen. Ganz ehrlich: Wenn Shahin nicht im Seminar wäre, ich würde nach Hause gehen.

Der zweite Teil unseres Seminars beginnt wieder mit SNAP und »The Power«. Wie originell. Wie beim ersten Mal sitze ich mit verschränkten Armen auf meinem Stuhl und schaue mitleidig hoch zu Shahin, als dieser singt:

»And I will attack and you don't want that!«

Mr. Moneybooster hat in der Pause sein Hemd gewechselt und thront nun selbstbewusst lächelnd und mit einer dampfenden Tasse Kaffee auf der Bühne. Langsam verstummt das Gemurmel im Saal. Schubert stellt die Tasse ab, justiert sein Headset und sagt:

»Wenn du tust, was alle tun, dann kriegst du das, was alle kriegen!«

Er sagt es so, als wäre dies bereits die Geheimformel zur Million. Ich klatsche als Einziger, sozusagen als öffentlicher Protest gegen diese Plattitüde und fange mir prompt mehrere böse Blicke und einen Kommentar von Mr. Adlerhorst Moneybooster höchstpersönlich ein.

»Ich sehe schon, es ist doch noch ein Huhn unter uns!«

Der Saal brüllt vor Lachen, während ich wütend auf meinem Stuhl schmolle. Was für ein arroganter Saftsack!

»Allen Adlern sei gesagt, dass sie in diesem Teil des Seminars das grundlegende Gedankenrüstzeug bekommen, um ihre Flügel schwingen zu lassen.«

Was für ein Schwätzer! Gedankenrüstzeug. Dennoch spüre ich Unruhe im Saal. Es scheint loszugehen! Endlich erfahren wir was über den Weg zur Million! Auch ich nehme nun mein gelbes Notizbuch aus der Tasche. Mr. Moneybooster verlässt ein weiteres Mal die Bühne und schreitet erhobenen Adlerhauptes durch den Mittelgang, während er weitererzählt.

»Wenn du tust, was alle tun, dann kriegst du das, was alle kriegen.«

Nach einer bedeutungsschweren Pause dreht er sich und spricht in die andere Richtung des Saales.

»Frage: Wer verdient mehr? Der Hausarzt oder der Radiologe?«

Die Teilnehmer murmeln mehrheitlich Radiologe.

»Ein Straßenbahnfahrer oder der Pilot des neuen Riesen-Airbus – wer verdient mehr?«

»Riesenairbus!«, ruft Shahin zusammen mit anderen Seminarteilnehmern. Mr. Moneybooster scheint zufrieden mit seinen Schülern und macht am Endes des Saales kehrt, um wieder in Richtung Bühne zu marschieren.

»Ein normaler Feuerwehrmann oder ein speziell ausgebildeter Feuerwehrmann, der gefährliche Chemiebrände, brennende Ölquellen und katastrophale Großfeuer löschen kann? Was meint ihr? Wer verdient mehr?«

Jemand ganz vorne ruft: »Der Super-Feuerwehrmann!«

Mr. Moneybooster beschleunigt nun seine Schritte in Richtung Bühne, fast so als müsse er auf ein ganz besonderes Stichwort zurück sein.

»Der Radiologe, der Airbus-Pilot und der Super-Feuerwehrmann. Sie alle haben eines gemeinsam: sie haben sich SPEZIALISIERT! Sie tun nicht das, was alle tun. Sie tun das, was fast keiner tut. Denn wer tut, was alle tun, der kriegt auch das, was alle kriegen! Und das ist in der Regel: nicht viel Geld.«

Ich wende mich nach rechts und blicke in Shahins ratlose Augen.

»Simon. Mach ich das, was alle tun?«

Ich zucke mit den Schultern.

»Kriegst du denn das, was alle kriegen?«

»Woher soll ich denn wissen, was die anderen kriegen?«

»Ja, keine Ahnung. Aber ... wenn sie was anderes tun als du, dann kriegen sie mehr!«

»Mhhh ...«

So richtig kommen wir nicht weiter mit unserer Logik, also hören wir lieber weiter zu. Mr. Moneybooster hat sich inzwischen runter zum »Volk« begeben und stützt seinen teuren Lederschuh auf einem unbesetzten Stuhl ab.

»Wir alle kennen den berühmtesten Feuerwehrmann der Welt: den Höllenkämpfer Red Adair!«

Ich stupse Shahin an.

»Retter wer?«

»Red Adair! A-d-a-i-r. Red wie Rot, die Farbe. Mensch, der ist doch bekannt.«

»Ja, ICH kenn den nicht. Krieg ich dann mehr? Weil ich nicht kenne, was die anderen kennen?«

»Quatschkopf!«

Synchron schauen wir wieder in Richtung Bühne.

»Aber Red Adair war kein normaler Feuerwehrmann! Er sollte nicht mal ein Feuerwehrmann werden. Er sollte Schmied werden, so wie sein Vater. Doch Red Adair wollte unbedingt Feuerwehrmann werden und er wurde es auch: Er wurde der König der Feuerwehrleute und feierte unglaubliche Erfolge; schon in den 60ern löschte Red Adair in der Sahara eine als unlöschbar geltende brennende Gasquelle. Zwanzig Jahre später löschte er eine brennende

Ölplattform inmitten des Atlantiks und im ersten Golfkrieg sage und schreibe hundertsiebzehn brennende Ölquellen. Einhundertundsiebzehn Ölquellen! Warum hat man ihm einen so wichtigen Auftrag gegeben? Ihm, dem kleinen texanischen Sohn eines Schmieds? Ganz einfach: weil Red Adair vierzig Jahre lang das gemacht hat, was die anderen nicht gemacht haben: Er hat sich spezialisiert. Auf das Löschen von Ölbränden. Jahrelang hat er geforscht und bestehende Techniken verbessert immer mit dem einen Ziel: Wie kann er noch besser und schneller einen Ölbrand löschen. Das Geld kam von alleine, denn auch der letzte Scheich hatte schnell begriffen, wie viele Millionen Dollar es wert ist, die Flammen einer brennenden Ölquelle löschen zu lassen, die jeden Tag ein Vermögen vernichten. Red Adair wurde kein Schmied. Er hörte nicht auf die Hühner, denn er wusste, er war ein Adler. Der König der Feuerwehrleute!«

Stille im Saal. Kommt da noch was? Nicht? Okay. Und was ist jetzt die Message? Sollen wir jetzt alle Spezial-Feuerwehrmänner werden und Ölquellen löschen? Hey, ich würde das vielleicht sogar machen, aber irgendwie sind brennende Ölquellen verdammt selten anzutreffen zwischen Dom und Friesenplatz.

»Was lehrt dich Red Adair?«

Schuberts Stimme ist nun so laut, dass selbst der Ayurveda-Kongress sie noch hören muss.

»Was lehrt dich Red Adair? Ich sage es dir! Nimm dein liebstes Hobby und mach deinen Beruf draus! Ich frage dich: Wo ist dein Spezialgebiet? Wo tust du das, was andere nicht tun? Wo bist du der Red Adair?«

Die martialische Titelmelodie der 80er Jahre TV-Serie A-Team setzt ein, und ich könnte meinen Arsch drauf verwetten, dass Mr. Moneybooster keinen Cent für die Rechte gezahlt hat. Über der paramilitärischen Heldenmusik liegt die aggressive Stimme von Ron Schubert. Er steht nun keine zehn Zentimeter vor einem rotgesichtigen Bauernjungen und donnert ihm seine Frage direkt in die ebenfalls roten Ohren.

»DU WILLST MILLIONÄR WERDEN? DANN FRAG ICH DICH: WO BIST DU DER RED ADAIR?«

Der Bauernjunge ist unfähig, etwas ins Mikro zu sprechen, doch das scheint Teil der Inszenierung zu sein, denn schon hetzt Schubert weiter, und über alles ergießen sich die schmierigen Klänge des amerikanischen Du-kannst-alles-schaffen-Orchesters.

»SCHAU AUF DEIN LEBEN! SCHAU AUF DEINEN TAG! ICH FRAGE DICH: WO BIST DU DER RED ADAIR?«

Der Sitzkauz neben mir wirft sein Schulheft weg, springt von seinem Sitz auf und klatscht in die Hände. Bricht denn keiner dieses unsägliche Spektakel ab? Auch andere Teilnehmer stehen von den Sitzen auf. Schubert joggt inzwischen durch den Gang wie ein wildgewordener Quizmaster und stachelt die brodelnde Meute weiter an.

»BREITE DEINE FLÜGEL AUS! LASS DIE HÜHNER UNTER DIR! MACH DAS, WAS DU AM LIEBSTEN MACHST, UND BEANTWORTE NUR DIESE EINZIGE FRAGE: WO BIST DU DER RED ADAIR?«

Ich schlucke, reiße meinen Kopf herum und sehe nun auch Shahin aufgeregt vom Sitz springen und rufen:

»Ich bin der WEB ADAIR!«

Wer auch nur ein einziges Mal gesehen hat, wie Thomas Gottschalk seine weiblichen Talkgäste befummelt und den männlichen keinen halben Witz lässt, der weiß, für was der Begriff »Fremdschämen« steht. Danke, Shahin! Denn Mr. Moneybooster kommt nun natürlich ausgerechnet auf uns zu mit seinem Funkmikro. Ich versuche noch vergeblich Blickkontakt zu vermeiden, doch es ist zu spät, ich hab das Funkmikro schon in der Hand, reiche es aber blitzschnell an Shahin weiter.

»JUNGER MANN, WAS MACHST DU?«

»Ich hab ein Internet-Café.«

Hut ab. Shahin spricht so souverän in das Mikro, als wäre er jeden Mittag heimlich bei Oliver Geissen.

»UND? GEHST DU GERNE HIN?«

»Schon ganz gerne ...«

»SCHON GANZ GERNE? DANN SAG UNS BITTE: WAS MACHST DU WIRKLICH GERNE?«

»Ich rauch gerne meine Wasserpfeife. Ich weiß alles über Wasserpfeifen! Shishas, Bongs ... die verschiedenen Tabaksorten, wie feucht sie sein müssen, wie man sie abdichtet ...«

»DANN SCHEISS AUFS WEB-CAFÉ! MACH WAS MIT DEN WASSERPFEIFEN. MACH EIN GESCHÄFT AUF MIT DEM, WAS DU KANNST UND LIEBST! DU BIST DER RED ADAIR DER WASSERPFEIFEN!«

Energiegeladen dreht sich Schubert zur Menge und ruft:

»ER IST DER RED ADAIR DER WASSERPFEIFEN!«

Shahin ist so überfordert, dass er »JAA!!!« ruft und mich umarmt. Der Mob freut sich mit, klatscht und jubelt, einige hüpfen wirr durch die Gänge, und noch immer quillt das heldenhafte »Tatataaaaa Tatataaaa« des A-Team-Orchesters aus den gigantischen Lautsprechern. Ich hingegen fühle mich wie eines der Hühner, die zum Adler hochschauen. Rufen oder selber fliegen? Adler oder Huhn? Krieg ich das, was andere tun?

»DER JUNGE MANN DANEBEN, DER NICHT TANZEN WOLLTE!«

Nicht tanzen? Ich? Das hat er gesehen? Ich starre Mr. Moneybooster an. Der Zug um seinen rechten Mundwinkel hat nichts Schönes, man sieht diesen Zug oft bei den Bösewichtern in Bond-Filmen. Zitternd ergreife ich das Mikrofon, scharre mit den Füßen und schaue zu Boden. Vielleicht liegt ja was zu picken unten?

»MEIN LIEBES HUHN! WENN DU HIER SCHON NICHT AUS DEINER HAUT KANNST, BEI EINEM GANZ NORMALEN SE-

MINAR, WIE WILLST DU ES DANN DRAUSSEN IN DER WELT SCHAFFEN, WIE WILLST DU MILLIONÄR WERDEN?«

Ich schlucke und zucke mit den Flügeln.

»WAS IST DEIN LIEBSTES HOBBY?«

»Fernsehen! Ich schaue ziemlich gerne Dokus!«

Wie durch eine Wand aus Watte vernehme ich ein paar Lacher.

»Und wenn du keine Dokus schaust? Was machst du dann? Was würdest du immer weiter machen, selbst wenn du keinen Cent dafür bekommst?«

Ich hab einen totalen Blackout. Mein Auge zuckt und mein Blick springt im Sekundentakt zwischen Shahin und Mr. Moneybooster hin und her. Bis Shahin das Mikro nimmt. Ich bin mir jetzt sicher, dass er das bei Geissens gelernt hat.

»Also, er schreibt ziemlich viele Beschwerdemails!«

Mr. Moneybooster beschwichtigt den lachenden Saal mit einer Art »Pssst«-Geste.

»WARUM BESCHWERST DU DICH?«

Ich reiße Shahin das Mikro aus der Hand, um mich zu rechtfertigen. Wütend spreche ich hinein: »Weil es sonst ja keiner macht! Ich mach es für die anderen mit! Die andern sind sich zu fein! Die haben keine Zeit! Ich kann die Dinge doch verbessern, verdammt!«

»SEHR, SEHR GUT. DAS IST NICHT DAS, WAS ANDERE TUN! DAS IST VIEL GELD WERT! ALSO SCHWING DEINE FLÜGEL UND FLIEG ZUR MILLION! DU BIST KEIN HUHN! DU BIST DER RED ADAIR EINER BRANDNEUEN DIENSTLEISTUNG!«

Ich stehe immer noch da wie tiefgefroren, da klopft Shahin mir anerkennend auf die Schultern. Während Mr. Hosenträger auf die Bühne zurücksprintet, ruft er in sein Mikro: »ER IST DER RED ADAIR DER DIENSTLEISTUNG!«

Zum ersten Mal in meinem ganzen Leben bekomme ich so was wie Applaus. Dann donnert wieder »The Power« aus der Anlage mit

jeder Menge Trockeneisnebel und das durchgeknallte Akkreditie-
rungsteam springt auf die Bühne. Konsterniert schaue ich den völlig überdrehten Shahin an.

»Bin ich auch ein Adler, Shahin?«

»DU bist ein Adler, Simon. Und ICH bin ein Adler!«

Echt? Der Red Adair der Beschwerdeführer kann eigentlich nur
ein Adler sein. Die Menge hat mir zugejubelt! Plötzlich fühle ich
mich wie verwandelt. Voller Tatendrang. Shahin hat recht! Der Ossi hat recht! Ich muss mein Geld damit verdienen, was ich sowieso
tue! Was die anderen nicht tun. So wie Red Adair, der alte Feuerteu-
fel!

Der Saal kocht, als hätte Eminem gerade seinen Hip Hop Battle
gewonnen und Deutschland die WM. Shahin und ich umarmen
uns, wir klatschen uns ab und schreien uns an.

»ICH BIN DER PFEIF-ADAIR!«

»UND ICH DER BESCHWER-ADAIR!!!«

Stühle werden umgestoßen, wildfremde Menschen umarmen
sich und der Sitzkauz von nebenan rennt schon das dritte Mal den
Mittelgang runter vor lauter Kraft. Und dann tanzen wir zusammen
mit der übermotivierten Horde. Ob es bei »Konzernrechnungslegung nach IFRS/IAS« auch gerade so abgeht?

Mit einem breiten Lächeln kommen Shahin und ich am Abend aus
dem Hotel. Wir umarmen uns nochmal und Shahin klopft mir auf
die Schulter dabei. Er wirkt unfassbar zufrieden mit sich und der
Welt.

»Hey, danke, Mann! Das war echt gut. Ich weiß jetzt ganz genau,
was ich machen muss!«

Irritiert löse ich mich aus der Umarmung.

»Du weißt ganz genau, was du machen musst? Was machst du
denn?«

»Ich mache einen Wasserpfeifen-Service auf. Für Firmen-Events und Gastro. Ich hab auch schon einen Namen. ›Dr. Shisha!‹ Und du?«

Ich stutze. Ich schlucke. Ich trete einen Schritt zurück.

»Wie? Was ich mache?«

»Na, wie wirst du der Dienstleistungs-Adair, mein kleiner Bichareh?«

»Ich ... ich hab keine Ahnung!«

PLATTE TIERE

In grimmiger James-Dean-Pose kämpfe ich mich durch die grauenhafte Innenstadt in Richtung Heimat. Ich bin enttäuscht von mir selbst, neidisch auf Shahin und sauer auf den Ron Schubert.

Wenn du fliegen lernen willst, dann umgib dich mit Adlern.
Wenn du tust, was alle tun, dann kriegst du das, was alle kriegen.
Er ist der Red Adair der Dienstleistung!

Was für ein dämliches Gelaber! Das muss Shahin doch auch aufgefallen sein. Pfeif-Adair! Ich lach mich tot. Wie kann er denn auf Basis derartiger Nullformeln ein Geschäft gründen?

Eine Fußgängerampel zeigt Rot und ich bleibe stehen. Bleibe stehen, obwohl weit und breit gar kein Auto zu sehen ist. Wie arm. Das hab ich noch nie gemacht. Was, wenn ich doch nur ein Huhn bin? Ein Hartz-IV-Huhn womöglich, dem der Staat monatlich 345 jämmerliche Körner direkt unter den Adlerhorst streut, nur um das arme Tier zu demütigen. Eine jämmerliche Kreatur, die nichts anderes verdient hat, als getreten zu werden von der Königin der Unterschicht?

Die Ampel schaltet auf Grün und ich kann die Straße überqueren. Toll, was ich alles kann! Aber ist das alles? Wer bin ich? Ein Arbeitsuchender mit Burnout? Ein Huhn ohne Flügel? Ein Adler ohne Horst?

Am WDR-Gebäude mit der riesigen Maus an der Fassade komme ich auf die Idee, ein paar erfolgreiche Freunde anzurufen und sie zu fragen, wie sie das alles so gemacht haben.

Erfolgreiche Freunde. Hab ich die überhaupt? Mhhh ... so richtig erfolgreich ist eigentlich nur Phil, und der wird sich bepissen vor Lachen, wenn ich ihn nach seinem Erfolgsrezept frage. Hat er denn das zu seinem Beruf gemacht, was er sowieso machen würde? Wenn »die Klappe weit aufreißen« sein Beruf ist, dann ja. Im Grunde genommen kann er auch nix. Genauso wie ich. Also wähle ich doch seine Nummer.

»Simon?«

»Stör ich?«

»Bin gerade auf 'ner Vernissage in Sürth, is aber nich schlimm.«

»Was denn für 'ne Vernissage?«

»Manni Friedemeyer projiziert plattgefahrene Tiere.«

»Was?«

»Schwarzweiß-Aufnahmen von plattgefahrenen Tieren auf Bundesstraßen. Super-interessant. Was gibt's denn?«

»Ja, also ... mir geht's scheiße. Ich kriege es nicht hin mit dem Haus.«

»Warte, ich geh mal nach draußen. Du willst jetzt aber nicht wieder Geld von mir, oder?«

»Eher einen Rat. Na ja ... du kennst mich ja jetzt ziemlich gut und du bist ja auch immer ehrlich. Hast du vielleicht 'ne Idee, was ich anders mache als du?«

»Sekunde mal. Du rufst mich an und fragst mich, was du anders machst als ich?«

»Äh ... ja! Oder, wenn's dir leichter fällt: Was machst du richtig?«

»Keine Ahnung. Sagen wir mal so: Ich weiß, was ich will, und treffe die passenden Leute dazu.«

»Und ich?«

»Du hast keine Ahnung, was du willst, und triffst auch keinen.«

»Aber ... ich weiß doch jetzt, was ich will! Ich will das Haus kaufen.«

»Okay, wo bist du gerade?«

»An der Nord-Süd-Fahrt, direkt unter der Maus vom WDR!«

»Dann wink dir ein Taxi und komm zur Vernissage. Sind ein paar coole Leute hier und Freibier gibt es auch. Dann quatschen wir. Ich zahl auch das Taxi.«

»Echt? Ich soll kommen?«

»Simon. Du stehst frustriert unter 'ner Plastikmaus und ich trink Champagner und ess Sashimi dazu. Geht doch irgendwie nicht, oder? Also schwing deinen plattgesessenen Hartz-IV-Arsch in ein Taxi und lass dich nach Sürth fahren in die alte Gewürzfabrik, Rechnung geht auf mich.«

»Phil?«

»Ja?«

»Danke!«

Eine halbe Stunde später biegt mein Almosen-Taxi in eine verlassene Hofeinfahrt eines alten Industriekomplexes. Phil steht im schwarzen Anzug vor einem mit Fackeln beleuchteten Metalltor und telefoniert. Als er mein Taxi sieht, kommt er auf uns zu und klopft ans Fenster meines mürrischen Fahrers.

»Wie viel?«

»Sechsnzwanzigachtzig!«

»Hier sind dreißig. Stimmt so!«

»Geil, dass du da bist.«

»Danke fürs Taxi. Und du meinst echt, ich kann hier einfach so ...«

»Kein Thema. Der Manni ist ein Freund von mir. Komm einfach mit rein.«

Ich folge Phil schüchtern durch einen kerzenbeleuchteten Flur mit allerlei bizarren Skulpturen und braun-schwarzen Ölgemälden von Insektenköpfen. Hatte Johanna nicht ein Bild von einem Insekt mit Sonnenbrille? Schließlich betreten wir ein mit hippen Menschen gefülltes tennisplatzgroßes Industrieloft. Es ist bestimmt acht Meter hoch, und man kann durch eine riesige Glasfront auf einen begrünten Innenhof schauen. Aus unsichtbaren Lautsprechern läuft der für solche Veranstaltungen übliche Latte-Macchiato-Jazz. Unter einer Stahlgalerie hängt freischwebend ein großer barocker Bilderrahmen, auf den gerade eine plattgefahrene Taube auf Asphalt projiziert wird. Erschrocken zupfe ich Phil am Ärmel und deute auf die Leinwand.

»Ich dachte, das sei ein Witz von dir!«

»Mein Geschmack isses auch nicht. Bier?«

»Gerne!«

Um nicht alleine und wie ein Volldepp auf mein Bier zu warten, lehne ich mich mehr oder weniger cool an eine Stahlsäule und beobachte das schicke Kunstvolk. Fast alle würde ich in die Schublade »Berufsjugendliche« stecken. Hippe Frisuren, modische Brillen, teure Designer-Sneakers, aber vom Alter her bereits an den *Desperate Housewives* vorbeigeschossen. Es ist die Generation *Bikkembergs,* die ihre wahren Probleme nach fünf *Astra*-Bier in ihre *Freitag*-Tasche heult: ›Scheiße ich werde alt, aber wenigstens hab ich Geld und Geschmack.‹ Die meisten stehen mit Kölsch oder Sekt in Grüppchen, ein einzelner Typ mit halboffenem weißem Leinenhemd und Tarnfarbenhose tanzt bereits, ich tippe auf Drogen. Phil kommt nicht nur mit dem Bier zurück, sondern mal wieder mit zwei Frauen.

»Hast so einsam gewirkt an deiner Säule, da hab ich gedacht, ich bring dir zwei nette Frauen mit!«

»Man wirkt immer einsam, wenn man an einer Säule steht!«

»Du halt besonders. Svea, Imke – das ist mein Freund Simon.«

Ich lächle und schüttle brav die kleinen Händchen.

»Simon hat zurzeit … mit Immobilien zu tun, Svea und Imke haben mit gar nichts zu tun und verprassen das Geld von ihrem Vater. Bin gleich wieder bei euch.«

Da ist sie wieder – die typische Phil-Konrad-Vorstellung: erst mal alle beleidigen und sich dann verpissen.

»Unser Vater ist der Vorsitzende von ratiopharm«, erklärt die etwas kleinere der beiden Frauen, von der ich glaube, dass es Svea war. Ich nicke und unterdrücke die Frage, ob es sich bei den beiden um die ratiopharm-Zwillinge aus dem Werbespot handelt. Wäre auch gar nicht lustig, da sich die beiden überhaupt nicht ähnlich sehen. Die einzige Gemeinsamkeit liegt im Alter und den nicht zu übersehenden Brüsten. Gute Möpse. Gute Besserung. Phil entschuldigt sich wegen eines weiteren Telefonanrufs und ich stoße nach kurzer Gesprächspause mit den Pharma-Töchtern an.

»Gegen Anlaufschwierigkeiten beim Smalltalk. Gibt's da was von ratiopharm?«, frage ich und ernte ein herzliches Lachen. Es sind keine Johannas. Gott sei Dank.

»Wir könnten über die Ausstellung reden«, schlägt Svea vor, von der ich allerdings nur glaube, dass es Svea ist.

»Was sind denn das für Tiere, die da projiziert werden?«, frage ich.

»Alle möglichen Tiere. Nur keine Dogge leider.«

Die Pharmatochter, von der ich glaube, dass sie nicht Svea ist, rollt die Augen und stöhnt: »Svea!«

Danke. Dann weiß ich ja jetzt, dass die Größere ... nicht Svea ist, sondern ... Fuck! Jetzt hab ich den anderen Namen vergessen.

»Da kann der Hund jetzt wirklich nichts dafür!«, rüffelt sie ihre Schwester.

»Was denn für ein Hund?«, frage ich Svea neugierig.

»Die Dogge von unserem blöden Nachbarn kackt jeden Morgen direkt vor unsere Tür!«

»Eigentlich eine Frechheit, aber was will man machen?«, ergänzt die Schwester.

»Ich verstehe nicht wirklich, wo das Problem ist. Habt ihr mal mit dem Besitzer gesprochen?«

Svea schaut, als hätte ich gerade einen Dreier in der Garderobe vorgeschlagen.

»Hallo? Das ist der Regierungspräsident von NRW!«

Ich zucke mit den Schultern.

»Ja und? Wo ist das Problem? Selbst der Pitbull vom Papst muss mal aa.«

Ich schaue in zwei erstaunte Gesichter.

»Da müsst ihr euch beschweren. Hingehen und sagen: ›Entschuldigen Sie, Herr Landesvater, aber Ihre Dogge kackt uns ständig vor unsere Pradaletten und das ist scheiße!‹ Oder so.«

Pikiert schütteln die beiden mit dem Kopf. Dann sagt die Nicht-Svea:

»Das können wir unmöglich machen. Wie kommt denn so was rüber?«

»Aber den Nachbarn vor die Tür kacken kommt gut rüber, oder was?«

»Na ja …«

»Vorschlag: Ich sorge dafür, dass das aufhört. Ich hab diese Woche schon einen Glockenturm in Sülz zum Schweigen gebracht, dann werde ich mit 'ner Dogge auch fertig.«

»Echt?«

»Es wäre mir ein Vergnügen. Ich haue Papa NRW die Doggenkacke um die Ohren und ihr werdet weiterhin nett grüßen mit »Guten Morgen, Herr Regierungspräsident« oder »Was für ein schönes Fell Ihre Dogge doch hat, Herr Regierungspräsident«.

Die beiden Schwestern schauen sich an.

»Abgemacht! Und was … willst du dafür?«

»Ach …«, lache ich. »Immer dieses Geld!«

Schlauerweise ergänze ich dann aber doch:

»Sagen wir: einen Betrag eurer Wahl?«

»Okay!«

Ich sage, dass ich Phil suchen muss, gehe stattdessen aber raus auf die Terrasse. Die frische Nachtluft ist fantastisch. Und während ich meinen Blick über ein schwach beleuchtetes Industriegelände mit Kabelrollen und verrosteten Tonnen schweifen lasse, keimt neue Hoffnung in mir auf. Ist es vielleicht das, was Ron Schubert auf seinem Seminar gemeint hat? Komme ich so an Geld? Über Menschen, die sich zu fein sind, sich zu beschweren? Vielleicht. Weil: Sie würden es gerne, aber sie können es nicht! Reiche Leute, die was nicht können, was ich kann! Hey, Ossi-Booster, vielleicht bist du ja gar nicht so scheiße, wie du sprichst. Vielleicht hast du ja recht und ich hab's nur noch nicht erkannt: Ich bin der Retter der Adler, der Problemlöser des Klüngels … ich bin der Beschwer-Adair! Genüsslich leere ich mein Bier und gehe wieder nach drinnen. Da Phil noch immer am Handy hängt, begebe ich mich zum Büfett. Zum ersten Mal seit Wochen habe ich wieder richtig Hunger. Und die Speisen, die der Meister der platten Tiere hat auffahren lassen, sind saulecker. Ich stecke mir gerade irgendeinen japanischen Kram in den Mund, als mich jemand von der Seite anspricht.

»Na? Willste immer noch Millionär werden?«

Es ist Phils RTL-Kontakt, der Eintracht-Fan und Magazin-Chef, den ich in der Cocktailbar getroffen habe. Auch er steht schmatzend mit einem Teller am Büfett.

»Absolut. Und du?«

Der Magazin-Chef grinst, beißt von einem gegrillten Hühnerspieß ab und verzieht augenblicklich das Gesicht.

»Kinder … das ist aber leider auch nix hier. Gummi ist das!«

»Das Sushi ist klasse!«

»Na hoffentlich. Schlechtes Essen krieg ich schon die ganze Woche bei RTL.«

»So schlecht, eure Kantine?«

»Ha! Glaub mir, jeder im Sender würde dem Kantinenbetreiber fünfzig Euro geben, wenn er sich freiwillig verpisst.«

»Okay«, lache ich. »DANN isse wirklich schlecht!«

Es folgt die klassische Partyohrfeige für ein wenig interessantes Gespräch.

»Du, ich hab meine Leute da drüben stehen!«

»Kein Thema«, sage ich, »bis später irgendwann.«

Ich Idiot!

Ich kapier's auch nie!

RTL hat gut und gerne eintausend Mitarbeiter!

Wenn jeder fünfzig Euro geben würde, damit der Kantinenbetreiber wechselt, dann wären das 50 000 Euro!

Ein Fall für den Beschwer-Adair!

Ich stelle meinen Teller ab und fange den Magazin-Chef auf halbem Weg ab.

»Du … äh … ich hab doch noch 'ne Frage.«

»Schieß los.«

»Wenn eure Kantine so schlecht ist, warum unternehmt ihr dann nichts gegen den Betreiber?«

»Was ich gehört hab, ist das 'ne ganz schwierige Vertragskiste mit Laufzeiten und so. Die wird man nicht einfach so los. Die müssten wenn schon selber gehen.«

»Es will sich also keiner die Finger schmutzig machen.«

»Ja also ich schon mal nicht!«

»Aber ich würde mir zutrauen, das zu regeln.«

»Du? Bist du so was wie ein Problemlöser? So wie in *Pulp Fiction*?«

»So ähnlich.«

»Und was willste machen? Den Chefkoch erstechen? Ratten aussetzen? Frauke Ludowig vergiften? Das wäre nicht so schwer, die hat 'ne Nussallergie, das weiß jeder im Sender.«

Ich zwinkere dem RTL-Menschen zu.

»Glaub mir. Mir fällt schon was ein.«

Mit schiefem Pappteller und ratlosem Blick werde ich gemustert.

»Du hast sie nicht mehr alle!«

»Glaub mir: Ich sorge dafür, dass der Typ fliegt. Ich müsste halt nur vorher diskret das Geld einsammeln von den Mitarbeitern.«

»Du willst es wirklich wissen, oder?«

»Glaub schon.«

»Okay. Mich kostet es nichts und diesen Spaß ist es mir wert. Ich bin Hagen übrigens.«

»Simon Peters.«

»Morgen um zwölf, RTL-Tiefgarage unterm alten Haupthaus, Stellplatz eins drei sieben.«

Wir schütteln Hände, dann verschwindet Hagen mitsamt Pappteller in der Menge. Dann suche ich Phil und wir betrinken uns.

Vollgepumpt mit Kölsch und Cocktails wanke ich gegen drei Uhr die Stufen zu meiner Wohnung nach oben und höre schon lange vor meiner Wohnung das typische *Tok Tok* von Johannas Spielkonsole. »*Advantage Back Team*«, tönt es mit amerikanischem Akzent von oben. »Wenigstens nochnichbesser gewordn …«, lalle ich mir selbst zu und stochere ungelenk meinen Schlüssel ins Schloss. Erst als ich mich aus meiner Jacke schäle und mein Handy auf den Boden fällt, entdecke ich, dass ich gleich drei Kurzmitteilungen bekommen habe. Erschrocken drücke ich auf meinem Handy herum und betrachte einäugig schwankend den Text der ersten: »*Kommst du noch?*«

»Scheiße! Die Annabelle war ja hier!«

Ich hätte wenigstens absagen müssen.

»*Advantage Back Team!*«

Die zweite mit der Versendezeit 23:02 Uhr lautet:

»Melde dich doch mal, wir sind noch im DeLite.«

Ich schlucke und lese die letzte Nachricht, verschickt um kurz vor Mitternacht.

»Okay. Ich hab's kapiert. Schönes Leben noch.«

Beeindruckt und traurig zugleich stecke ich das Handy zurück in meine Jackentasche. Leider war es der Ärmel und nicht die Tasche und das Telefon fällt auf den Boden.

»Schlecht! Ohhhh ... so schlecht!«, schimpft es von oben.

Ich hatte vier Bier und drei Mai Thai. Mit ein bisschen Glück habe ich das alles morgen wieder vergessen ...

3,2,1 ... KEINS!

Mit beträchtlichen Kopfschmerzen, aber voller Tatendrang drücke ich die Tür zu Shahins WebWorld auf. Dieser klebt wie immer hinter seinem Tresen und blättert apathisch in einem Buch mit einem Fisch drauf.

»Na, alter Pfeif-Adair?«, grinse ich, »immer noch kein Millionär?«

»Simon!«

Shahin springt auf und umarmt mich wie einen tot geglaubten Sohn.

»Simon! Ist das schön, dich zu sehen.«

»Is ja gut. Was ist denn passiert?«

Mir gelingt es, mich einigermaßen taktvoll aus der Umarmung zu lösen.

»Ach ... nichts. Das ist es ja!«

Ich bekomme einen Tee in einer winzigen Glastasse und wir setzen uns an einen schmierigen Plastiktisch zwischen Rechner 3 und 5. So niedergeschlagen habe ich Shahin noch nie gesehen.

»Ich war so fertig nach dem Seminar. Erst war ich so motiviert, aber irgendwie war dann am Abend nix mehr da. Wie ein Huhn hab ich mich gefühlt.«

»Ging mir ganz genauso«, lache ich und nehme einen Schluck Tee. »Dafür hatte ich gestern noch DIE Idee!«

Shahins Miene hellt sich auf. »Super. Wir machen halbe-halbe, okay?«

Ich stutze.

»Du hast doch die Idee noch gar nicht gehört!«

»Stimmt. Zucker?«

»Nein, danke.«

»Weißt du, Simon, ich muss irgendwas tun nach diesem Seminar. Ich kann hier einfach nicht mehr sitzen und meine Pfeife rauchen. Was ist denn jetzt deine Idee?«

»Ganz einfach, Shahin. Wir versteigern Beschwerden!«

»Versteh ich nicht.«

»Wir machen so was wie ein eBay für Genervte!«

»Verstehe ich immer noch nicht. Keks?«

»Nein!«

»Ist sehr lecker der Keks. Mit Orange drinnen.«

»Trotzdem nicht. Pass auf. Ich war gestern Abend auf so einer Vernissage, da liefen nur Leute mit Kohle rum. Du glaubst ja gar nicht, was da für ein Potenzial ist. Über alles Mögliche würden die sich gerne beschweren, können aber nicht.«

»Was denn zum Beispiel?«

»Die RTL-Kantine ist angeblich so mies, dass die Mitarbeiter Geld bezahlen würden, wenn der Koch wechselt! Und dann waren da noch zwei Industriellentöchter, die Angst haben, ihren Nachbarn zu bitten, seine Dogge nicht vor ihre Tür scheißen zu lassen.«

»Warum? Die müssen doch da nur hingehen und ...«

»Genau das können sie halt nicht! WEIL der Nachbar nämlich der Regierungspräsident ist von NRW. Verstehste jetzt? Es GEHÖRT sich nicht. Die Doggenkacke stört sie natürlich trotzdem.«

»Okay. Das verstehe ich schon, aber mit was genau machst du Geld dabei?«

»Mit dem, was die Adler trotz ihrer Kohle nicht machen können. Die Adler wollen cool dastehen und nichts zu tun haben mit irgendwelchen negativen Sachen. Immer schön grinsegrins und Lob fürs Frisürchen, aber keinen Stress mit anderen Adlern.«

»Alles völlig klar. Aber mit was machst du Geld dabei?«

»Hast du das nicht eben schon mal gefragt?«

»Ja. Aber du hast es ja noch nicht beantwortet.«

»Okay. Ich hab mir Folgendes überlegt: Wir machen 'ne Internetseite, auf der die Adler anonym ihre Probleme schildern können und irgendeinen Betrag bieten, wenn sie gelöst werden.«

»Simon. So was gibt es schon.«

»Echt? Und wer macht das?«

»Die Polizei.«

»Quatsch.«

»Nein! Is so. Mich hat erst im Sommer jemand anonym angezeigt, weil ich einen Tisch zu viel auf dem Gehweg hatte. Zack, kam das Ordnungsamt und die Polizei und ich musste ihn wieder reinstellen und Gebühr zahlen.«

»Ich meine aber eher so Sachen, die nicht öffentlich werden sollen.«

»Ahhh.«

»Jetzt sag nicht, dass es das auch schon gibt.«

»Doch. Die Mafia!«

»Shahin! Ich bring doch keinen um! Glaub mir, glaub dem Beschwer-Adair: Zwischen Ordnungsamt und Mafia bleibt immer noch eine gewisse Grauzone für uns. Also, was meinste. Machste mit? Kannste mir die Seite basteln und die Domain anmelden?«

»Wir machen halbe-halbe?«

»Kommt nicht in Frage!«

»Aber dann wenigstens fünfundzwanzig Prozent!«

»Zehn Prozent!«

»Das ist zu wenig!«

»Und fünfundzwanzig sind zu viel. ICH hatte die Idee, Shahin!«

»Also gut. Zwanzig Prozent.«

»Abgemacht!«

Wir besiegeln die Vertragsverhandlungen mit einem Händedruck und einem neuen Gläschen Tee. Weil neben uns eine italienische Studentin einen lautstarken Video-Chat mit ihrer Mutter in Turin abhält, flüchten wir zurück zum Tresen. Ich erkläre Shahin, dass die Seite www.whatsyourproblem.de heißen könnte mit dem Slogan: ›3,2,1 … keins. Deutschlands diskreter Online-Problemlöser.‹

Leider piekse ich damit direkt in Shahins kreative Ader.

»Okay! Aber wir könnten was mit Mafia in den Titel nehmen …«

»Shahin. Es ist meine Idee!«

»So was wie: www.problempate.de! ›1,2,3 … *immer schön aufs Maul dabei.*‹ *Deutschlands erste Online-Mafia.* Und den Server stellen wir nach Teheran. Ein Schwager von mir hat da ein Café mit klimatisiertem Hinterzimmer.«

»Lass uns lieber mal über die Seite selbst reden.«

»Nein! ICH bin der Web-Adair, DU bist der Beschwer-Adair.«

»Ich bin aber auch der CHEF-Adair.«

Aus Protest verschränkt Shahin die Arme und schaut schmollend zu Boden. Nach nur wenigen »Mhhhs« und »Pfffsss« fängt er sich wieder, räuspert sich und fragt: »Okay: Wie fangen wir an mit allem?«

»Also zuerst mal bräuchte ich einen großen braunen Umschlag.«

»Hab ich hinten. Was willst du denn damit?«

»Aktion Regierungsdogge. Ich müsste dafür aber an einen Rechner.«

»Natürlich! Deine Sieben ist frei. Ist aber keine Happy Hour mehr.«

Ich zeige Shahin den Vogel und lege los.

Das Anwesen der ratiopharm-Zwillinge finde ich nur mit Mühe, es liegt so gut wie uneinsehbar zwischen dem ehemaligen schwedischen Konsulat und einem prächtigen Bau aus der Jahrhundertwende. Und tatsächlich – direkt vor dem gusseisernen Eingangstor liegen die wurstförmigen Stoffwechselendprodukte der NRW-Dogge. Mit einem Taschentuch packe ich sie in den Umschlag und stecke meinen Computerausdruck dazu.

Sehr geehrter Regierungspräsident,

auf seinem täglichen Streifzug durch Marienburg ist Ihrem Tier zum wiederholten Male dies hier entglitten. Wie Sie vermutlich gerade an Ihren Händen sehen, haben wir uns erlaubt, Ihnen das Fundstück diskret zukommen zu lassen. Von einem Finderlohn sehen wir in diesem speziellen Fall ab und verbleiben

mit freundlichen Grüßen
B. Adair

whatsyourproblem.de
Deutschlands diskreter Online-Problemlöser

Ich muss schon sagen – fast bin ich ein bisschen stolz, als ich den schweren und stinkenden Umschlag in den Briefkasten des Landesvaters gleiten lasse. Es haben schon ganz andere mit Scheiße Geld gemacht.

»MEIN RTL«

Mit der Bahn schaffe ich es gerade rechtzeitig in die Tiefgarage von Europas erfolgreichstem Privatsender. ›Punkt thwölf‹ stehe ich auf Platz 137 im sparsam beleuchteten RTL-Parkhaus und warte auf Hagen Burgmeister. Tiefgarage und Bürokomplex des Senders haben von ihrem bonbonbunten Fernsehprogramm leider überhaupt nichts abbekommen und präsentieren sich im faden Atomkraftwerks-Grau. Wenn dieser Hagen nur endlich mal antanzen würde, es gibt schließlich schönere Orte zum Warten als die RTL-Tiefgarage. Als nach zehn Minuten immer noch niemand aufgetaucht ist, ritze ich mit einem Steinchen *Stirb Hummertussi* in eine Betonsäule. Nach weiteren fünf Minuten denke ich mir vor lauter Langeweile neue Dokus mit dem Themenfeld Tiefgarage aus: *Unser erster gemeinsamer Stellplatz, Das große RTL-Promi-Parken* und *Park Dich schlau*. Es ist fast halb eins, als ein weißer Jaguar um die Ecke geschossen kommt und kurz vor mir abbremst. Das Fenster gleitet nach unten und ein reichlich abgehetzter Leiter »Magazin« beugt sich heraus.

»Sorry Simon, aber die innere Kanalstraße ist zurzeit einspurig.«

»Echt, schon wieder?«

Auf dem Weg in die heiligen Hallen von Europas größtem Privatsender werde ich von Hagen gebrieft, was mein weiteres Vorgehen anbelangt.

»Okay. Du gehst zur Anmeldung und sagst, dass du mit Florian Robert verabredet bist. Dann kriegst du einen Besucherausweis, mit

222

dem du in die Kantine kommst. Am besten wir essen getrennt, dann stellt sich keiner irgendwelche Fragen.«

»Okay!«

»Und? Hast du denn schon eine Idee, wie du den Kantinenbetreiber loswirst?«

»Also, ich fand die Erdnussallergie von der Ludowig gar nicht so schlecht. Ein kleines Salätchen mit Erdnusspulver kurz vor der Sendung ...«

»Ja und dann?«

Ich ziehe einen Computer-Ausdruck aus der Jacke und lese vor: »Atemnot, Gesichtsschwellung, Ödeme, Quaddeln an der Haut, Zungenbrennen und Bewusstlosigkeit.«

»Reden wir nochmal drüber.«

Wir treten ins Foyer und ich hole mir meinen Besucherausweis ab, den ich mir an die Jacke knipse. Dann passieren Hagen und ich einen uniformierten Security-Hansel und ein Sicherheitsdrehkreuz.

»Was meinst du denn, wie oft du hier aufschlagen musst?«, werde ich gefragt.

»Eine Woche könnte es schon dauern bei so vielen Mitarbeitern. Letztendlich muss ich ja jeden Einzelnen fragen, was er bereit ist abzudrücken für besseres Essen.«

Wir nähern uns dem Kantineneingang, durch den sich gerade zwei aufgeregte Redakteurinnen schnattern. Die Kantine ist kleiner, als ich gedacht habe, dafür aber gut besucht. Tja ... ist halt mal nix anderes in der Nähe und in der Not frisst der Teufel ja bekanntlich Fliegen.

Hagen und ich trennen uns, und während ich mit meinem hellen Plastiktablett in der Schlange der Essensausgabe stehe, staune ich über die Bandbreite der Auswahl-Gerichte: Es gibt Hähnchenbrust andalusisch, mit Knoblauch-Oliven-Paprikasauce und Tomatenreis, geschmorte Lammkeule mit Speckbohnen und Rosmarinkartoffeln sowie, für Fleischfeinde, ein Welsfilet asiatisch auf exotischem Gemüse-Basmatireis. Auf den ersten Blick sieht das alles nicht schlecht aus, aber vermutlich besteht der heimtückische Trick gerade darin, dem ausgehungerten Privatfernseh-Proletariat minderwertige Lebensmittel optisch tiptop zu präsentieren. Wer derart leckere Gerichte versaut, der gehört mit einem unbeschichteten Wok aus seiner Großküche geprügelt. Ich bin an der Reihe und entscheide mich für die Lammkeule. An der Salatbar hole ich mir noch ein Töpfchen Bio-Feldsalat, zu dem ich mir ein Dressing aus weißem Balsamico-Essig und griechischem Olivenöl mische. Ich bezahle und steuere einen großen Achtertisch an, an dem bereits zwei bebrillte IT-Nerds in zehn Jahre alten T-Shirts sitzen. Unfassbar, dass diese Zahlenfresser hier bei den richtigen Menschen essen dürfen.

»Mahlzeit!«

»Ja, guten!«

Man nickt mir ein wenig abfällig zu. Auch egal, ich will hier schließlich keine Freundschaften schließen, sondern Geld verdienen. Noch während ich meinen ersten Bissen Lammkeule vertilge, gerate ich ins Stutzen. Sie schmeckt nämlich ziemlich gut, was sage ich – fantastisch! Ein Ausrutscher der Küche? Eher nicht, denn leider sind auch die Speckbohnen ziemlich lecker und die Rosmarinkartoffeln knusprig und herrlich gewürzt. Ich lege vorerst das Besteck zur Seite und schaue ungläubig in Richtung Hagen, der ein paar Tische weiter alleine und mit mürrischer Miene in seinem Essen herumstochert. Als er meinen Blick bemerkt, deutet er aufs Essen, steckt sich symbolisch zwei Finger in den Mund und grinst. Ich zucke mit den Schultern und probiere den Salat. Leider auch gut.

Vielleicht habe ich mir ja durch meine Hartz IV Tiefkühlkost-Diät sämtliche Geschmacksnerven versaut. Vielleicht schmeckt das hier ja wirklich richtig schlecht und ich merke es nicht mehr, weil ich einfach zwei Jahre lang noch größeren Müll in mich reinge-schmirgelt habe. Unauffällig betrachte ich die Mienen meiner un-mittelbaren Sitznachbarn. Gute Laune oder zumindest angeregte Gespräche, wohin man auch schaut. Von Ekel keine Spur. Und ich sitze vor meinem köstlichen Lammgericht und versteh die Welt nicht mehr.

»Schmeckt's nicht?«, fragt mich einer der Netzwerk-Tonis, »du guckst so ...«

»Doch! Doch, es schmeckt sogar ziemlich gut.«

»Hätte mich auch gewundert«, schmatzt es mir entgegen, »das ist manchmal so lecker hier, dass sich manche sogar was zum Einfrie-ren mit nach Hause nehmen.«

Hektisch tupfe ich mir den Mund ab und stehe auf. Bis jetzt kann man sich über diese Kantine wirklich nicht beklagen: der si-chere Tod eines Beschwer-Adairs. Ich nehme mein Tablett und er-hebe mich.

»Ich ... äh ... bin trotzdem nicht so der Lamm-Typ. Ich glaub ich probiere mal das Hühnchen. Schönen Tag noch im Keller!«

»Auch so!«

Missmutig stelle ich das Tablett in den Rückgabewagen und reihe mich ein zweites Mal in die Essensausgabe ein. Ich bestelle das andalusische Hühnchen, obwohl ich bereits ahne, dass es schmecken wird. Wie das schon riecht! Wie der Tomatenreis schon so locker auf den Teller fällt! Dieses Mal nehme ich einen Tisch in unmittelbarer Nähe von Hagen, der immer noch alleine isst. Hat der keine Kollegen? Im Vorbeigehen sehe ich, dass auch er sich iberisches Flattertier auf seinen Teller hat legen lassen. Ich setze mich und verstreiche mit fahrigen Bewegungen die Knoblauch-Oliven-Paprikasauce auf dem Huhn. Dann schneide ich ein Stück ab und stecke es mir in den Mund. Ich könnte ausrasten. Das Scheißding schmeckt auch. Wütend knalle ich das Besteck aufs Tablett.

»Maaaaaaaaaannnnn! Das gibt's doch nicht!«

»Alles in Ordnung?«

Ich schaue auf und sehe, dass mich ein junger Mann aus der RTL-Mittagsschiene mustert. Es ist Oliver Geissen. Ohne Asi-Publikum hätte ich ihn fast nicht erkannt.

»Wat is denn?«

»Das gibt's doch nicht, dass hier alles schmeckt!«, platzt es aus mir heraus.

Geissen schaut, als hätte ich sie nicht mehr alle. Ich deute auf seinen Teller.

»Was ist mit Ihrem Fisch? Ist der auch gut?«

»Ja, superlecker!«

Ich schlage auf den Tisch, dass es nur so scheppert und wahrscheinlich werde ich auch laut.

»Das Lamm! Das Huhn! Der Fisch! Das kann doch unmöglich alles schmecken!«

»Also, um ehrlich zu sein ...«

»Ich will's nicht hören!«

Geissen bleibt ruhig. All die tausend Stunden als Fernseh-Streetworker haben ihn vermutlich abgestumpft.

»Am Ende gibt's hier sogar noch 'ne erstklassige Mousse au Chocolat!«

»Die ist das Allerbeste. Ich nehm mir sogar immer noch eine extra mit für abends.«

Ich sacke in meinem Stuhl zusammen.

»Finden denn alle die Kantine so gut?«, stöhne ich und Geissen nickt.

»Bis auf den Hagen halt, der meckert ständig am Essen rum, deswegen sitzt er auch alleine.«

»Hagen Burgmeister?«

»Genau, der«, grinst Geissen, »Spitzname ›Mama ihm schmeckt's nicht‹.«

Wäre ich eine Comicfigur, dann würde jetzt Rauch aus meinen Ohren schießen. Aber auch so nimmt meine Körperspannung beachtlich zu, und ich schnelle wutentbrannt aus meinem Stuhl.

»Ich setz mich mal zu dem armen Kerl. Schöne Sendung noch!«

»Ich hab keine Sendung. Ich bin hier nur essen!«

Trotz gegenteiliger Anweisung scheint Hagen sich zu freuen, dass sich endlich mal jemand zu ihm setzt.

»Und? Schon was gesammelt?«, erkundigt er sich schmunzelnd.

»Sag mal, was erzählst du mir denn bitte für einen Scheiß mit eurer Kantine?«, donnere ich gar nicht schmunzelnd los.

»Pssst, nicht so laut!«

»Ja nix ›Pssssst‹. Auftrag abgeblasen. Aus die Maus!«

»Aber warum denn?«

»Weil eure Scheiß-Kantine einsame Spitze ist! Haste das Huhn mal probiert?«

»Ja, leider. Ausgetrocknet und zäh wie Gummi. Und dann die lauwarme Packungssauce …«

»Tut mir leid, aber das Huhn war toll. Den anderen schmeckt's ja auch! Der Oliver Geissen zum Beispiel, der nimmt sich sogar eine Extra-Portion Mousse au Chocolat mit nach Hause!«

»Das macht der? Hat der keine Küche?«

»Das ist doch egal!«, poltere ich weiter. »Das Problem ist: Es schmeckt allen! Hörst du? Allen! Und ich kann ja wohl kaum Geld einsammeln, um den Koch zu bestechen, dass er bleibt, oder?«

»Also von mir würdest du keinen Cent bekommen!«

Trotzig knöpfe ich meine Jacke zu, schlage den Kragen hoch und nehme mein Tablett vom Nachbartisch. Wenn er's nicht kapieren will, dann will er's nicht kapieren.

»Das wäre mein erster richtiger Auftrag gewesen und ich gerate ausgerechnet an einen geschmacksgestörten Kauz wie dich.«

Hagen ist's offenbar selbst ein bisschen peinlich.

»Du haust jetzt ab, oder?«

»Exakt. Ich werde jetzt zurück ins Büro gehen und schauen, wie weit unsere Webseite ist.«

»Was machst du denn für eine Seite?«

»So 'ne Art Beschwerde-Ebay. Mach's gut, Hagen, und weiterhin guten Appetit!«

»Warte mal«, beschwichtigt mich Hagen und bedeutet mir, mich wieder hinzusetzen. »Was machst du da genau?«

Ein wenig widerwillig bleibe ich neben ihm stehen mit meinem Tablett.

»'ne Seite für Leute wie dich. Leute, denen nix schmeckt. VIPs, Reiche, Promis, wie immer du es nennen magst. Leute, die irgendwas nervt und die sich nicht beschweren können.«

»Weißt du was? Da könnten wir was für *Explo* draus machen, uns fehlen sowieso noch anderthalb Minuten für heute Abend. Dann habt ihr 'ne gute Promo und wir sind quitt.«

Ich stelle mein Tablett ab. Das kommt in der Tat ein klein wenig überraschend.

»Für HEUTE Abend?«

»Ja klar! Du stehst in der Kantine des schnellsten Privatsenders der Welt!«

»Und ... das kannst DU entscheiden?«

»Ja glaubst du, nur weil mir nix schmeckt, bin ich unfähig?«

Ich versuche kurz zu schauen, als hielte ich ihn für fähig. Dann sage ich: »Okay. Machen wir den Beitrag. Aber nur wenn mein Gesicht ausgepixelt wird. Unsere Seite funktioniert nur mit Diskretion.«

Jovial legt Hagen seinen Arm um meine Schulter.

»Wenn du es willst, pixeln wir sogar deine Füße aus! Aber jetzt trinken wir erst mal einen Kaffee. Der schmeckt zwar wie Katzenpisse, aber dabei können wir ja den Dreh besprechen.«

Nach einem ziemlich leckeren Latte werde ich mit einer Redakteurin und einem kleinen Kamerateam ein zweites Mal vor die Villa des Regierungspräsidenten gekarrt, wo ich noch einmal so tun muss, als würde ich die Hundekacke in einen Umschlag packen. Dann werden Passanten befragt, was sie von so einer Seite halten, und natürlich sagen die einen, man solle mich wegsperren, und die anderen, dass das die Geschäftsidee des Jahres ist und wie die Seite nochmal heißt. Dann muss ich mich noch filmen lassen, wie ich den Umschlag bei der Post aufgebe, weil das besser für die Story und fürs Bild sei, sagt mir die Redakteurin. Mein naiver Protest, dass ich das aber nicht so gemacht hätte, wird mit einem Lachen und dem Argument quittiert, dass das schon immer egal gewesen sei, wie was wirklich war.

Starr vor Spannung verfolgen Shahin und ich am Abend den Beitrag. Immer wieder zeigt RTL die Bilder von mir und der Doggenscheiße, ich selbst bin zwar wie vereinbart unkenntlich gemacht, werde aber als Robin Hood der Genervten verkauft.

»Ha! Robin Hood der Genervten! Das ist besser als Beschwer-Adair«, lacht Shahin.

»Sind halt Profis«, nuschle ich, wobei ich meine Augen keine Sekunde vom Fernseher nehme. Über die Machart des Beitrags kann man sich streiten. Tatsache ist, dass er wie eine Bombe einschlägt. Insgesamt dreimal wird www.whatsyourproblem.de eingeblendet. Zum ersten Mal seit dem Sturz des letzten Schahs geht Shahin die Wasserpfeife aus. Er wird sie so schnell auch nicht wieder anzünden können, denn dieser Augenblick – er ist der Startschuss für eine Erfolgsgeschichte, wie ich sie nie im Leben für möglich gehalten hätte.

GLOBAL PLAYER

Wir können die Anfragen auf unserer Seite gar nicht so schnell lesen, wie sie eintreffen. Nach dem großen Geld sieht es zunächst allerdings nicht aus: So fühlt sich eine ältere Dame mit dem Pseudonym »Sonnenschein 67« durch das ewige Stühlerücken auf der Terrasse eines Cafés unter ihrem Schlafzimmerfenster gestört und bietet fünfzig Euro, wenn das aufhört. Ein Erdkunde-Lehrer aus Erlangen ist genervt, weil ein DHL-Fahrzeug jeden Morgen seine Einfahrt zuparkt und er oft zu spät zur Schule kommt. Er bietet lächerliche zehn Euro, wenn wir dafür sorgen, dass die Einfahrt frei bleibt.

»Wie wäre es denn mit abschleppen lassen?«, rege ich mich auf, woraufhin Shahin mich nur stumm anschaut. Wir lesen weiter und kommen schließlich zu interessanteren Angeboten. Ein offenbar wohlhabender Düsseldorfer Geschäftsmann bietet 3000 Euro, wenn der 1. FC Köln von der 2. Bundesliga in die Regionalliga absteigt. Ich find's amüsant und klicke den Button *Auftrag annehmen*, sodass automatisch eine E-Mail an den Auftraggeber gesendet wird.

Shahin schaut mich entsetzt an.

»Bist du größenwahnsinnig? Das kannst du doch gar nicht beeinflussen, ob die absteigen. Ich meine, was willst du denn da machen?«

»Ja nix«, grinse ich.

»Wie, nix?«

»Wir reden hier vom 1. FC Köln, Shahin. Die steigen sowieso ab.«

Shahin hält kurz inne.

»Stimmt. Du bist echt clever.«

Wir klicken uns durch eine Unzahl weiterer Aufträge, dazwischen immer wieder üble Beschimpfungen, wie wir es überhaupt wagen könnten, so eine Seite ins Netz zu stellen. Ungerührt scrolle ich weiter.

»Halt«, unterbricht mich Shahin, »schau mal, das hier sieht mir nach einem richtigen Auftrag aus!«

»Wo?«

»Direkt unter dem Fluglärm-Typen aus Neu-Isenburg.«

Gierig lesen wir die Mail.

20.11.06 18:43

whatsyourproblem.de
3,2,1 ... keins! –
Deutschlands Diskreter Online-Problemlöser

Pseudonym:	Global Player
Kontakt:	schauspie@gmx.de
	+49 171 30 30 30
Problem lösen bis spätestens:	Ende November
Erfolgshonorar:	€ 5000
Anhang:	IMG6984.jpg

Hi,

klasse Idee mit der Problemseite! Ich bin Schauspieler und werde seit ein paar Wochen von dieser echt schrecklichen Frau verfolgt. Den ersten Kontakt mit ihr hatte ich bei einem Spielfilmdreh, da habe ich einen Polizisten gespielt. Irgendwie hat die sich in meine

Uniform verknallt, glaube ich. Seitdem steht die nämlich jeden Tag um halb zehn mit einem Plastikbrautstrauß vor meiner Wohnung und behauptet, heute sei unser Standesamttermin. Sie ist jedenfalls felsenfest davon überzeugt, dass ich ihr einen Antrag gemacht habe, und ruft dauernd »Schatz« und »Wir ziehen das jetzt durch mit der Hochzeit«. Im Ernst: So viel saufen kann ich gar nicht, dass ich so einem biederen Bücherwurm die Ehe verspreche, schaut euch mal das Foto an! Dieses neue Stalking-Gesetz ist irgendwie noch nicht durch und mit der Polizei kann ich ihr auch nicht drohen, weil sie ja denkt, ich wäre Polizist. Wäre mir echt recht, wenn ihr das elegant und ohne größeres Blutvergießen lösen könntet. Ihr kriegt mich den ganzen Abend über Handy. Treffen können wir uns auch. Danke schon mal jetzt. Das besagte Foto habe ich angehängt.

Grüße
CMH

Fragend schaut Shahin mich an.

»CMH?«

»Ja, keine Ahnung. Carl-Maria … wie heißt der noch: Brandauer?«

»H, Simon. Nicht B! Aber ist auch egal. Wichtig sind die 5000 Euro.«

»Stimmt. Lass doch mal das Bild von der Frau anschauen.«

Fast ein wenig ängstlich klicke ich auf den Anhang. Es öffnet sich ein schokoladentafelgroßes Foto, auf dem eine strenge, unge-schminkte Frau mit säuberlich gekämmten langen Haaren und Buchhalterbrille zu sehen ist. In der Hand hält sie einen offenbar schon mehrfach benutzten Brautstrauß, vermutlich aus Kunststoff. Shahin findet als Erster seine Sprache wieder:

»Meine Güte! Die Frau ist ja schrecklich. Und die verfolgt ihn?«

Nickend ziehe ich mein Handy aus der Tasche.

»Was hast du vor, Bichareh?«

»Ich ruf die arme Sau mal an.«

ANNRIKE VAN SEAWOOD-WINTER

Unsere Taktik ist recht simpel: Wir müssen einfach noch bekloppter sein als die Bekloppte selbst. Nach einer erstaunlich ruhigen Nacht stehe ich nun in den »Stadtwald-Höfen«, dem orange-grauen Wohn- park eines Kölner Immobilienriesen. Es ist einer dieser Wohnparks, bei denen man mit jedem Schritt, den man hineinläuft, ein wenig mehr von dem Gefühl verliert, dass man etwas Besonderes ist. Trotz der sicherlich gut gemeinten Farbtupfer und dem einen oder ande- ren Quotenstrauch erinnert das eng bebaute Wohlstandsghetto eher an einen Gefängnishof als an ein kuscheliges Eigenheim. Ich be- fürchte sogar, dass die Breite der einzelnen Wohnwaben nicht mal ausreicht, um quer in ein Baguette zu beißen. Nervös blicke ich mich um, meine halbe Stoffgiraffe fest in der Hand. Sperlingweg 14a. Die Adresse der Bekloppten war nicht besonders schwer her- auszufinden – sie prangte auf jedem der mittlerweile 34 Liebesbriefe, den Annrike van Seawood-Winter dem bemitleidenswerten Schau- spieler zugeschickt hat. Mein Handy vibriert. Eine Kurzmitteilung von einer der ratiopharm-Schwestern: *Hi simon. Keine doggenscheiße mehr heute morgen. Sind 500 euro okay? Gruß, svea.*

Lächelnd stecke ich das Handy weg.

Yes!

Doch dann sehe ich sie. Mit gehetztem Blick hastet der Schre- cken unseres Kunden in einem verwitterten Hochzeitskostüm aus dem Apartmentblock. Die Dame sieht in natura noch viel furcht- erregender aus! Vermutlich um mir selbst Mut zu machen, hole ich tief Luft und sage laut: »Okay!«

Ich folge der hektisch davonstaksenden Dame im Abstand eines Kleinbusses. Wir verlassen den Wohnpark und biegen auf die Aachener Straße, eine der lärmenden Hauptverkehrsadern der rheinischen Klüngelmetropole. An der Straßenecke bemerkt mich Frau Seawood-Winter das erste Mal und fragt mit spitzer Stimme:

»Sagen Sie mal, folgen Sie mir?«

Let's get ready to rumble.

»Schatz, was soll denn das?«, frage ich kopfschüttelnd und gehe einen weiteren Schritt auf sie zu.

»Wie bitte?«

»Schatz, jetzt sei vernünftig und lass uns das zusammen durchziehen.«

Die Bekloppte starrt mich an, als hätte ich sie nicht mehr alle. Hab ich ja auch nicht. Im Gegensatz zu ihr ist das bei mir allerdings nur zeitweise und Teil eines Plans, an 5000 Euro zu kommen.

»Spinnen Sie? Was denn durchziehen?«

»Unseren Scheidungstermin. Ach Anni, das find ich jetzt echt nicht fair, dass du dich doof stellst.«

Man kann förmlich sehen, wie es unter den glattgekämmten Grünteehaaren brodelt.

»Woher kennen Sie meinen Spitznamen?«, faucht es mir entgegen.

»Weil wir verheiratet sind! Jetzt komm schon, Schatz. Wir müssen das jetzt durchziehen.«

Wie in einem bizarren Duell stehen wir uns gegenüber und mustern uns. Ich präsentiere die halbe Giraffe.

»Das mit Schneuz hab ich mir auch überlegt. Wir machen einfach halbe-halbe. Schau. Ich hab alles vorbereitet!«

»Ich kenne keinen Schneuz. Wissen Sie was? Ich glaube, Sie spinnen!«

Kopfschüttelnd dreht sich die Bekloppte um und geht weiter. Ich folge ihr im gleichen Abstand wie eben. Wir passieren ein Sonnenstudio und ein Blumengeschäft, bevor sie sich plötzlich umdreht und stehen bleibt, was ich ihr natürlich sofort nachmache. Sie klingt jetzt schon einen Tick aufgeregter.

»Sagen Sie mal, laufen Sie mir jetzt die ganze Zeit nach mit Ihrem kaputten Stofftier?«

»Das ist kein kaputtes Stofftier. Das ist dein Teil von unserem Schneuz! Jetzt lass uns das durchziehen mit der Scheidung. Wir haben schon viel zu lange diskutiert!«

»Was denn für 'ne Scheidung?«

»Ach Anni. Der Termin um halb zehn.«

»Sie gehören doch in die Klappe, gehören Sie doch!«

»Sag so was nicht. Nicht vor Schneuz!«

Ein weiteres Mal schweigen wir uns an und ich bemerke ein leichtes Zucken der Mundwinkel bei Annrike. Mein Auge bleibt dagegen ruhig. Wenn man das Zucken einmal gebrauchen könnte!

»Hören Sie, ich muss zu einem privaten Termin. Und wenn Sie mir da nachlaufen mit Ihrer halben Giraffe, dann ...«

»Dann ...?«

»Rufe ich um Hilfe!«

Ich hebe meine Augenbrauen.

»Ach Schatz! Für mich ist das auch nicht leicht.«

»Sie SIND verrückt!«

Ich gehe einen weiteren Schritt auf sie zu und deute eine Umarmung an. Erschrocken weicht sie zurück. Gott sei Dank.

»Ich weiß, dass ich verrückt bin. Aber ich akzeptiere, dass du dich von mir trennen willst deswegen. Es ist okay, mein Schatz, völlig okay. Ich verstehe, dass du die ganzen Marotten satthast, mein Graszimmer mit dem Karottenspender und die Schlaferei im Stehen. Es ist okay. Also lass uns die Scheidung jetzt durchziehen.«

Pause. Blicke. Es arbeitet in ihrem Gehirn. Ich bleibe einfach stehen, lächle und biete die halbe Giraffe an. Hab ich Annrike vielleicht schon am Wickel? Noch nicht, denn statt sich auf weitere

Diskussionen einzulassen, macht sie einfach kehrt, läuft verärgert an mir vorbei und geht Richtung Blumengeschäft.

»Schatz! Wo willst du denn hin?«, rufe ich ihr hinterher und gebe mir Mühe, es möglichst verzweifelt klingen zu lassen.

»Was abholen!«

Bingo. Sie hat geantwortet. Zum ersten Mal!

»Ich komme mit!«

Die Schritte von Frau Seawood-Winter verlangsamen sich. Nach einem Augenblick des Nachdenkens dreht sie sich um, und wieder stehen wir einfach so da und schweigen uns an.

»Ich sage Ihnen jetzt mal was: Ich hab keine Angst vor Ihnen und ich werde Sie von nun an ignorieren. Ich werde nämlich heute einen Polizisten heiraten!«

»Anni … du kannst auch den Fiat behalten!«

»Sagen Sie mal, schnüffeln Sie mir jetzt noch nach? Woher wissen Sie denn, dass ich einen Fiat habe?«

Ich will gerade antworten, als die Bekloppte völlig überraschend losrennt. Ich verliere bestimmt zwanzig Meter, so verdutzt bin ich. Schneuz und ich rennen ihr hinterher, doch sie ist schneller und steigt in einen gelben Fiat Panda, bevor ich sie aufhalten kann. Panisch wähle ich Shahins Nummer. Es war abgemacht, dass er mit seinem klapprigen Passat immer in meiner Nähe bleibt.

»Shahin, wo zum Teufel steckst du? Die Bekloppte ist in ihr Auto gestiegen!«

»Andere Seite von der Aachener!«

Über drei Fahrstreifen, zwei höherliegende Straßenbahnschienen und weitere drei Fahrstreifen hinweg sehe ich Shahin vor der Auslage eines Handyladens winken. Klasse! Mein Geschäftspartner schaut sich Handys an, während sich die 5000 Euro in einer rollenden italienischen Todeszelle verpissen.

»Super, Shahin!«, belle ich ins Handy, »die nächste Wendemöglichkeit ist in einem Kilometer.«

»Wer sagt denn was von Wenden?«

Mir fällt fast die Kinnlade runter, als Shahin mit seinem Passat kurz vor einer Straßenbahn quer über sämtliche Schienen mit mehrmaligem Aufsetzen auf meine Seite poltert. Respekt, für so 'ne Aktion gibt's im Iran bestimmt drei Peitschenhiebe auf den Kühlergrill. Der Fiat der Bekloppten fädelt sich in den Verkehr ein und ich erkenne, dass sie eine Schnur mit Blechdosen an ihr Auto gebunden hat. Mit quietschenden Reifen kommt Shahins Passat neben mir zum Stehen, ich springe rein und schnalle mich an.

»Los. Ihr nach!«

»Ach was ...«

Shahin gibt Vollgas und in kürzester Zeit sind wir knapp hinter dem gelben Blechdosen-Fiat, der nun hektisch wie eine Wespe die Spur wechselt.

»Pass auf, Shahin, ich glaub, die biegt ab!«

»Seh ich doch.«

Auch wir sausen mit über fünfzig Sachen in die Seitenstraße und kommen dem Fiat unerwartet näher als gedacht.

»Vorsicht!«, schreie ich, »da ist Stau!«

Shahin tritt voll in die Eisen, die Bremsen quietschen und mich drückt es so hart in den Gurt, dass mir die Luft wegbleibt. Um ein Haar wären wir der Irren hinten reingefahren. Mein persischer Kompagnon ist als Erster in der Lage, die Gesamtsituation zusammenzufassen.

»Knapp!«

Ich nicke. »Ja.«

»Und jetzt?«

»Wie geplant. Wir machen sie mürbe. Wir bleiben einfach nur dran.«

Im Schneckentempo bewegt sich die Blechschlange voran, wir schleichen hinter dem gelben Fiat mit den klappernden Dosen her. Shahin wirkt ein wenig nervös auf mich.

»Damit das mal klar ist. Ich fahr mein Auto nicht kaputt für tausend Euro.«

»Du willst nicht ernsthaft jetzt mit mir verhandeln!«

»Wir müssen ja nicht verhandeln. Gib mir einfach mehr Geld. Zwanzig Prozent sind unfair!«

»Shahin, sie wendet!«

»Mir egal.«

Mit einem einzigen Satz ist die Bekloppte aus dem Stau ausgeschert und auf die Gegenfahrbahn gewechselt, wo sie jetzt einer sehr seltenen Kölner Grünphase entgegenröhrt.

»Shahiiiin, die haut uns ab!«, stöhne ich.

»Dreißig Prozent und ich wende.«

»Okay!«

»Voll Stoff, Shahin!«

Endlich hat auch Shahin eine Lücke im Gegenverkehr gefunden und lässt nichts unversucht, sich wieder an den Fiat zu kletten. Schließlich hängt nur noch ein südkoreanischer Familien-Van mit Baby-an-Bord-Aufkleber zwischen uns und unserem Ziel.

»Überhol doch!«, fordere ich Shahin lautstark auf.

»Bist du blind? Ich hab Gegenverkehr!«

»Aber nicht in der Mitte!«

»Lalala …«, singt Shahin und lächelt. Was für ein gerissener Sauhund!

»Okay. Vierzig Prozent!«

Nach einem schlichten Nicken als Zeichen des Einverständnisses katapultiert uns Shahin trotz Gegenverkehrs an der Familienreisschüssel vorbei und biegt schließlich direkt hinter der Bekloppten zurück auf die Aachener Straße. Die nächsten Minuten bleiben wir so nah am Dosenklapper-Fiat heften, dass sich kein Auto dazwischenschieben kann. Ein bizarres Spiel beginnt: Wenn unsere Schauspieler-Stalkerin im Schritttempo vorwärtszuckelt, dann tun wir das auch. Gibt sie Gas und schlingert, geben wir Gas und schlingern. Was auch immer der Fiat vor uns tut – wir tun es auch, inklusive mehrmaligem Umrunden eines Verkehrskreisels und rückwärts Einparken in einem Industriegebiet.

»Und ich soll wirklich auch einparken, Simon?«

»Ja. Wenn, dann konsequent. Denk an deine vierzig Prozent!«

Wir parken ein und bleiben zehn Minuten direkt hinter Frau Seawoods Fiat stehen. Links von uns donnert weiter der Berufsverkehr über das Kopfsteinpflaster, rechts umschließt eine mannshohe Steinmauer irgendeine Fabrik, und vor uns sitzt die Brautstrauß-Bekloppte in ihrem quietschgelben Italo-Hopser und hat nicht die geringste Idee, was sie nun tun soll. Wir allerdings auch nicht.

»Und jetzt, Simon?«

»Nix. Wir warten!«

Ich bin zwar kein richtiger Psychologe, aber immerhin hab ich über einhundert Folgen *Domian* gesehen, und so ahne ich, dass das Schauspieler-Nachgesteige nur aufhört, wenn wir eine finale Groß-Irritation in ihr gewittriges Hirn pflanzen.

»Die Arme ist sicher total fertig!«, seufzt Shahin. »Ich weiß nicht, ob wir hier das Richtige machen. Das … ist ja 'ne richtige Menschenjagd irgendwie.«

Da gibt man ihm fast die Hälfte ab von so einem Knallerauftrag und beim erstbesten Problem rollt er seinen Teppich ein.

»Die Arme. Die Arme!«, ereifere ich mich. »Die Arme steht seit einem Monat täglich vor der Tür unseres Kunden und behauptet, heute sei Hochzeit! Die Arme wirft jeden Tag einen Brautstrauß hinter sich und hat schon zwei Kinder verletzt damit, eines sogar am Auge. Die Arme hat sie nicht mehr alle, kapier das mal!«

»Sie kauft jeden Tag einen Brautstrauß?«

»Glaubt sie. Sie nimmt aber immer denselben. Hat mir der Herbst erzählt.«

»Herbst?«

»So heißt der Schauspieler. Kennste diese Serie, *Stromberg*? Was guckste denn so?«

»Da ist Polizei hinter uns.«

Ich schaue in den Rückspiegel – und tatsächlich: In Spielstraßengeschwindigkeit schleicht sich ein silbrig-grüner Streifenwagen an uns heran. In Shahins Augen flackert Angst.

»Die wird doch nicht ... die hat die Polizei gerufen, oder?«

»Ganz ruhig Shahin, die schieben dich schon nicht ab.«

»Ich bin Deutscher, du Blödmann.«

»Vor allem bist du der Schiss-Adair!«

»Und du der Schwätz-Adair!«

Der Polizeiwagen hält tatsächlich hinter uns. Meine halbe Giraffe schiebe ich sicherheitshalber unter den Beifahrersitz. Doch zunächst macht keiner der Beamten Anstalten, den Streifenwagen zu verlassen. Für eine Minute bleiben wir einfach so in einer Reihe stehen, stumm eingekeilt zwischen Polizeiauto und bekloptem Fiat. Eine Minute, in der mir dann doch die Angst zwischen die Rippen kriecht und ich mich zum ersten Mal frage, what the fuck wir hier eigentlich machen. Bevor ich eine Antwort finde, öffnen sich die Türen des Streifenwagens und zwei mützenlose Beamte kommen zum Vorschein: ein kleinerer, der wegen seiner geringen Körpergröße und Glatze wie ein zusammengestauchter Meister Proper wirkt, und ein größerer, sehr brauner Polizist, der aussieht wie ein drittklassiger Schlagersänger aus dem Taunus.

»Sie kommen, Simon!«

Während der Schlagerbulle an unser Autofenster tritt, geht sein haarloser Kollege zügig auf den noch immer brav parkenden Fiat zu. Mit einer lässigen Handbewegung signalisiert der Polizist Shahin, das Fenster zu öffnen. Doch Shahin ist mit der Geste völlig überfordert und schaut mich fragend an.

»Was will er denn? Einen Kugelschreiber?«

»Du sollst das Fenster aufmachen!«

»Okay. Das Fenster. Klar.«

Shahin drückt einen Knopf, doch dummerweise geht das Fenster auf meiner Seite auf. Hat er vielleicht doch keinen deutschen Pass? Ich versuche die Ruhe zu bewahren.

»Das Fenster auf deiner Seite, Shahin.«

»Natürlich.«

Shahin drückt den richtigen Knopf und der Schlagerbulle beugt sich zu uns.

»Guten Tag, Führerschein und Fahrzeugpapiere bitte. Und wenn Sie mal aus dem Auto kommen würden bitte, wir sind hier nicht auf'm Highway in Florida.«

Shahin zittert seine Papiere aus Portemonnaie und Sonnenblende und reicht sie mitsamt meinem Personalausweis nach draußen. Schweigend steigen wir aus und stellen uns stumm neben den Passat. Der Schlagerpolizist wendet sich mit aufgeklapptem Führerschein an Shahin.

»Shahin Kaambiz Shiidvash Müller?«

»Ja genau«, antwortet Shahin nervös und bemüht sich um ein Lächeln.

»Bedeutet der Name irgendwas?«, fragt der Schlagerbulle und wirkt dabei recht freundlich. »Ich hab mal gelesen, dass so Namen oft was bedeuten.«

Hilfesuchend schaut der immer noch übernervöse Shahin mich an, beschließt dann aber doch selbst zu antworten. »Ach ... ich bin mir nicht sicher, aber ich glaube, das ist eine frühe Berufsbezeichnung für jemanden, der Mehl aus Getreide macht. Zum Brotbacken, wissen Sie?«

In tiefer Scham schaue ich aufs Kopfsteinplaster. Okay. Das war's dann. Danke, du Depp-Adair. Wir können uns eigentlich gleich auf die Rückbank vom Streifenwagen setzen und einen Anwalt anrufen. Doch statt uns dorthin zu schubsen, nickt der Schlagerbeamte nur freundlich und gibt uns die Papiere zurück.

»Getreide. Interessant. Ist reine Neugier, ich finde so was immer ziemlich spannend. Die Papiere sind okay. Danke und schönen Tag noch!«

»Ihnen auch!«, lachen Shahin und ich erleichtert und synchron. Doch dem Schlagerbullen scheint noch etwas eingefallen zu sein.

»Ach, eine Sache noch …«

»Ja?!?«, sagen wir, wieder synchron.

»Die Frau vorne im Fiat behauptet, Sie würden sie mit einer halben Giraffe verfolgen. Ist da was dran?«

Ich schaue Shahin an und er mich. Was für ein ausgefuchster Typ dieser Bulle ist! Macht erst einen auf grenzdebilen Taunus-Asi und kommt dann in der letzten Sekunde mit dem Columbo-Bauerntrick um die Ecke scharwenzelt.

»Wir kennen die Frau im Fiat gar nicht«, stammle ich.

Der Ordnungshüter denkt kurz nach und nickt dann.

»Okay. Wir hatten da eben nur einen etwas seltsamen Notruf.«

Inzwischen kommt auch ein sichtlich verwirrter Meister Proper von seiner Befragung zurück. Er wirkt völlig durcheinander und reibt sich die Haare mit der Hand.

»Alles gut, Dietmar?«, fragt der Schlagerbulle seinen offenbar angeschlagenen Kollegen.

»Lass uns mal ganz schnell fahren, Manfred, die hat sie nicht mehr alle.«

»Wieso, was ist denn?«

»Die hat ernsthaft behauptet, ich hätte ihr einen Antrag gemacht. Also so mit Heirat. Und dann hat sie gesagt, wir müssten aufs Standesamt in einer halben Stunde. Und der junge Mann hier, das wäre ihr Ex-Mann, der sei auch endlich mit der Scheidung einverstanden.«

Der leichenblasse Wachtmeister Proper deutet auf mich, sein Sonnenbank-Kollege blickt kopfschüttelnd immer wieder zwischen Fiat und ihm hin und her.

»Jetzt hör aber auf, Dietmar.«

»Wenn ich's dir doch sage! Und wenn wir das alles nicht glauben, dann sollten wir ruhig mal nach 'ner halben Giraffe suchen im Auto von den Herrschaften.«

Unser Schlagerpolizist kann sich ein Lachen nicht verkneifen.

»Was? 'ne halbe Giraffe sollen wir suchen? Das musste mir jetzt aber mal genau erzählen.«

»Im Wagen, Dietmar. Sei so gut, lass uns von dieser Irren hier weg. Die wollte mich sogar küssen. So was hab ich ja noch nie erlebt.«

Kommissar Dietmar grinst uns nochmal kurz zu, dann gehen die beiden Ordnungshüter zurück zum Wagen. Ich höre noch ein Lachen, dann knallen die Türen zu und der Streifenwagen fährt weg.

»Mann, Mann, Mann …«, ächzt Shahin. »Und was machen wir jetzt?«

»So wie's aussieht – gar nichts mehr. Auftrag erfüllt!«

Ich deute nach vorne. Mit offenem Mund beobachten wir, wie der gelbe Hochzeits-Fiat mit den Polterdosen aus der Parklücke hechtet und sich nahtlos an den Streifenwagen klettet.

Rosenkrieg im Postkarton

Zunächst freue ich mich natürlich über das große Postpaket, das Herr Schnabel mir am Sonntagmorgen aushändigt. Denn wie ich unschwer am Aufkleber erkennen kann, ist es von Procter & Gamble. Annabelle! Vielleicht hat sie sich ja beruhigt und wir können bald wieder telefonieren. Aufgeregt reiße ich das Paket in der Küche auf. Es ist eine Zehnerpackung Charmin Sensitiv. Klopapier. Als ich es aus der Verpackung nehme, fällt ein handgeschriebener Zettel auf den Boden:

Für'n Arsch. So wie die verschwendete Zeit mit Dir. Annabelle.

Fassungslos starre ich auf den Zettel. Vielleicht ist's ein Witz? Ich durchsuche das gesamte Paket nach einem zweiten Zettel. Reiße die Pappen auseinander und schaue sogar zwischen die Klorollen. Kein Witz.

Stumm falte ich den Karton zusammen, damit er in die Altpapiertonne passt und baue einen kleinen Klopapierturm im Bad. Wie kann sie das alles nur so getroffen haben? Ich meine, wir hatten doch kein Date? Sie war doch da, um ihre WG zu besuchen und nicht wegen mir …

Als ich mich nach dem Frühstück zu Fuß auf den Weg in die WebWorld mache, schlägt meine Stimmung um. Was bildet diese Callcenter-Cholerikerin sich überhaupt ein? Über Wochen war ich supernett zu ihr, hab stundenlang versucht, bei ihrer Scheiß-Hotline durchzukommen, nur um mit ihr zu sprechen, hab sie zum Lachen gebracht und ihr zugehört. Dann verpasse ich einen einzigen Termin und sie schickt mir eine dreilagige Beleidigung zu?

Ich setze mich auf eine Bank, ziehe mein Handy aus der Jacke und wähle die Nummer der Procter & Gamble Verbraucherberatung. Es ist Sonntag, da wird Annabelle nicht da sein. Umso besser. Es gibt schließlich noch zweihundert andere Verbraucherberaterinnen.

»Procter & Gamble Verbraucherservice, mein Name ist Irina Minio, was kann ich für Sie tun?«

»Ja, hallo. Peters hier. Ich hab mir neulich diese Gillette Mach 3 Turbo-Klingen gekauft und … na ja … ich hab das mal ausgestoppt jetzt … ich rasier mich da auch nicht schneller mit als mit normalen Klingen.«

Brüller, denke ich mir, doch statt Gelächter hagelt's Schweigen.

»Sind Sie noch dran?«

»Ist das eine ernsthafte Beschwerde?«

»Natürlich nicht«, lache ich, »ich dachte halt, wir plaudern ein bisschen.«

»Auf Wiederhören.«

Aufgelegt. Unfuckingfassbar! Jetzt spinnen sie alle da oben in ihrem strandtuchgroßen Käseland!

Ich drücke auf Wahlwiederholung.

»Procter & Gamble Verbraucherservice, mein Name ist Walid Amin Fayed, was kann ich für Sie tun?«

»Mir sagen, was Bittscharäh bedeutet, verdammt nochmal!«

Aufgelegt.

»Procter & Gamble Verbraucherservice, mein Name ist Carmen Oh, was kann ich für Sie tun?«

»Mein Head & Shoulders riecht nach Krötenkotze und ich wohne in der Sülzburgstraße, kennen Sie?«

»Die Straße nicht, aber Sie!«

»Oh!«

0:3 gegen Holland. Dieses Mal lege ICH auf. Ich bleibe noch eine ganze Weile auf der Bank sitzen, bis ich den Rest des Weges zur WebWorld antrete.

Die Adler fliegen!

Das Sprichwort *Pech im Beruf, Glück in der Liebe* funktioniert offenbar auch andersherum, denn fast wirkt es so, als versuche das Schicksal, in wenigen Tagen all das wieder geradezubiegen, was es mir in den letzten Jahren zu Krümeln gekloppt hat. Kurz: Unsere Seite whatsyourproblem.de entwickelt sich zu einem echten Web-Buster.

Nach meiner Callcenter-Smalltalk-Niederlage betrete ich Shahins Laden und platze mitten in einen RTL-Dreh. Shahin, der seinen guten Anzug vom Erfolgsseminar trägt, sitzt vor einem Rechner und erklärt der Kamera stolz sein Konzept. Unglaublich – er sagt tatsächlich »sein« Konzept! Es ist nicht zu übersehen, dass sich Shahin in der Rolle als kreativer Geschäftsmann gefällt. Gegen elf Uhr schließlich verabschiedet sich das Kamerateam und wir sind wieder allein.

»Stell dir vor, sie senden noch einen Bericht heute in *RTL aktuell!*«, berichtet mir ein aufgeregter Shahin mit funkelnden Augen.

»Und morgen kommt ein Team von Pro7.«

»Zu *Wetten dass ...!?* haben sie dich aber noch nicht eingeladen, oder?«

»Sekunde, ich checke die Mails!«

Da uns letztendlich nichts Besseres passieren kann als derart viel Publicity, lasse ich Shahin seinen Spaß.

»Dieser Polizisten-Schauspieler schreibt, er will überweisen. Keine Bekloppte heute morgen vor seiner Tür!«

»Sehr gut!«

Die neuen Beschwerdeaufträge sind leider kompletter Müll: Ganz oben auf unserer Hitliste steht die zugeparkte Garagenein-fahrt, gefolgt von krakeelenden Nachbarn oder nicht geleerten Mülltonnen. 50-Euro-Bullshit-Aufträge, die uns nirgendwohin bringen und die ich allesamt absage. Dann gibt es noch die Psycho-pathenfraktion, die sich über Dinge erregt, die definitiv nicht zu ändern sind, wie zum Beispiel die Umstellung der Sommerzeit oder die Nähe der A3 zum Beethovenpark. Und natürlich die Beleidiger. Sie nennen uns »Mafiosi«, »Wild-West-Brüder« und »Online-Stasi«. Uns gehöre »der Arsch versohlt«, »das Internet weggenommen« (!), das »Hirn rausgeprügelt« und »die Lizenz entzogen«, und zwar in dieser Reihenfolge. Ein wenig erschrocken sind wir freilich über ei-ne zweite Mail von eBay. Ich schiebe sie höchstpersönlich in den Papierkorb aus Angst, dass wir wegen Missbrauch des Slogans ver-klagt werden sollen. Erst gegen Mittag kommt der erste gute Auf-trag des Tages rein. Ich winke Shahin zu meinem Rechner und wir lesen die Mail gemeinsam.

22.11.06 11:46

whatsyourproblem.de
3,2,1 ... keins! –
Deutschlands Diskreter Online-Problemlöser

Pseudonym:	Bommel
Kontakt:	elefantenfuss@mac.com

Problem lösen bis spätestens:	baldigst
Erfolgshonorar:	€ 10 000
Anhang:	none

Liebe Problemlöser,

bei RTL haben sie gesagt, ihr löst Probleme von Prominenten und
Leuten, die sich selbst nicht beschweren können. Ich bin eine ziemlich
bekannte Kinderbuchautorin („Bommel und der Elefantenfuß",
„Bommel auf großer Fahrt" sowie „Bommel und der Riesenkeks").
Ich würde auch gerne in Ruhe mein viertes Buch schreiben
(Abgabetermin schon mehrfach verschoben! Stress!!!), wenn nicht
direkt gegenüber von meinem Arbeitszimmer dieser nervende
Kindergarten wäre. Diese ständig schreienden Quälgeister machen
mich noch ganz wahnsinnig im Kopf. Ist mir wirklich unverständlich,
warum Kinder stundenlang einen Ball gegen die Wand schießen
können, ohne dass ihnen langweilig wird oder mit einer Schaufel
auf die immergleiche Stelle hauen. Die blöden Erzieherinnen sitzen
daneben, rauchen und tun so, als wäre nichts. Nun ist es so, dass
ich mich als Kinderbuchautorin ja schlecht beschweren kann über
Kinderlärm im Hof. Die Schlagzeilen mag ich mir gar nicht vorstellen.
Wie auch immer: Die Kinder müssen irgendwie weg. Da ich in vier
Wochen mein Manuskript „Bommel macht Ferien" abgeben muss, ist
mir das sehr wichtig und € 10 000 Euro wert. Bitte melden Sie sich
schnell!

Grüße
Sabine Wellmann

KLEINGEDRUCKTES

Ich habe die Geschäftsbedingungen gelesen und bin mit ihnen einverstanden. Bei

Auftragsannahme von whatsyourproblem.de zahle ich 10 % des Erfolgshonorars

an, die Restsumme wird im Erfolgsfall fällig. Im Gegenzug verpflichtet sich

whatsyourproblem.de, die Anonymität des Auftraggebers zu wahren.

Shahin ist total entsetzt. Offenbar kann man im Iran mit spielenden Kindern noch was anfangen.

»Eine Kinderbuchautorin, die von Kindern genervt ist?«

»Die ist echt bekannt, Shahin, die Bommel-Bücher kriegst du an jeder Ecke.«

»Ja, aber ... die kann doch nicht die Kinder wegschicken, nur weil sie ihr Buch nicht fertig kriegt.«

»Stimmt. Das sollen ja auch WIR machen.«

Ruckartig steht Shahin auf, um grübelnd durchs Café zu gehen wie ein antiker Philosoph.

»Mhhh ...«

Ich lehne mich zurück und wuchte meine Füße auf den Tisch.

»Ich find's auch hart.«

»Mhhh ...«

»Auf der anderen Seite: Zehntausend Euro sind viel Geld und ich brauche echt jeden Euro für meine Anzahlung. In fünf Tagen läuft das Ultimatum ab! Bis dahin brauch ich mindestens hunderttausend Euro!«

Nach zwei gelaufenen Kreisen und einer Ellipse bleibt Shahin das erste Mal stehen.

»Was ist, wenn wir die *Bild* oder den *Express* anrufen und die Story verraten? Ich meine, das ist doch 'ne geile Schlagzeile: ›Bommel-Autorin hasst Kinder!‹«

Ich schüttle energisch mit dem Kopf.

»Dann stehen wir zwar pädagogisch-moralisch da wie 'ne Eins, kriegen aber nie wieder einen Kunden.«

Shahin verharrt in der Mitte seines virtuellen Philosophenkreises.

»Wie viel krieg ich denn eigentlich von den Zehntausend?«

Genervt lehne ich mich zurück.

»Geht das jetzt wieder los?«

»Ja! Es geht wieder los. Weil ich nicht will, dass du mich über den Tisch ziehst.«

»Keiner will dich über den Tisch ziehen, Shahin.«

»Gut. Dann sechzig für mich, vierzig für dich.«

Mich haut es fast vom Stuhl.

»Hast du noch alle Dichtungen in der Shisha? Wie kommst du denn auf so was?«

»Weil deine Idee nix wert ist ohne mich. Ich hab die ganze Seite programmiert zwei Nächte durch. Ich hatte schon einen Dreh heute, da hast du noch geschlafen. Ich arbeite mehr, also will ich auch mehr.«

»Du willst MEHR als ich?«

»Ja!«

Ich nehme die Beine vom Tisch und verschränke schmollend meine Arme.

»Kannste vergessen.«

»Okay. Dann lassen wir's.«

Trotzig schleicht Shahin hinter seinen Tresen und schnappt sich ein zerfleddertes arabisches Taschenbuch, als wäre all die letzten Tage nichts passiert. Ich bin so verblüfft, dass ich in einer Übersprungshandlung auf spiegel.de gehe, um nachzuschauen, ob was passiert ist. Es ist nichts passiert und so finde ich auch relativ schnell meine Sprache wieder.

»Shahin?«

»Ja.« Er schaut nicht mal auf. Was für ein fieser Zocker!

»Du kannst doch jetzt unmöglich lesen!«

Shahin liest nicht nur, er liest auch noch laut und mit falscher Betonung:

»Aber ich sah dem Kommenden mit größter Seelenruhe entgegen, und als ich mein Auge auf Halef richtete, lächelte er mich getrost und zuversichtlich an und fragte: ›Hast du schon einen Plan, Sihdi?‹

›Nein‹, antwortete ich, ›um einen Plan zu haben, müsste ich wissen, was sich nun ereignen wird; da ich das aber nicht weiß, können wir nichts tun, als ruhig warten.‹«

»Okay, Shahin, ich hab's begriffen. Wir machen halbe-halbe!«

»Na also!«

Ich glaube, Perser sind relativ gute Geschäftsleute.

»Und was machen wir mit dem Kindergarten?«

»Wie wäre es mit Asbest?«

»Was?«

»Wir geben uns als irgendwelche Umwelttheinis aus und machen eine Messung im Kindergarten.«

»Und dann?«

»Stellen wir fest, dass der Kindergarten komplett asbestverseucht ist.«

»Und dann?«

»Wird das Ding binnen vierundzwanzig Sekunden geräumt.«

Shahin runzelt die Stirn.

»Glaub ich nicht.«

»Hast du auch nur die geringste Ahnung, wie hysterisch deutsche Mütter sind, wenn es um die Gesundheit ihrer Kleinen geht?«

»Hab ich. Ich hab mir neulich mal eine Zigarette angemacht neben einem Spielplatz, da war vielleicht was los.«

»Siehste mal. Das Beste wird sein, wir erweitern unser Wissen über Asbest und machen dann einen Plan.«

»›Wir‹ bin ich, oder?«

»Exakt.«

Während Shahin zum Thema Asbest recherchiert, kommen über fünfzig weitere Problemlösungsanfragen rein, von denen aber nur eine einzige interessant scheint.

»Die sind dünner als fünf Mikrometer, diese Asbestfasern!«, werde ich zwischendurch von einem eifrig hackenden Shahin geschult.

»Und wie misst man die Fasern? Gibt's da ein Gerät oder wie läuft das?«

»Warte mal ...«

Der interessante Auftrag kommt von den sichtlich gut betuchten Bewohnern eines neuen Apartmenthauses im sonst recht abgeranzten Köln-Ehrenfeld und ist mir sofort sympathisch. Die insgesamt 21 Auftraggeber bieten uns zusammen 4200 Euro, wenn die nervenden Laubbläser der Straßenreinigung Köln ihre Straße in Zukunft verschonen. Ich klicke auf ›Annehmen‹ und schreibe, dass ich mich gleich am Montag darum kümmern werde.

»Das ist der Wahnsinn, Simon. Von diesem Asbest kriegt man Lungenkrebs, noch bis zu vierzig Jahre später. Vorher hat man … Sekunde, ich lese mal: Atemnot, Reizhusten mit blutigem Auswurf und Tumore.«

»Das ist ein bisschen mehr Information, als ich benötige, aber danke!«

»Und hier ist eine Seite, da kann man Proben hinschicken, die dann auf Asbest getestet werden in vierundzwanzig Stunden.«

Ich drehe mich zu Shahin.

»Das isses doch!«

»Wie?«

»Du besorgst Materialproben aus dem Kindergarten, wir schicken sie weg und wenn wir das Ergebnis haben, hängen wir noch ein paar Nullen dran. So schnell kannst du gar nicht gucken, wie die Sülzer Krabbelmäuse den Kindergarten räumen müssen!«

Shahin wirkt weniger überzeugt, als mir lieb wäre.

»Aber was ist denn mit den Kindern? Ich meine, die haben ja dann keinen Kindergarten mehr …«

»… aber dafür sind sie den ganzen Tag bei ihrer Mutter und haben bald ein schönes neues Kinderbuch: ›Bommel und der Riesen-Tumor‹ oder so.«

Wie versteinert starrt Shahin in seinen Rechner.

»Sag mal, hörst du mir überhaupt noch zu?«

»Nein.«

»Und warum nicht?«

»Weil wir einen Auftrag über eine Viertelmillion Euro bekommen haben.«

»WAS?!?!?«

Aufgeregt rudere ich mich mit meinem Bürostuhl vor Shahins Rechner.

22.11.06 16:48

whatsyourproblem.de
3,2,1 … keins! –
Deutschlands Diskreter Online-Problemlöser

Pseudonym:	none
Kontakt:	tutnichts.zursache@dre.com
Problem lösen bis spätestens:	wird besprochen
Erfolgshonorar:	€ 250 000
Anhang:	none

Sehr geehrte Damen und Herren,
bei Interesse kommen Sie bitte morgen Mittag um 13 Uhr in das „Fonda", Lindenstraße 38. Sie werden mich an meiner weißen Info-Mappe und einer orange-grauen Krawatte erkennen.

Mit freundlichen Grüßen
XX

KLEINGEDRUCKTES

Ich habe die Geschäftsbedingungen gelesen und bin mit ihnen einverstanden. Bei Auftragsannahme von whatsyourproblem.de zahle ich 10 % des Erfolgshonorars an, die Restsumme wird im Erfolgsfall fällig. Im Gegenzug verpflichtet sich whatsyourproblem.de, die Anonymität des Auftraggebers zu wahren.

Für ein oder zwei Minuten sitzen wir einfach so da. Dann lesen wir die Mail ein zweites und ein drittes Mal. Es hat zu regnen begonnen draußen und zwei Studenten laufen am Fenster vorbei mit verbissenen Gesichtern und hochgezogenen Schultern. Seltsamerweise stört es mich nicht mehr.

»Mhhh ...«, brummelt Shahin.

»Huuu ...«, stöhne ich.

Schließlich fangen wir in der gleichen Sekunde an zu reden.

»Also ...«

»Was ...«

»Du zuerst.«

»Nein, du!«

»Also«, sage ich und kratze mir an der Nase, »ich glaube, dass uns da jemand hopsnimmt.«

»Hast du die Adresse gesehen? Was ist denn DRE?«

»Dom Real Estate. Die bauen orange-graue Wohnparks. Kannst du gucken, ob der Absender stimmt?«

Shahin klickt »Menu«, »E-Mail« und »Langer Header« und es erscheinen die üblicherweise nicht sichtbaren Infos wie Return-Path, Message-ID und zeilenlange IPs, Hosts und Pfade.

»Und?«

»Kommt von DRE.«

»Ja, dann klick!«

»Klick auf was?«

»Auftrag annehmen!«

»Hey, Bichareh, du verscheißerst mich, oder?«

»KLICK!«

Zu Hause angekommen versuche ich ein wenig abzuschalten mit meiner bewährten Doku-Therapie. Auf Kabel 1 läuft *Mein neues Leben*, direkt danach kommt auf RTL II *Frauentausch*, gefolgt von *Hilfe, ich bin kaufsüchtig! – Konsumieren bis zum Umfallen.*

Eigentlich ist es ein perfekter Abend, so wie früher, zumal das blonde Geldmonster nicht zu Hause zu sein scheint. Kein Laufband nervt mich, kein Robbie und auch kein »*Advantage Back Team*«. Dennoch sitze ich recht zerfasert auf meiner Couch und versuche mein Hirn zu bremsen, das wie eine Waschmaschine im Schleudergang rotiert. Wie paralysiert liege ich vor meinem Fernseher. Zweihundertfünfzigtausend Steine für einen einzigen Auftrag! Für so viel Geld kriegt man von der Russenmafia mindestens fünf Drive-By-Shootings. Was zum Teufel erwarten die orange-grauen Betonjungs für so viel Geld? Dass wir den Dom in die Luft jagen, um Platz zu schaffen für einen neuen Wohnknast? Was auch immer es ist – es muss irgendetwas ganz schön Schreckliches sein. Oder eben einfach nur Verarsche. Ich weiß nicht wirklich, was von beidem mir lieber wäre. Denn WENN es keine Verarsche wäre, DANN ist der Kredit fürs Haus so gut wie sicher. Sekunden später höre ich Johannas Eingangstür quietschen, kurz darauf geht das Laufband an.

Chhh … Chhh … Chhh … Chhh … Chhh …

Ich drehe den Fernseher lauter. Noch fünf Tage hab ich Zeit, bis die Reservierungsfrist abläuft. Und irgendeine geheimnisvolle Kraft in meinem Körper scheint mir sagen zu wollen: Du schaffst es. Würde ich sonst grinsen, wenn die über mir joggende Johanna »Let me entertain you« mitsingt?

DER FRÜHE VOGEL BLÄST DAS LAUB

Trotz des vermeintlichen Viertelmillionen-Auftrags haben Shahin und ich beschlossen, die beiden »kleineren« Aufträge durchzuziehen. Während also Shahin im weißen Tschernobyl-Overall Materialproben bei den Sülzer Krabbelmäusen nimmt, sorge ich dafür, dass unsere 21 Mandanten in Ehrenfeld nicht mehr von Laub pustenden Flachpfeifen aus dem Schlaf gerissen werden. Um Punkt sechs Uhr lasse ich das erste Mal den kleinen Benzinmotor meines Obi-Laubbläsers aufheulen. Wenn man andere unfreiwillig selbst mit in seinen Tag reißen kann, dann ist es erstaunlicherweise gar nicht so schwer aufzustehen. Natürlich stehe ich mit meiner Laubturbine nicht irgendwo, sondern vor dem Haus des Mannes, der verantwortlich ist für den rücksichtslosen Einsatz von Laubbläsern im Bezirk unseres Mandanten. Edgar Oberhausen ist seines Zeichens Gruppenleiter bei den AWB, den städtischen Abfallwirtschaftsbetrieben. Die Aktion läuft gut an. Schon nach einer Minute reißt ein äußerst übellauniger Endfünfziger mit grauem Resthaar sein Fenster im ersten Stock auf. Ich bin mir sicher, dass es Herr Oberhausen höchstpersönlich ist. Hätte er zusätzlich zu seinem Schlafanzug noch eine Schlafmütze auf seinem Kopf, könnte er auch als der deutsche Michel durchgehen.

»Sagen Sie mal, geht's noch?«, bölkt er runter zu mir auf die Straße.

Ich senke die Blasleistung meiner Laubkanone und blicke unschuldig nach oben.

»Ja, bitte?«

»Ja, spinnen Sie denn, um die Zeit so einen Lärm zu machen?«
Ich setze mein dümmstes Gesicht auf.

»Ich mache hier nur sauber. Sie wollen es doch sauber haben in Ihrem schönen Viertel, oder?«

Der Mann im Schlafanzug platzt fast vor Wut.

»Ja, aber doch nicht mit so einem Ding! Doch nicht um die Zeit!«

»Das benutzen Ihre Leute doch auch, direkt vor meinem Schlafzimmer!«

Ich sage extra »mein Schlafzimmer«, schließlich versprechen wir unseren Kunden Diskretion. Wieder drücke ich auf den Abzug und blase einen ganzen Schwung Blätter unter einen Porsche. Der AWB-Michel gibt nicht auf und schreit lauter, als ich blase.

»Hallo? Verschwinden Sie mal!«

»Erst, wenn alles richtig sauber ist!«

Das Fenster kracht zu und ich halte volles Rohr auf eine Habitat-Tüte, die zwischen einem Stromkasten und einem Jägerzaun klemmt. Geil, sogar der Müll ist hier hochwertiger als in meinem Viertel. Ein Fenster in einem Nachbarhaus geht auf und eine faltige, brünette Frau mit Topfschnitt schreit mich an:

»Was machen Sie da?«

»Ihnen auch einen schönen guten Morgen!«, schreie ich wie ein Bundeswehr-Ausbilder zurück und schieße ein wenig Laub in den Himmel. Der AWB-Gauleiter ist inzwischen aus seinem Haus getreten und stapft wütend in meine Richtung. Er trägt einen wasserabweisenden Puma-Trainingsanzug in modischem Hellblau, kommt aber aus unerfindlichen Gründen nicht ganz so cool rüber wie P. Diddy in einem gleichwertigen Outfit.

»Sie Arschloch!«, bellt er mich an und droht mir sogar mit erhobener Hand. Erstaunt stelle ich meinen Laubbläser aus.

»Na, na, na«, beschwichtige ich ihn, »wir wollen doch wegen so einer Kleinigkeit nicht gleich die ganze Gesprächskultur vergessen.«

»Ich vergesse gleich noch was ganz anderes, Bürschchen!«

Der Plastik-Asi schubst mich nicht gerade sanft in die Hecke, doch noch bevor ich »Männo« sagen kann, ruft die Topffrisur-Nachbarin vom Fenster: »Wird jetzt hier nicht mehr gekehrt, Herr Oberhausen?«

Oberhausen reißt seinen Kopf herum, offenbar hat er die Nachbarin nicht gesehen.

»Natürlich wird hier gekehrt, ich weiß gar nicht, wer der Kerl ist!«, brüllt er zurück und wendet sich wieder meiner Wenigkeit zu.

»Sie sind doch nicht von der AWB, oder?«

Ich puste kurz mit meinem Sauger.

»Nein. Wieso?«

»Sie müssen ihm sagen, dass in unserem Viertel nicht geblasen wird!«, ruft die Topffrau.

»Das sag ich ihm doch gerade!«, kläfft der hyperventilierende Plastik-Gauleiter zurück. Das Topfgesicht knallt beleidigt das Fenster zu. Gute Nachbarschaft. Gute Besserung. Vielleicht frage ich mal die beiden Schwestern, ob's da was von ratiopharm gibt. Mein Gegner hat inzwischen die Hände in die Hüfte gestützt.

»Was wollen Sie hier überhaupt?«

»Das Gleiche wie Sie: meine Ruhe. Und solange Ihre Lärm-Kaida zweimal die Woche an meinem kleinen Bettchen vorbeiknattert, mache ich eben auch ein bisschen sauber bei Ihnen. Oh! Schauen Sie mal, das putzige Ahornblatt da drüben!«

Ich jage den Motor hoch und puste ein gelbes Blättchen von der Motorhaube eines Geländewagens.

»Das dürfen Sie gar nicht!«, schreit der AWB-Chef.

»Vor sechs Uhr nicht, jetzt schon. Auch die Bürger sind verpflichtet, Gehwege sauber zu halten. Steht auf Ihrer eigenen Internetseite. Ach je, ein Schnipsel neben der Pfütze, wie nachlässig von mir!«

Wieder lasse ich meinen Laubbläser aufheulen und wirble den Schnipsel in die Pfütze.

»Mist. Na ja … mach ich das halt morgen früh!«

Herr Oberhausen atmet einige Male schwer ein und wieder aus, wahrscheinlich ist er starker Raucher.

»Also gut. Wo wohnen Sie?«

»Keplerstraße, Ehrenfeld.«

»Ach du lieber Himmel …«

»Sie müssen ja nicht hinziehen. Sie sollen nur Ihre behinderte Blaskapelle von da abziehen.«

»Ich schaue, was ich machen kann. Und jetzt verschwinden Sie!«

»Sehr gerne. Und wäre toll, wenn Sie das regeln könnten, das frühe Aufstehen liegt mir gar nicht.«

Als die hässliche Tür des Einfamilienhauses zuknallt, habe ich das gute Gefühl, dass wir die 4200 Euro Honorar bekommen werden.

Gegen unseren nächsten Auftrag jedoch war alles Bisherige bloß lauwarme Amselkacke.

KÄPT'N SCHMIERWURST

Restaurant Fonda, Lindenstraße, 13 Uhr 07. Auf der nach oben offenen Schmierlappenskala erreicht mein Gegenüber ohne Mühe einen Spitzenwert. Alleine das rapsölige Lachen und die krokoledernen Zuhältertreter wären es wert, das Jüngelchen an seinen gegelten Haaren auf die Straße zu ziehen und vor den nächstbesten Smart zu schubsen. Es wäre sicher ein schrecklicher Tod für ihn, wo er doch extra seinen funkelnden BMW-Schlüssel so dezent neben sein Prada-Handy gelegt hat.

»Geiler Wagen, hab ich seit letzte Woche«, verrät er mir, ohne dass ich ihn danach gefragt hätte.

»Soso.«

»Was fahren Sie denn, Herr Adair?«

»Lexus. Also am Wochenende. Sonst den Porsche Cayenne.«

»Sie gefallen mir!«

Aber Sie mir nicht, denke ich mir. Wenn einen die falschen Leute mögen, ist das noch schlimmer, als wenn einen gar keiner mag. Ich trinke ja schließlich auch keine Brüderschaft mit einem Spanier, der mich nach drei Flaschen Rotwein plötzlich für Hitler lobt.

Ich könnte das Jüngelchen natürlich auch sofort mit dem großen Glas-Aschenbecher erschlagen. Aber dann hätte er noch eine Narbe an der Stirn und wenn's ganz dumm kommt, werde ich nie erfahren, was er von mir gewollt hätte.

»Ich will nicht lange um den heißen Brei herumreden, Herr Adair.«

»Das ist mir auch recht.«

»Die Dom Real Estate ist eine der größten Immobiliengesell-schaften Deutschlands. Wir betreuen derzeit ein Immobilienvermö-gen von einundzwanzig Komma vier Milliarden Euro, allein in Köln und Umgebung haben wir parallel elf Großprojekte laufen.«

Ich muss mir gar keine Mühe geben, beeindruckt zu schauen. Ich bin es.

»Ich sage Ihnen ganz ehrlich, Herr Adair: Selbst wenn sich ein Kunde bei uns 'ne Villa für drei Millionen kauft, drei Stadthäuser und zehn Penthäuser ist er immer noch 'ne relativ kleine Nummer. Weil die DRE nur in Tausender-Einheiten denkt.«

Ich schlucke wie ein Schuljunge, der gerade erfährt, dass Deutsch-land mal geteilt war. Nervös wackle ich mir mein Mineralwasserglas an die Lippen.

»Und ... was ist jetzt Ihr Problem?«

Statt einer Antwort bekomme ich die weiße Infomappe zuge-schoben.

»Sie müssten ein Grundstück reinigen. Wenn Sie bitte mal zu Seite drei blättern würden ...«

Ich öffne die Mappe und gelange zum Hochglanzentwurf eines gigantischen Wohnparks, bestehend aus mindestens zehn Apart-mentblöcken à was weiß ich wie viele Einheiten. Neben einem Bild mit einer lachenden Familie steht: *Carolinen-Höfe – Lebensglück ist planbar!*

»Ich soll ein Grundstück reinigen?«, frage ich erst verdutzt.

»Ja. Das Grundstück wurde bis auf eine kleine Einheit bisher hauptsächlich vom Bundesamt für Güterverkehr genutzt. Sobald klar war, dass auch dieses Amt nach Berlin geht, durften wir abreißen.«

»Und was soll da jetzt noch gereinigt werden?«

»Dieser kleine Fleck hier. Ein Haus, das wir nicht abreißen dür-fen. Ein Haus, in dem noch jemand wohnt, der sich standhaft wei-gert zu verkaufen.«

»Und wo genau ist das Haus?«

»Bedauerlicherweise so ziemlich in der Mitte.«

»Und da wohnt noch jemand drin?«

»Ein Herr Karl.«

Mir schwant Böses.

»Ein Herr Karl. Ich nehme an, Sie haben bereits alles probiert?«

»Richtig. Drei Jahre geht das Ganze nun schon. Der Mann will nicht nur nicht verkaufen, seit einer Weile beschimpft er uns bloß noch.«

»Und ... was soll ich jetzt ...–?«

»Sagen wir so: In vier Wochen ist Baubeginn. Viele unserer Kunden haben schon reserviert oder gekauft. Jeder Tag, an dem ein solches Großprojekt in Verzug gerät, kostet uns eine knappe Million. Das Haus in der Mitte muss weg, egal wie.«

Ich gleite einige Zentimeter unter den Tisch vor Schreck. Mit Beschwerde-Anrufen oder Laub zurückblasen hat das hier mal gar nichts mehr zu tun. Und genau deswegen gibt es auch so viel Schotter dafür. Shahin hatte recht: Wir hätten uns genauso gut problempate.de, *Deutschlands Erste Online-Mafia* nennen können.

»Wie viele Wohnungen sollen da gebaut werden, sagen Sie?«

»Knapp unter tausend. Mit einem durchschnittlichen Kaufpreis von hundertfünfundneunzigtausend Euro. Macht also ein Gesamtvolumen von knapp zweihundert Millionen Euro.«

Ich rutsche ein weiteres Stück nach unten auf meinem Stuhl.

»Das ist wahnsinnig viel Geld!«

»Geht so. Für die DRE ist es in erster Linie ärgerlich. Ich hab eben noch mit meinem Vorgesetzten gesprochen. Er ist bereit, auf fünfhunderttausend Euro zu erhöhen, wenn Sie das Problem lösen.« Vorsichtig ziehe ich mich selbst wieder auf Augenhöhe mit meinem Gesprächspartner.

Fünfhunderttausend! Ich nehme einen Schluck Wasser.

Für eine solche Summe sind handelsübliche Ausdrücke des Erstaunens wie »Oh« und »Ah« nicht mehr angebracht. Solche Summen rechtfertigen ein ebenso spontanes wie laut vorgetragenes »Ja, leck mich am Arsch!«.

Mit der Zahlung kriege ich den Kredit sofort.

Der Hauskauf wäre geritzt.

Die Horrortussi verjagt.

Die Freunde eingeladen.

Die Steaks bestellt.

Der Moët geköpft.

Aber zu welchem Preis?

Ich versuche mich ansatzweise zu sammeln.

»Sie wissen, dass Sie zehn Prozent anzahlen müssen? Ich meine ... Sie kennen mich nicht.«

Mein Gegenüber lächelt ölig.

»Ich kenne Sie nicht, aber ein guter Bekannter von mir kennt Sie und beschreibt Sie als ... wie soll ich sagen ... äußerst gewitzt.«

»Lassen Sie mich raten: Deutsche Bank?«

»Falsch. Katholische Kirche. Ein Herr Westhoff.«

»Oh!«

»Nehmen Sie die Mappe mit, Herr Peters. Ihre Anzahlung steckt in einem Umschlag auf Seite sechzig, zwischen dem Foto von dem glücklichen alten Mann und den spielenden Kindern.«

»Sehr spaßig.«

»Das Leben ist hart. Was sagen Sie?«

»Wie? Was ich sage?«

»Machen Sie's?«

»Was denken Sie, was ich mache?«

»Ich denke, dass Sie's machen.«

Ich stecke die Mappe in meine Tasche und greife mir meinen Laubbläser. Dann stehe ich auf und schüttle dem DRE-Vertreter die Hand.

»Sie haben recht!«

ANGSTSTARRE

Seit gut drei Stunden sitzen Shahin und ich nun schon im trüben Neonlicht der WebWorld und schweigen uns an. Alle paar Minuten durchbricht einer von uns mit einem leidlich durchdachten Vorschlag die nervöse Stille. Seltsamerweise fangen alle Vorschläge an mit »Und wenn wir ...« und enden mit »Stimmt auch wieder«.

»Und wenn wir ihn betrunken machen und dann von oben bis unten mit Nikotinpflastern vollkleben? Ich hab mal gelesen, dass man davon sterben kann!«

»Super, Shahin. Dann wäre er tot! Das ist Mord.«

»Stimmt auch wieder.«

Es folgen meist mehrere Minuten konzentrierter Stille, in der wir abwechselnd die zwei Geldpacken aus dem Dom-Real-Estate-Ordner in die Hand nehmen, um sie Sekunden darauf mit einem Stirnrunzeln auf den speckigen Plastiktisch zu legen. Ich komme mir vor wie in einem billig produzierten Vorabend-Krimi – mit dem einzigen Unterschied, dass ums Verrecken keine Werbung kommt. Shahin und ich sind gelinde gesagt völlig überfordert. Da hilft auch die elfte Tasse Tee nichts, die mein persischer Geschäftspartner heranbalanciert. Eines allerdings wird uns immer klarer: Gewalt kommt für uns nicht in Frage. Nicht für alles Geld der Welt. Schließlich wollen wir auch morgen noch in den Spiegel gucken können, ohne sofort zu kotzen. Es müsste doch eine Lösung geben, bei der alle Beteiligten profitieren.

Shahin steht auf und reibt sich die Augen.

»Und wenn wir die Anzahlung behalten und gar nichts machen?«

»... kriegen wir garantiert den Arsch voll von diesen Immobilientypen.«

»Aber unsere Geschäftsbedingungen ...«

»Unsere Geschäftsbedingungen kannste in deiner Blech-Shisha rauchen! Nicht mal Schmierwürste verschenken einfach so fünfzigtausend Euro.«

»Stimmt auch wieder.«

Erschöpft dreht Shahin sich zu seinem Rechner und tippt etwas hinein.

»Auf irgendwas müssen wir doch kommen, wir beide!«

Eine Homepage mit arabischer Schrift erscheint. Ich schüttle mit dem Kopf.

»Nein, Shahin, wir jagen den Kerl nicht einfach so in die Luft für 'ne Handvoll notgeiler Jungfrauen!«

Ein tief beleidigter Blick trifft mich. »Das ist eine persische Sportseite, du Idiot. Ich will mich einfach nur kurz ablenken, um auf neue Ideen zu kommen.«

»Oh. Das tut mir leid. Wollte dich nicht beleidigen.«

»Schon okay.«

»Und?«

»Persepolis hat 5:3 gegen Barq gewonnen nach Elfmeterschießen. Spieler des Tages war aber ein Syrer.«

»Ich meinte eigentlich die neue Idee.«

Mit verschränkten Armen dreht Shahin sich auf seinem Stuhl zu mir.

»Okay, Simon. In meinem Inneren weiß ich schon die ganze Zeit, was wir machen.«

»Und? Was ist das?«

Energisch steht Shahin auf und schiebt seinen Stuhl unter den Computertisch.

»Nichts! Wir machen nichts. Weißte, ich fand das schon echt seltsam heute Morgen, in diesem Kindergarten Deckenplattenstückchen rauszubrechen. Oder die arme Frau, die wir verfolgt haben. Da ist bei mir schon die Grenze. Mit der Baustellennummer gehen wir zu weit. Und mit dieser blöden Seite auch.«

»Du könntest deinen Laden hier kaufen mit der Kohle statt zu pachten. Und dann kannst du machen, was du willst. Schöne persische Lounge, Spielhölle oder 'nen Teppichverleih.«

»Ich weiß schon, was ich mache, keine Sorge.«

»Na also! Was ist es denn?«

»Sag ich nicht.«

Shahin setzt sich wieder. Ich schaue ihn mit großen Augen an.

»Du meinst ... wir geben das Geld also zurück?«

»Ja. Weißte, die anderen Aufträge sind auch nicht schlecht. Wer weiß, womöglich haben wir in ein paar Monaten auch so eine Million zusammen. Ohne diese Mafia-Aufträge und ohne jemanden umzubringen.«

Ich nehme einen Schluck Tee und schaue nach draußen. Die hell erleuchtete Linie 9 fährt vorbei, es sitzt kaum einer drin.

»Du weißt, was das heißt, oder, Shahin?«

Shahin nickt.

»Es heißt, dass ich das Haus nicht kaufen kann. Und dass du dein Ding nicht machen kannst, was war das doch gleich?«

»Ich bin nicht blöd, okay?«

»Okay.«

Shahin nimmt einen tiefen Zug aus seiner Wasserpfeife. Ich beiße mir auf die Unterlippe und schließe die Augen.

»Und wenn wir so tun, als würden wir das Problem lösen? Also NUR SO TUN ...«

»Wie soll das aussehen?«

»Ja, keine Ahnung. Wir könnten dem Herrn ja einen Teil vom Geld abgeben, wenn er sich, was weiß ich ...– mit dem Krankenwagen wegbringen lässt. Wenn uns die Jungs von DRE beobachten, dann sieht das cool aus und wir haben zumindest das Garantiehonorar. Sind immerhin fünfzigtausend Euro. Fünfundzwanzig für jeden.«

Nach kurzem Nachdenken kommt Shahins Antwort.

»Also zehn für ihn, zwanzig für mich und zwanzig für dich.«

Nach einer knappen Minute meine ich ein leichtes Nicken bei Shahin entdecken zu können. Schließlich sagt er: »Okay. Aber du machst das mit der Baustelle. Ich bleibe am Kindergarten dran.«

Ich nicke. Froh bin ich nicht. Noch vier Tage bis zum Auslaufen der Reservierung.

KARLS KAMERA

Wie in einer bizarren Filmkulisse steht das Häuschen von Herrn Karl einsam und verlassen inmitten eines riesigen Grundstückes. Geschätzte hundert Meter vom leicht windschiefen Häuschen entfernt scharren und wühlen sich bereits die ersten Bagger durchs Areal, bereit zum finalen Angriff. An den Seiten gestützt von Stahlträgern, wirkt es nicht wirklich wie ein allzu großes Hindernis für die Bagger. Immerhin – es steht noch. Direkt neben dem Haus wurde eine Grube von beeindruckender Tiefe ausgebuddelt, wahrscheinlich in der Hoffnung, dass der arme Herr Karl eines Abends hineinfällt und sich alle Knochen bricht. Auch dies hat nicht geklappt bisher. Man braucht kein Baulöwe zu sein, um zu ahnen, was ein solches Grundstück in unmittelbarer Nähe zur Innenstadt wert sein muss. Ich bin recht froh über unsere Entscheidung, bei diesem miesen Spiel außen vor zu bleiben. Ein kleines Kribbeln im Bauch spüre ich dennoch, als ich die zwei flachen Stufen zur Eingangstür hochsteige und den Klingelknopf drücke. Eine aufdringliche Glocke rappelt so wie früher in der Schulpause, doch von drinnen nichts als Stille. Ich klingle, klopfe und rufe – keine Reaktion. Ich gehe ums Haus rum und schaue ins Wohnzimmer: kein Licht, kein Geräusch und keine Bewegung. Seltsam. Hat der nette Herr in Anbetracht der Baggerarmada vor seinem Gärtchen vielleicht doch schon die Biege gemacht? Ein wenig ratlos setze ich mich auf eine Stufe vor die Eingangstür und überlege, was ich tun soll. Da sehe ich einen recht dürren Mann in einem grünlichen Anzug, der sich mir mit einer Brötchentüte nähert. Ich erhebe mich, klopfe mir den

Hosenboden sauber und trete einen Schritt vors Haus. Der Mann im Anzug kommt strammen Schrittes auf mich zu und ich erkenne eine frappierende Ähnlichkeit zu Montgomery Burns von den *Simpsons*: grauer Haarkranz, grüner Anzug mit Krawatte und so wenig Kilo auf den Rippen, dass er schon dann halbtot umfällt, wenn er mal gegen eine Blume läuft.

»Verschwinde von meinem Haus, du Paragraphen-Pisser!«

Okay. Offenbar hat er doch ein wenig mehr Energie.

»Herr Karl?«

»Worauf du deinen breitstudierten Pickelarsch verwetten kannst.«

Ohne mich eines weiteren Blickes zu würdigen, stakst Montgomery Karl an mir vorbei und schließt die Eingangstür auf. Irgendwie scheint mir, dass er mich falsch einschätzt.

»Ich bin kein Anwalt, Herr Karl. Und ich bin auch nicht von der Immobilienfirma!«

»Schade. Ich hab mir ein paar schöne neue Schimpfwörter ausgedacht auf dem Weg. Was halten Sie von Immo-Stricher oder Dämmstoff-Kiffer?«

Herr Karl schließt ein weiteres Schloss auf. Offenbar hat er sich richtiggehend verbarrikadiert.

»Na ja …«

»Baggerschlumpf? Puffgezeugter Hafen-Makler? Oder warten Sie: Fassadenfurz!!!«

»Herr Karl, ich muss wirklich dringend mit Ihnen reden.«

»Ha! Fassadenfurz!!!«

Die Tür springt auf und Herr Karl betritt seine Wohnung. Als er die Tür schließen will, schiebe ich meinen Fuß in den Spalt. Keine gute Idee. Ich bin überrascht, mit wie viel Kraft der alte Herr mir seine Hacken auf die Zehen haut.

»Baggerschlumpf!!!«

Schreiend ziehe ich den Fuß zurück.

»Herr Karl! Jetzt hören Sie mir doch mal zu. Ich bin kein Bagger-schlumpf! Ich will Ihnen ein Angebot machen.«

»Haben Sie 'ne Ahnung, wie viele Angebote ich schon bekommen habe?«, krächzt es durch die Tür.

»Nein.«

»Dreiundzwanzig!«

Ich poche an die Tür. Langsam lässt auch der Schmerz im Fuß nach.

»Bitte glauben Sie mir. Ich bin weder Anwalt noch von der DRE.«

»Beweisen Sie's!«

»Wie soll ich denn beweisen, was ich nicht bin? Hallo?«

Ich klopfe noch einmal gegen das Holz, doch es scheint niemand mehr dahinter zu stehen.

»Herr Karl?«

Plötzlich kracht direkt neben mir ein Blumentopf auf den Boden. Ich springe zur Seite und schaue nach oben.

»Bitte recht freundlich lächeln!«

Es blitzt kurz, dann schließt sich das Fenster wieder.

»Herr Karl! Bitte! Ich könnte Ihnen meinen Personalausweis zeigen und eine Bescheinigung vom Arbeitsamt, die besagt, dass ...«

»Schnickschnack!«

»Schauen Sie mich an. Haben Sie jemals einen so billigen Anzug gesehen? So was trägt kein Anwalt und auch keiner von der DRE!«

Es war mein Anzug, der ihn überzeugt hat. Eine Viertelstunde später sitze ich bei einer Tasse Kaffee in einem mit lindgrünen Streifen tapezierten Wohnzimmer im Wunder-von-Bern-Stil. Als geschmackliche Höhepunkte sind neben der Tapete vor allem ein brauner Nierentisch sowie eine riesige Musiktruhe zu nennen, aus der gerade ein deutscher Schlager suppt mit dem seltsamen Refrain »Auf Kuba sind die Mädchen braun«. Ich komme mir vor, als hätte ich mich soeben mitten in die 50er Jahre geschossen. Und dann ist da natürlich noch Herr Karl selbst, der mit einer Zigarre, die beinahe dicker ist als er selbst, in einem gelben Stoff-Ohrensessel sitzt, mit einem Polaroid-Foto wedelt und mich amüsiert mustert.

»Habe ich Sie richtig verstanden? Sie geben mir zehntausend Euro, wenn ich mich in einem Krankenwagen wegbringen lasse?«

Ich nicke.

»Ohne, dass ich irgendwie krank bin in Wirklichkeit?«

Ich nicke ein weiteres Mal.

»Ich sag Ihnen mal was, das Sie genauso erstaunen dürfte wie all die schrecklichen Krawattenmenschen, die mir mein Haus abschwätzen wollen.«

»Ich bin gespannt.«

»Ich will hier gar nicht weg!«

Ich räuspere mich.

»Das ist jetzt, ehrlich gesagt, keine so große Überraschung.«

»Vielleicht ist die Überraschung ja größer, wenn ich Ihnen sage, warum. Ich mag den ganzen Trubel, der hier veranstaltet wird um meine Person, verstehen Sie?«

Ich schüttle den Kopf.

»Vielleicht verstehen Sie's, wenn Sie mal so alt sind wie ich. Das Schlimmste ist nämlich die Langeweile. In irgendeinem Heim hocken und warten, bis man den Löffel abgibt. Das ist nix für mich. Hier hab ich jeden Tag meinen Spaß!«

»Aber … hat man Ihnen nicht ein Heidengeld geboten, damit Sie gehen? Sie könnten sich was viel Schickeres kaufen am Rhein.«

»Hab ich doch längst, junger Mann. Ja, glauben Sie denn, ich bin blöd? Ich hab den Krieg mitgemacht, die Wiedervereinigung und die Euro-Umstellung. Ich wohne doch längst draußen in Rodenkirchen und schau mir die Bötchen an am Abend. Oder was würden Sie tun, wenn Sie keine Enkel hätten und Ihre Freunde entweder schon tot sind oder Alkoholiker?«

»Ja, weiß nicht ... – ehrlich gesagt, würde ich wahrscheinlich das Gleiche tun.«

»Sehen Sie. Deswegen sind die Dinge so, wie sie sind. Am Tag hab ich meinen Spaß. Abends Ruhe und Bötchen. Hab übrigens schon getroffen mit dem Blumentopf.« Die Erinnerung an diesen Treffer scheint Herrn Karl ungemein zu amüsieren. Spitzbübisch zieht er an seiner Zigarre. »So ein gestriegeltes Jüngelchen im Anzug war das mit gegelten langen Haaren!« Herr Karl blickt auf das offenbar zu Ende gewedelte Polaroid-Foto und reicht es mir. Ich sehe darauf aus wie ein verschreckter Vollidiot.

»Danke. Also ... verstehe ich das richtig? Dieser Kampf gegen die Dom Real Estate – Sie machen das nur aus Spaß?«

»Richtig, junger Mann. Das ist so eine Art Steckenpferd. Es hat sich so ergeben, vor zwei Jahren ungefähr. Mist ... ausgegangen.«

Ein wenig umständlich zündet Montgomery Karl ein Streichholz an, hält es unter seine Zigarre und saugt kräftig daran.

»Einen Anzugbubi nach dem anderen haben sie vorgeschickt, um mich zu beschwatzen. Die wollen dieses Haus unbedingt haben, wissen Sie?«

»Ja. Weiß ich.«

»Ich hab mir dann heimlich das Apartment in Rodenkirchen gekauft, für den Fall der Fälle. Bis es so weit ist, sitze ich hier und empfange meinen Besuch. Es kommt fast jeden Tag jemand her und trinkt Kaffee mit mir. Wissen Sie, der Oberbürgermeister war auch schon hier und einer von dieser Kölner Kapelle, die so heißt wie ein Klebstoff.«

»BAP?«

»Richtig. Nehme an, die haben schon was gekauft auf dem Gelände und jetzt kriegen sie Angst, dass es nicht gebaut wird. Ich kann die beschimpfen, wie ich will, und kriege trotzdem ein Geschenk nach dem andern. Prima, oder?«

Respektvoll nicke ich. Wenn ein Drittel aller Menschen bekloppt ist, dann ist Herr Karl definitiv der Chef der Bekloppten. Ich kann es echt nicht fassen. Und irgendwie hab ich das Gefühl, dass ich auch so werden könnte, wenn ich mal alt bin.

»Aber sagen Sie, junger Mann, wieso kriege ich die zehntausend Euro?«

Ich erzähle Herrn Karl von unserer Problemseite und dass es für unsere Auftraggeber zumindest kurz so aussehen muss, als hätten wir uns bemüht, ihn zu vertreiben. Als Krönung des Ganzen lege ich zehntausend Euro in bar auf den Nierentisch. Herr Karl berührt sie kurz und denkt nach.

»Die zehntausend könnte ich recht gut gebrauchen. Die Fahrerei zwischen meinen beiden Wohnungen geht ganz schön ins Geld.«

»Heißt das, Sie machen mit?«

»Für einen Spaß bin ich immer zu haben. Aber Sie lassen mich entscheiden, weswegen der Notarzt kommt, okay?«

Ich lache und bin schrecklich erleichtert.

»Okay. Wunderbar. Hätte ich nicht gedacht. Super!«

»Wissen Sie was? Vielleicht haben Sie ja Lust, Ihr Foto nach oben zu hängen in mein kleines Devotionalien-Zimmer. Im Regal müssten noch ein halbes Dutzend von diesen Ikea-Rahmen sein. Ich würde uns derweil noch einen schönen Kaffee machen.«

»Mach ich!«

Neugierig gehe ich über eine knarzende Wendeltreppe nach oben. Als ich die Tür aufstoße, entfährt mir ein erstauntes »Nee, oder?« Die Wände sind nur so gespickt mit Polaroid-Fotos in kleinen Rahmen. Verschreckte Makler, Anwälte und Banker in Business-Klamotten auf jedem einzelnen. Auf einem Foto erkenne ich sogar den Kölner Oberbürgermeister Fritz Schramma, auf einem andern Wolfgang Niedecken von BAP. Sie alle schauen nach oben in Karls Kamera, kurz nachdem der Blumentopf gefallen ist. Ein einziger Herr wurde offenbar von einem Topf getroffen und liegt am Boden.

Es ist das Jüngelchen, das mir das Angebot gemacht hat, Herrn Karl zu eliminieren. Einen Scheiß werde ich tun, das ist ja sowieso schon mal klar. Nicht für diese Rasselbande. Ich stecke das Polaroid wieder ein und knarze mich ins Nachbarzimmer. Da drin sieht es aus wie im Versandhaus-Lager. Bis an die Decke stapeln sich die Bestechungsversuche der vergangenen zwölf Monate: Pralinen, Kartenspiele, Lampen, Kaffeemaschinen, Zigarren und Zigarrenzubehör und das BAP-Album *Affjetaut*. Die Fotos, die Geschenke und das Funkeln in den Augen des dürren Rentners – ich ahne, was hier los war in den letzten Monaten, und ich glaube, ich hätte es ganz genau so gemacht wie er. Ich schließe die Tür und gehe nach unten, da sehe ich Herrn Karl schon auf dem Boden liegen. Augenblicklich muss ich grinsen. Der Typ hat sie echt nicht mehr alle. Beneidenswert, wie er so still bleibt, ich würde am ganzen Körper zittern vor Lachen. Sogar Ketchup hat sich der Chef der Bekloppten neben seine Stirn geschmiert.

»Lassen Sie mich raten, Herr Karl: Schlaganfall? Herzattacke? Oder einfach nur blöd gefallen?«

Amüsiert beuge ich mich über Herrn Karl.

»Ganz so realistisch muss es jetzt auch nicht sein! Herr Karl? Soll ich jetzt den Krankenwagen rufen oder Sie?«

Nichts rührt sich.

»Herr Karl?«

Plötzlich weht eine eiskalte Stille durch den Flur. Meine Sinne werden stumpf. Ich muss mich setzen.

»Herr Karl?«

3,2,1 ... DEINS!

Wenn mir mal jemand gesagt hätte, dass man so eine simple Telefonnummer wie den Notruf vergessen kann – ich hätte ihn ausgelacht. Aber jetzt? Stolpere ich durch Karls Häuschen wie ein übertakteter Duracell-Hase und hacke mit geweiteten Augen eine schwachsinnige Nummer nach der anderen in mein Handy.

»Taxi Köln?«

»Tschuldigung, verwählt.«

»Pizza Company?«

»Tut mir leid.«

»Na, du geile Sau? Scharf auf eine heiße Nummer im Whirlpool?«

»Äh ... heute vielleicht nicht.«

Wertvolle Sekunden verrinnen, bevor ich beim Durchscrollen meines Handytelefonbuchs auf die Nummer von Dr. Parisi stoße. Als er wenige Minuten später in der Tür steht, freue ich mich wie Klinsi nach dem Argentinien-Spiel.

»Dr. Parisi!«

»Was hat er denn?«

»Ehrlich gesagt, glaube ich, dass er tot ist!«

»Dafür sieht er aber noch recht lebendig aus.«

Ich deute auf Herrn Karl, der regungslos mit offenen Augen neben der Treppe liegt.

»Ich meine IHN.«

Der Schrecken fährt meinem Hausarzt recht geschmeidig ins Gesicht.

277

»Meine Güte! Warum sagt er das denn nicht am Telefon?«

»Ich hab doch gesagt, dass er keinen Puls mehr hat und die Augen geöffnet!«

Wolken der Irritation kreisen in einer engen Umlaufbahn um Parisis Kopf.

»Ja, aber ich dachte, Sie meinten sich!«

Fachmännisch beugt sich Parisi über Herrn Karl, reißt mit einem lauten Ratsch das Hemd auf und legt ein silbernes Abhördings an. Ich stehe nervös daneben.

»Was ist denn jetzt mit ihm? Also mit IHM!«

»Pssst ...«

Behutsam packt Parisi sein Abhördings zurück in den Ärztekoffer.

»Ich vermute Herzinfarkt.«

»Und jetzt?«, stammle ich. »Rufen wir die Polizei?«

»Ich denke, ein Leichenwagen tut es auch.«

Mir wird ein wenig schummrig.

»Ich übernehme das hier, Herr Karl war ohnehin mein Patient. Und damit er sich beruhigt: Es war der vierte Herzinfarkt beim alten Karl. Seit Jahren sage ich ihm, dass die Zigarren ihn umbringen. Was macht eigentlich sein Augenzucken?«

»Ich glaube nicht, dass er überhaupt noch was sieht.«

»Ich meinte Ihres, also seins!«

»Herr Parisi, wenn ich Ihnen das mal sagen darf: Sie sollten wirklich mit diesem Dritte-Person-Scheiß aufhören.«

Parisi denkt kurz nach und nickt.

»Wissen Sie was ...? Ich glaube, da hat er recht!«

Eine knappe Stunde später sitze ich neben Shahin im Internet-Café und starre Löcher in die Luft. Auf dem Fußmarsch zur WebWorld habe ich zu jeder Sekunde gedacht, dass man mich gleich festnimmt. Shahin meint es ziemlich gut und sondert einen Trost nach dem anderen ab. Ich hingegen verhalte mich so verzweifelt wie eine pubertierende Elfjährige, der man das Flatrate-Saufen verboten hat.

»Du hast ihn nicht umgebracht, Simon.«

»Warst du dabei?«, antworte ich barsch.

»Nein. Aber du auch nicht wirklich. Du hast es doch selbst gesagt: er war in einem anderen Zimmer. Du hast ihn ja nicht mal erschreckt mit irgendwas.«

»Ich hab ihn trotzdem umgebracht!«

»Hast du nicht.«

»Wohl!«

»Nein! Hat doch dieser Dr. Parisius gesagt ...«

»Parisi!«

»Jedenfalls hast du's selbst erzählt eben.«

Trotzig wende ich mich ab und schaue durch das mit bunten Buchstaben beklebte Fenster auf die belebte Straße. Ich komme mir vor wie auf Drogen, so präzise nehme ich plötzlich alles wahr: die leise tackernden Festplatten der WebWorld, die vorbeihetzende Frau mit den grauen Haaren und den Asiaten, der sich einfach eine Plastiktüte auf den Kopf gezogen hat gegen den Regen, statt ein dämliches Gesicht zu machen. Gar nicht mal so bekloppt, sind offenbar clever, diese Asiaten. Dazwischen blitzen immer wieder Bilder von Herrn Karl auf, wie er leblos auf dem Boden liegt. Shahin zieht noch immer alle Register, um mich aufzumuntern.

»Simon! Du hast doch gesagt, er wollte Spaß und Unterhaltung! Die hast du ihm gebracht. Er ist so gestorben, wie er es gerne gehabt hätte.«

»Na toll. Das erfüllt mich jetzt aber mit Stolz, dass ich den netten Herrn Karl so unterhaltsam ins Jenseits geplaudert hab!«

»Das ist doch Quatsch ...«

»Ich hab ihn umgebracht, Shahin. Da gibt's kein Vertun.«

»Hast du nicht!«

Ich springe so heftig von meinem Drehstuhl, dass er auf die Seite kippt.

»Rausgeworfen aus dem Leben aus reiner Profitgier. Ich kotze mich an! Bäääähh!«

»Simon!«

Mein Handy berichtet mir zitternd vom Eingang einer Kurzmitteilung. Wütend ziehe ich es aus der Tasche und drücke auf ›Anzeige‹ und erstarre augenblicklich. Dort steht:

Respekt. Sie sind ja nicht nur gewitzt, sondern auch skrupellos. Ihr Honorar ist bereits angewiesen. Grüße. XX

Mir wird ein wenig schummrig und ich setze mich.

»Alles gut, Simon?«, fragt Shahin mich besorgt.

Stumm schüttle ich mit dem Kopf. Dann sage ich gedämpft: »Ich höre auf, Shahin. Ich bin raus! Das war's mit der Seite. Ich kann nicht mehr weitermachen. Und das Honorar für Herrn Karl will ich auch nicht.«

Ich warte vergebens auf Shahins Wutanfall, doch statt mich vom Gegenteil zu überzeugen, nickt er nur stumm.

»Okay.«

»Was meinst du mit okay?«

»Ich steige auch aus, Simon.«

»Wie bitte?«

»Ich sagte, ich steig auch aus. Lass uns echt aufhören mit dem Scheiß. Weil ... ich wollte es dir so toll verkaufen, aber jetzt hast du mich auch ganz verrückt gemacht mit dem Mord.«

»Siehst du, jetzt sagst du auch schon Mord!«

»Mit Herrn Karl! Ich sag ja, du machst mich ganz verrückt. Wir haben eine Mail von eBay bekommen.«

»Klasse. Werden wir also auch noch verklagt.«

»Das ist es nicht ...«

»Was denn dann? Hast du die Shisha von Ahmadinedschad ersteigert?«

»Jetzt halt mal die Klappe und lies.«

Stöhnend tippe ich die Leertaste, um den Sonnenuntergangs-Bildschirmschoner zu stoppen.

»Zweite Mail von oben!«, ruft Shahin.

»Jaaaa. Ich seh's ja schon!«

Sehr geehrte Damen und Herren,

da Sie auf unsere bisherigen Versuche, mit Ihnen Kontakt aufzunehmen, nicht reagiert haben, bleibt mir leider nichts anderes übrig, als auf diesem Weg kurz zu präzisieren, was ich lieber in einem persönlichen Gespräch getan hätte. Mit großem Interesse haben wir in diversen Medien Berichte über Ihre „Online-Problemlöser-Seite" verfolgt. Kurz: Wir halten *whatsyourproblem.de* für eine so gute Idee, dass wir uns gerne daran beteiligen möchten. Konkret möchten wir Ihnen für das Recht der weltweiten Vermarktung Ihrer Seite die Summe von € 4 000 000 anbieten. Anderen Geschäftsmodellen sind wir selbstverständlich ebenfalls aufgeschlossen. Wir würden uns sehr freuen, wenn wir schon bald erste Gespräche darüber beginnen könnten.

Beste Grüße

Sean C. McNaisbitt

Legal Affairs

Ebay GmbH Berlin

Ich reibe mir die Augen und beuge mich so weit vor, dass ich mit meiner Nase den Bildschirm berühre. Ich lese den Namen »Sean C. McNaisbitt« laut vor; er klingt irgendwie authentisch. Doch all das hilft mir keinen Zentimeter, die Mail in ihrer Gesamtbedeutung zu verstehen, dafür bin ich viel zu grundverwirrt. Als ich meine Augen vom Bildschirm nehme, kommt ein strahlender Shahin mit zwei Gläsern und einer Champagnerflasche vom Kühlschrank zurück.

»Shahin, hilf mir mal. Was will dieser McNaisbitt?«

Stumm reicht mir Shahin mein Glas und friemelt die Alufolie vom Flaschenkopf.

»Ganz einfach: jedem von uns zwei Millionen Euro geben für unsere Seite. Also wenn du auch damit einverstanden bist, dass wir verkaufen.«

Shahin füllt mein Glas mit heufarbenem, prickelndem Champagner. Winzige Perlen steigen auf. Phil sagt immer, dass das ein gutes Zeichen ist. Trotzdem halte ich das Glas wie eine Handgranate. Irgendwie bin ich gerade ganz woanders. Warum passiert denn zwei Jahre lang nichts und dann alles in drei Wochen?

»Simon. Sprich mir nach: vier Millionen Euro!«

»Und das ist kein Fake, die Mail?«, fiepse ich.

»Ich hab schon angerufen bei eBay. Es gibt einen McNaisbitt und er kommt am Mittwoch nach Köln. Okay. Nochmal, Simon. Sprich mir nach: vier Millionen Euro!«

»V..ier …«

Ich komme mir, vor als spräche ich mein erstes chinesisches Wort.

»Sehr gut. Vier Millionen …«

»Vier Millionen.«

»Perfekt, Simon. Und jetzt noch ›Euro‹. Vier Millionen Euro.«

»Vier Millionen … Euro!«

Ich nehme einen Schluck Champagner, stehe auf und lockere mich ein wenig. Verfolgt von Shahins skeptischem Blick, lasse ich meine Schultern kreisen, bewege den Kopf von links nach rechts, nach vorne und nach hinten und schlage kurz auf einen virtuellen Punchingball. Dann atme ich tief durch und schaue Shahin in die Augen.

»Ich hab ihn nicht umgebracht, oder?«

»Nein!«

Ich stelle meine Schlagbewegungen ein und setze mich auf Shahins Schoß.

»Vier Millionen!«

»Sag ich doch!«, grinst Shahin. »Und … du bist schwer!«

Ich bleibe trotzdem sitzen.

»Hast du irgendeine verrückte persische Musik, auf die man tanzen kann?«

»Ich könnte uns die Persian Dance Party von IranianRadio auf die Boxen streamen.«

»Und hast du noch Champagner da?«

»Zwei Flaschen. Warum?«

Ich springe auf und rufe:

»WEIL … WIR … VERKAUFEN!!!«

Persische Discomucke klingt genauso wie europäische, sie hat dazu noch den Vorteil, dass man die sicherlich dämlichen Texte nicht versteht – zumindest ich nicht. Wer auch immer uns durch die Schaufensterscheibe beobachtet, muss uns für total bekloppt halten. Zu den unerwartet modernen DJ-Mixes bekannter persischer Dancehits springen und hüpfen wir zwischen den Rechnern umher, entwickeln die albernsten Tanzbewegungen und kippen schließlich aus Protest gegen Windows Vista eine ganze Flasche Moët in einen PC. Eine Gruppe Studenten bleibt staunend vor dem Schaufenster kleben, wir legen unsere Arme um die Schultern und tanzen zu den Beats von DJ Mansour. Zwei Flaschen Blubberbrause später lasse ich mit Shahin zusammen das Rollgitter vor der WebWorld runter. Wir umarmen uns noch einmal kurz und dann geht jeder seiner Wege. Er zu seiner Familie und ich zu Karstadt.

Ich kaufe einen echt geilen dunklen Anzug und die passenden Schuhe dazu. Dann rufe ich nacheinander Flik, Phil und Paula an und lade sie ins El Gaucho ein.

»Darf ich Jakob mitbringen?«, fragt Paula vorsichtig.

»Es wäre mir ein großes Vergnügen!«

MEIN NEUES LEBEN XXL

Für mich gibt es zwei verschiedene Arten von Kater: den Blitzkrieg-Kater und den Irak-Kater. Beim Blitzkrieg-Kater wacht man auf und weiß innerhalb einer Sekunde, dass man gleich vor der Schüssel kniet, um danach eine Großpackung Alka Seltzer in einem Eimer Wasser aufzulösen. Der Vorteil: Nach ein paar Stunden hat man diesen Kater meist im Griff und kann wenigstens mit einem Auge fernsehen.

Ganz anders der Irak-Kater: Man wacht auf und freut sich schon, dass man keine größeren Schäden feststellt. Man denkt sich: »Ach, das hätte ich mir jetzt aber schlimmer vorgestellt nach all dem, was ich getrunken habe. Vielleicht kann ich ja am Nachmittag sogar noch joggen?«

Einen Scheiß kann man. Warum? Zwei Gründe. Erstens: Der Irak-Kater wird völlig unterschätzt. Zweitens: Der Irak-Kater hört schon mal deswegen nicht so schnell auf, weil man seinen ganzen Körper durcheinandergebracht hat. Scheinbar verfeindete Krankheitsbilder verbünden sich mit anderen und schlagen genau dann zu, wenn man es am wenigsten erwartet. Der Irak-Kater ist ein postalkoholischer Super-GAU: Angeschossen schleppt man sich in Richtung Küche, um die Aspirin-Vorräte zu sichern, sieht aber den hämisch grinsenden Brechdurchfall nicht, der die ganze Zeit hinter dem Ikea-Regal gelauert hat. Ein Bild des Grauens ist es, wenn er einen auf halber Strecke erwischt. Selbst wenn man gegen Abend die Lage unter Kontrolle wähnt, kann es Rückschläge geben. Ich erinnere mich noch genau, wie ich einmal dummdreist glaubte, mir eine kleine Nudelsuppe machen zu können, dann aber schon beim Geruch des Suppenpulvers in den Toaster gekotzt habe.

An diesem Mittwochmorgen weiß ich sofort, dass mich der Irak-Kater erwischt hat. Während es in meinem Schädel rumort wie auf einer Großbaustelle in Dubai, schickt sich meine Körpermitte an, ein ganzes Fass Salzsäure nach oben zu pumpen. Doch nicht nur in meinem Körper poltert, pumpt und klopft es: Nach verdächtig stillen Tagen sind auch wieder Geräusche aus dem Penthouse zu vernehmen. Was zum Teufel schiebt die alte Hexe denn da wieder durch ihre Schmockbude? Botox-Kanister? Cellulitis-Sauger? Eine Europalette Wimperntusche? Ich muss in mein Kopfkissen kichern: Soll sie nur schieben und klopfen, krakeelen und kichern. Es hat sich bald ausgekichert! Vielleicht sehe ich heute noch aus wie ein Haufen Papageienscheiße. Aber morgen, spätestens am Freitag, kriegen Shahin und ich so viel Kohle rübergeschoben, dass ich nicht mal einen Kredit brauche für mein Haus.

Ich muss lachen, trotz Irak-Kater. Offenbar tummelt sich zwischen großem Zeh und Öhrchen noch das eine oder andere Likörchen. Während ich mit geschlossenen Augen den Verlauf der Geräusche über mir verfolge, versuche ich zu rekonstruieren, wie viele Alkoholeinheiten ich in der vergangenen Nacht durch meine Leber gepumpt habe. Wenn man Kölsch nur zählen könnte! Aber dieses gerissene Brauereipack füllt seine obergärige Lurchpisse ja absichtlich in so winzige Glaskondome, dass man schon nach vier bis fünf Einheiten mit dem Zählen durcheinanderkommt. Okay … Im El Gaucho müssen's so ungefähr zehn Kölsch gewesen sein. Dann gab es diesen Zwischenfall, als Nelkenjakob gesagt hat, dass man auch als Hausbesitzer seinen Mietern nicht einfach so kündigen kann. Da hab ich einen doppelten Brandy getrunken vor Schreck. Im Shepheard haben wir dann aber bei drei Singapore Sling die Lösung des Problems gefeiert: Paula wird einfach »schwanger« von mir und ich kündige wegen Eigenbedarf. Aber wo waren wir danach? In der guten, alten Scheinbar? Ha! Waren wir! Weil Flik gesagt hat, das wäre bei meinem Zustand eine gute Wahl wegen des gefliesten Bodens. Aber ... wie um alles in der Welt bin ich nach Hause gekommen?

Ich schiebe meine Bettdecke nach vorne und sehe, dass ich meinen dunklen Anzug noch anhabe. Die dazugehörigen Schuhe entdecke ich auf dem Fernseher. Meine Fresse, muss ich dicht gewesen sein. Wie sagt Phil so schön: Scheißegal wohnt in der Leck-mich-Straße! Es war die Sache wert. Weil ich alle einladen konnte. Weil ich endlich mal wieder ich selbst war. Weil ich dem verblüfften Flik vor Danielas Augen zwölftausend Euro hinblättern konnte. Und das, wo ich noch keinen Cent von den angekündigten eBay-Millionen auf dem Konto habe. Man muss eben nicht unbedingt Millionär sein, um sich wie einer zu fühlen. Angeschlagen, aber zufrieden schiebe ich mich unter mein Kopfkissen und versuche, wieder einzuschlafen. Allerdings scheint die Salzsäure ihren Kampf gegen meinen Magendeckel gewonnen zu haben und fordert vehement eine weitere Verbeugung vor dem Duftstein. Ich schaffe es gerade noch.

Eine Stunde später wache ich in der Küche wieder auf. Wie komme ich da hin? Aliens? Blackout? André Heller? Mir fällt erst nach einer Weile wieder ein, was ich in der Küche wollte:

Gegenfeuer legen!

Irgendein anerkannter Mediziner hat mir nämlich mal ganz spät an einer Hotelbar erklärt, warum es so wichtig ist, seinen Kater mit Alkohol zu bekämpfen. Leider habe ich's vergessen, weil wir an dem Abend alle so besoffen waren. Dennoch bekämpfe ich seitdem alle Kater der Irak-Klasse meist mit lauwarmem Kölsch am Morgen, es ist meine »Pille danach« sozusagen. Heute sind es sogar zwei. Das erste Kölsch schütte ich mir pur in den Hals, im zweiten löse ich eine Blubber-Aspirin und eine Multivitamintablette just in dem Augenblick auf. Sicherheitshalber trinke ich Glas zwei neben der Kloschüssel, warte einen Moment und steige erst dann unter die

Dusche. Dummerweise kommt die Multivitamintablette just in dem Augenblick wieder hoch, als ich das Plexiglas zugezogen habe. Ich putze die Dusche und muss mich wieder übergeben, weil alles so eklig aussieht. Schließlich wage ich mich ein zweites Mal in die Kabine. Es klappt. Das klare Wasser und der Duft von frischem Duschgel sind herrlich. Zwar krache ich zweimal gegen die Plexiglaswand, als ich mir die Füße waschen will, aber das ist nicht schlimm, weil das ganze Blut ja gleich abfließen kann und außerdem bin ich ja Millionär. Also bald. Nach dem Abtrocknen sieht mein sonst weißes Saunatuch aus wie ein Fantuch von Bayern München. Ich beschimpfe es wüst und verbinde mir den blutenden Ellenbogen mit Klopapier. Es ist die letzte der Rollen, mit denen Annabelle mich beleidigt hat. Wie albern im Nachhinein. Und schade. Irgendwas ist da schiefgelaufen. Vielleicht ja mal wieder ich ... Immer noch ein wenig wattig im Kopf stapfe ich in Richtung Fernseher. Ich schaue eine Folge *Simpsons*, schalte aber blitzartig um, weil Montgomery Burns mich an den toten Herrn Karl erinnert. Bei der 61. Folge von *Schau dich schlau* mit dem sensationellen Thema »Huhn und Ei« schlafe ich kurz ein. Als ich inmitten des 80er-Jahre-Krachers *Dirty Dancing* wieder aufwache, geht es mir so gut, dass ich sogar einige Zeilen mitsinge.

> *I've had the time of my life*
> *No I never felt this way before*
> *Yes I swear it's the truth*
> *And I owe it all to you*

I owe it all to you? Was hat der schmierige Ossi-Trainer noch gleich gesagt: Probleme sind verkleidete Möglichkeiten. In genau dieser Sekunde begreife ich zum ersten Mal, wem ich das ganze Geld zu verdanken habe: Johanna Snobtrulla Stähler!

Vilnius

Was Shahin und mir am Donnerstag und Freitag passiert, könnte ich exakt so an Mr. Moneybooster durchfaxen; er hätte damit sicherlich eine großartige neue Hühnerfabel. Nur eine Nacht nach meinem Rückzug aus dem Irak treffen wir im schicken ›Hotel im Wasserturm‹ auf die drei eigens wegen uns angereisten eBay-Schlipsträger: auf den Ami Sean C. McNaisbitt, der uns gemailt hat, und seine zwei kleinköpfigen Junganwälte mit vermutlich günstig ersteigerten Designerbrillen. Ich bin beeindruckt, wie genau das edel beanzugte Dreierpack weiß, was es für wie viel Geld will: den Domainnamen www.whatsyourproblem.de, die weltweiten Rechte zur Nutzung desselben sowie eine Unterlassungserklärung unsererseits, in den nächsten drei Jahren ein ähnliches Serviceprodukt ins Netz zu stellen. Wir haben schneller unterschrieben, als wir unsere Namen sagen können, und erhalten zwei Verrechnungsschecks über jeweils zwei Millionen Euro. All dies geschieht ohne großes Tamtam, man reicht uns die Schecks, als wären es irgendwelche Gutscheine für zwei Stunden Sauna oder einen Chefsalat mit Cheeseburger. Handshake und zurück zum Flughafen. Das war's!

Mit offenem Mund schauen Shahin und ich der davonfahrenden Limousine nach. War das jetzt die New Economy? Web 2.0? Haben wir gerade wahnsinnig viel Geld für relativ wenig Arbeit bekommen oder sind wir sogar über den Tisch gezogen worden? Zwei Millionen Euro. Für jeden!

»Glückwunsch«, lächelt Shahin, »bist ab sofort kein Bichareh mehr!«

»Was heißt denn das jetzt überhaupt, Mann?«

»Bichareh. So was wie Loser. Oder wörtlich: ›Mann ohne Ausweg‹.«

»Ich hab mir so was gedacht«, grinse ich.

Langsam, fast bedächtig gehen wir von der Hoteleinfahrt runter und laufen zurück in Richtung WebWorld. Beide sind wir uns der besonderen Bedeutung dieses Augenblicks bewusst.

»Du kaufst jetzt das Haus, oder?«, fragt mich Shahin.

»Ich kaufe das Haus. Und du? Sagst du mir jetzt, was du mit dem Geld machst?«

Ein wenig unsicher fasst Shahin sich an die Nase.

»Du wirst mich auslachen.«

»Bestimmt nicht!«

»Versprich es!«

»Okay.«

»Also, ich hab viel recherchiert und alte Kontakte aktiviert und so.«

Ich platze fast vor Neugier.

»Was machst du, Shahin?«

»Eine Online-Störzucht am Kaspischen Meer!«

Ich bleibe stehen und starre Shahin an.

»Was?«

»Das ist hochrentabel! Stell dir vor, du kannst hier in Köln auf deinem Computer die Störzucht steuern und dir deinen eigenen Kaviar … – ach, leck mich doch!«

Ich habe mir wirklich jede erdenkliche Mühe gegeben, ein Lachen zu unterdrücken. Vergeblich.

Zurück in der WebWorld schreibe ich, nicht ohne Grinsen, Johannas Kündigung und gebe Zwirbeljupp telefonisch Bescheid, dass er einen Notartermin ausmachen kann, weil ich das Haus jetzt kaufen kann. Ohne Kredit.

»Jetz ens ihrlich, Jung. Dat hätt ich nit gegläuv!«

»Was?«

Kurz bevor Shahin unsere Seite dichtmacht, erreicht uns allerdings noch eine Nachricht von der Ingenieurgemeinschaft für Umwelttechnologien. Die Untersuchung der von Shahin besorgten Kindergarten-Materialproben hat nach der Analyse im Phasenkontrastmikroskop nach VDI 3866 und Rasterelektronenmikroskop mit EDX-Analyse Folgendes ergeben: stark erhöhte Asbestwerte! Statt das Ergebnis umständlich zu fälschen, leiten wir die Mail einfach so an das Gesundheitsamt Köln weiter.

»Die evakuieren die, oder?«, fragt Shahin besorgt.

»Davon kannst du ausgehen. Und dann sanieren sie.«

»Das ist doch nicht laut, oder?«

»Neiiiiin ...«, lache ich, »Asbestsanierungen verlaufen geradezu geräuschlos!«

Schon am nächsten Morgen wechselt die Sülzburgstraße 138 beim Notar den Besitzer. Ich habe mir diesen lange herbeigesehnten Akt etwas spektakulärer vorgestellt oder besser gesagt: respektvoller. Fast habe ich den Eindruck, dass dieser Notar das öfter macht und Summen von einer Million ihn ebenso wenig umhauen wie gestern die eBay-Schlipsis. Noch seltsamer verhält sich allerdings mein ehemaliger Vermieter und Hausbesitzer. Für ihn geht's direkt nach der Unterschrift nach Wien zu seinem Sohn.

»Herr Peters, ich wünsch Inne alles Jute un ... bleiben Se ruhich, ejal wat auch passiert!«

»Wieso? Was soll denn passieren?«, frage ich noch verwundert, doch statt einer Antwort klopft mir Wellberg lediglich aufmunternd auf die Schulter, steigt in seinen neuen 5er BMW und braust davon.

Mit einem guten Kilo Dokumente mache ich mich auf den Nachhauseweg, kaufe Brot, Butter und Wurst sowie ein paar

Smoothies und eine Mousse au Chocolat, als an der Plus-Kasse Folgendes geschieht:

»Kassenzettel?«

»Nein, danke.«

»Wiedersehen. Und einen schönen Tag noch.«

»Wie bitte?«

»Einen schönen Tag noch!«

»Das …«, stottere ich, »wünsche ich Ihnen auch.«

Es ist eine relativ glückliche halbe Stunde, die ich als frischgebackener Immobilienbesitzer verlebe. Und natürlich fiebere ich der feierlichen Übergabe von Johannas Kündigung entgegen. Denke ich mir so …

Ich stehe keinen Meter im Flur, da krache ich auch schon gegen den ersten Karton. »Sport-Utensilien« steht darauf. Ich erstarre augenblicklich zu einer Eisfigur, lediglich mein Gesicht hat noch die Kraft, mit einem Ausdruck des Entsetzens in den V-Ausschnitt meines Pullis zu fallen. Auf grausame Weise wird mir klar, was genau Wellberg eben gemeint hat mit: ›Bleiben Se ruhich, ejal wat auch passiert!‹

»Nee, oder?!«, ist das Einzige, was ich über die Lippen kriege. Dann rase ich so schnell es geht nach oben zu Johannas Penthouse. Die Tür ist offen. Ich stoße sie auf und stehe in einer leeren Wohnung.

»Johanna?«, rufe ich panisch, »bist du da?«

»Im Bad. Sekunde!«

Panisch schaue ich mich um. Das kann sie mir nicht antun! Das kann mir dieser verdammte Botox-Snob einfach nicht antun! Nicht jetzt, nicht eine halbe Stunde, nachdem ich dieses gekachelte Nachkriegshaus gekauft habe! Mein Puls rast, ich kriege kaum noch Luft und mein zur Fratze verzerrtes Gesicht hängt immer noch im Ausschnitt meines Pullis. Dann kommt Johanna mit einem pinken

Reise-Trolley aus dem Bad. Sie trägt exakt die gleichen tussigen Winterklamotten, in denen ich sie zum ersten Mal gesehen habe.

»Wenn du saubermachen willst, die Putzsachen stehen in der Kammer neben dem Eingang!«

Für einen Augenblick stehen wir uns schweigend gegenüber. Dann frage ich: »Wo gehst du denn hin?«

»Litauen«, lautet die unterkühlte Antwort.

Fassungslos starre ich Johanna an.

»Litauen?«

Sie zuckt nur kraftlos mit den Schultern.

»Ich werd versetzt. Die haben echt den Schuss nicht gehört in der Zentrale. Wo ich mich gerade eingerichtet habe! Is aber nicht schlimm, weil so richtig reingepasst hab ich ja eh nie in euer Arme-Leute-Haus.«

Ich weiß auch nicht, was mit mir los ist. Ich trete ein wenig nach hinten, um Halt an der Wand zu suchen für den Fall, dass ich gleich in Ohnmacht falle. Immerhin gelingt es meinem Sprachzentrum noch, das immergleiche Wort als Frage zu wiederholen, den Blick fest auf Johanna gerichtet.

»Litauen?«

»Zwischen Estland und Lettland. Die baltischen Tigerstaaten.« Johanna ahmt eine fauchende Großkatze nach, wodurch Fingernägel und Mund noch bedrohlicher wirken. »Chhhhhhhhh!«

Ich rutsche mit dem Rücken die Wand herunter und lande in einer Variation des Schneidersitzes auf dem Parkett. Ich denke, dass ich begriffen habe.

»Litauen!«

Kaum sitze ich, da habe ich das plötzliche Gefühl, sofort gehen zu müssen. Mit der rechten Hand erreiche ich immerhin schon die Türklinke.

»Ach … morgen kommen die Möbelpacker, könnte also ein bisschen laut werden.«

293

Ich lasse die Türklinke wieder los und nehme den Schlüssel, den Johanna mir überreicht.

»Sie kommen so gegen sieben. Wenn du sie reinlassen könntest?«

»Mach ich ... gerne.«

Johannas Hummer fährt ab, ich bleibe regungslos stehen vor meinem neuen Haus. Schließlich gehe ich still nach drinnen und drücke den Schalter für das Flurlicht. Noch exakt drei Lichtphasen bleibe ich unten im Treppenhaus, erst dann finde ich die Kraft, in meine Wohnung raufzugehen, um auf dem Sofa zusammenzubrechen. Ich liege nur wenige Minuten da, bis es an meiner Tür klopft. Es ist Herr Schnabel aus dem 1. OG. Er hat gehört, dass ich der neue Besitzer bin, und beschwert sich über das Flurlicht.

»Ich kümmer mich drum!«

Eine geradezu bleierne Stille liegt über mir und meiner Wohnung. Kein Knicks, kein Knacks, kein »Schlecht, schlecht, schlecht!«
Und jetzt?

Wie eine leere Hülle wandere ich durch meine 51 Quadratmeter. Mal sitze ich in der Küche und schaue raus auf mein Basilikum, mal liege ich auf der Couch und starre nach oben. Der Gedanke, dass ich mir den ganzen Scheiß hätte sparen können, ist derart unerträglich für mich, dass ich mir schon beim ersten Zucken der Dämmerung ein Bier aufmache.

Hey!

Ich kann endlich in Ruhe Dokus gucken!

Ich kann Dokus gucken, bis mir schlecht wird, eine nach der anderen: *Wohnen nach Wunsch, Mein neues Leben, Monstergarage, Das perfekte Dinner* oder auch *Zoff im Treppenhaus – Wenn Mieter und Vermieter streiten.*

Ich schalte den Fernseher ein und schalte auf Kabel eins, wo sich eine schwäbische Großfamilie eine Ferienanlage auf den niederländischen Antillen baut.

Toll. Und was bedeutet das konkret für mich?

Ich schalte zu *Frauentausch*, wo es heute um eine apathische Kifferin geht, die für zehn Tage in einen stressigen Hotelbetrieb eingebunden ist.

Tolle Idee. Aber was bedeutet das konkret für mich?

Zum ersten Mal überhaupt frage ich mich, warum ich meine Abende damit verbringen soll, mir Geschichten anzuschauen, die anderen Leuten passieren. »Schlecht, schlecht, schlecht!«, sage ich, schalte den Fernseher aus, greife zu meinem Telefon und überlege, was ich sage.

Hallo, ich möchte nicht aufgenommen werden zu Schulungszwecken und ein Kölsch mit dir trinken.
    Oder:
Hallo, ich möchte keine Dosierhilfe und würde dich gerne endlich kennenlernen.

Ich beschließe, dass es egal ist, was ich sage, solange ich nur anrufe. Und so wähle ich zum ersten Mal seit der Prinz-Charmin-Situation wieder die Nummer der Procter & Gamble-Hotline. Es tutet eine Ewigkeit, bis mich das System durchstellt.
    »Procter & Gamble Verbraucherservice, mein Name ist Carmen Oh, was kann ich für Sie tun?«
    Ein wenig irritiert richte ich mich auf.
    »Wäre es wohl möglich, also … ich weiß, dass Sie eigentlich nicht durchstellen, aber ich würde gerne mit Frau Kaspar sprechen.«

»Das tut mir leid, aber Frau Kaspar ist leider nicht mehr bei uns im Hause.«

Mir wird ein wenig schummrig im Kopf. Nicht mehr im Haus? Verunsichert stehe ich auf und gehe zum Fenster.

»Wann kommt sie denn wieder? Morgen früh? Nachmittags?«

»Darüber darf ich Ihnen leider keine Auskunft geben.«

»Aber … ich bin ein Freund.«

»Bei allem Verständnis, aber … das kann jeder sagen.«

»Okay. Annabelle Kaspar hat einen Hund, der heißt Fluff, mit dem ist sie vor über einem Jahr aus Köln geflüchtet wegen ihrem Verlobten. Außerdem schmiert sie Ketchup auf alles, was man essen kann, und hat eine wunderbare Stimme.«

»Annabelle wurde entlassen.«

»Wie bitte?« Ich setze mich wieder.

»Die Geschäftsleitung hat ihren Gesprächs-Account gecheckt. Da war dann leider das eine oder andere Privatgespräch zu viel dabei. Und die sind bei uns nun mal streng verboten.«

»Oh!«, sage ich.

»Jetzt sind Sie wirklich überrascht, oder?«, höre ich Frau Oh aus der Ferne.

»Ja«, antworte ich und lege auf.

Vorsichtig stelle ich das Telefon auf die Fensterbank. Und immer stärker tröpfelt die Erkenntnis in mein verwirrtes Hirn, dass ich nun vielleicht ein Millionär bin, mit Sicherheit aber auch der größte Vollidiot, der rumläuft.

SCHULUNGSZWECKE

So klein Asets Kiosk auch ist – er hat eine wirklich großartige Getränkeauswahl. Ich überlege, wie viel Alkohol genau ich brauche, um die letzten drei Wochen zu vergessen. Ein Sixpack reicht da nicht, so viel ist schon mal klar. Natürlich habe ich es noch ein paar Mal probiert bei der Verbraucherhotline in der stillen Hoffnung auf einen Scherz, was die Entlassung angeht. Irgendwann gegen kurz nach acht haben sie meine Nummer gesperrt. Besetztzeichen schon nach den ersten fünf Ziffern. Zweimal bin ich noch mit dem Handy durchgekommen, zack war auch die Nummer auf der Liste. Im Minutentakt habe ich angerufen. Wollte den Teamleiter, Geschäftsführer und Aufsichtsrat sprechen, um meine Beschwerde zu revidieren und sämtliche Schuld auf mich zu nehmen. Ein dummer Kunde sei ich, der aus purer Langeweile durch die Gegend telefoniert, nur weil ein Swiffertuch zu trocken ist oder das neue *Fairy Sensitive* zu rau. Sie haben mir alle recht gegeben und dennoch bin ich kein einziges Mal über die erste Hierarchieebene des Kopfhörer-Proletariats hinausgekommen. Kein Chef wollte mit mir sprechen und auch kein Teamleiter. Warum auch? Wahrscheinlich werden in so einem riesigen Call-Center täglich zwanzig Leute entlassen und zwanzig neu eingestellt. Annabelle muss beliebt gewesen sein, wenn man sich an ihre Entlassung erinnert. Kein guter Trost! Schließlich habe ich mir meine Jacke geschnappt, um runter zu Aset zu gehen.

Ich nehme mir eine Flasche Gin aus dem Regal und drei Dosen Tonic Water, was alleine schon reichen müsste, um zumindest Johannas Auszug aus meinem Hirn zu schwemmen. Die Geschichte mit Annabelle dürfte da schon ein wenig schwieriger werden, also packe ich gleich zwei Pennerflaschen Strohrum unter den Arm, Treibstoff für eine ganz neue Generation von Irak-Kater.

»Na?«, grinst Aset mich an, während er einer Kundin mit Sportjacke den üblichen Dreierpack Falafel auf das eckige Papptellerchen legt, »lange nicht mehr hier gewesen!«

»Stimmt!«, nuschle ich und betrachte die Zeitschriftentitelseiten, bis ich drankomme. »Mehr Muskeln und weniger Kilo mit einer einzigen Übung« verspricht die *Men's Health*. Die *Maclife* testet 23 Notebookständer und die *Freundin* fragt: »Und wo bleibt da die Liebe? Tipps und Tricks, das Wichtigste der Welt nicht zu vergessen!« Na, vielen Dank auch.

»Immer noch mit Ketchup?«, fragt Aset die Kundin.

Ich höre augenblicklich auf zu atmen und starre nach vorne.

»Klar. Ich pack auf alles Ketchup drauf«, lacht eine recht zierliche Person mit hellblonden Locken. Aset greift kopfschüttelnd zur roten Quetschflasche.

»Wenn ich das in Ägypten erzähle …«

»Ich weiß«, kichert die Frau und nimmt ihren mit Alufolie umwickelten Pappteller entgegen. Ich blicke nach unten und direkt in die traurigen Augen eines kleinen Hundes mit weißem Fell. Wie schockgefrostet stehe ich neben dem Zeitschriftenregal.

»Tschüss, schönen Abend noch«, sagt Aset.

»Tschüss. Dir auch!«, sagt Annabelle und geht mit Papptellerchen, Mühlen-Kölsch und Hund an mir vorbei. »Komm, Fluff!«

Ich hatte recht. Annabelle ist hübsch. Sehr hübsch sogar. Ein zerbrechliches, lockiges Engelchen mit kleinem Hund und großem Herz.

Wir schauen uns kurz in die Augen.

Quietschend bleibt die Welt stehen.

Die Kiosktür schließt sich.

Dann ist sie weg.

Was bleibt, ist das leise Surren der Kühlschränke, der besorgte Blick eines ägyptischen Kioskbetreibers und meine komplette Unfähigkeit, mich auch nur einen Millimeter vom Fleck zu rühren.

»Tschüss«, murmele ich leise und ungefähr fünf Sekunden zu spät.

»Ach!« Aset schlägt sich auf die Stirn. »Ich wollte dir sagen ...—«

»Ich weiß«, sage ich und gehe zur Tür. »Gustavstraße, oder?«

Aset nickt. »In ihrer alten WG!«

Ich sehe Annabelle gerade noch in der Haustür verschwinden. Eine ganze Stunde brauche ich, bis ich endlich den Mut habe, auf die Klingel mit dem Namensschild »Rhode, Quilitz« und dem Aufkleber »Kaspar« zu drücken. Ich halte die Luft an. Dann höre ich Annabelles vertraute Stimme.

»Ja? Wer is'n da?«

Ich schließe die Augen und stelle mir vor, dass ich mit meinem Telefon im Wohnzimmer auf der Couch sitze. Dann sage ich: »Ich möchte nicht aufgenommen werden zu Schulungszwecken und fragen, ob du vielleicht trotz allem ... ob du Lust hast, ein Bier mit deinem Frosch und einem Vollidioten zu trinken.«

Eine halbe Ewigkeit passiert nichts.

Dann geht der Türsummer.

EPILOG

Von: Simon Peters
Betreff: Unfassbar lecker!
Datum: 11. Dezember 2006 09:00:47
An: Kundenservice ›Dessert Moulins‹

Sehr geehrte Damen und Herren,

ich schreibe Ihnen, weil Sie ein derart verschissen gutes Mousse
au Chocolat herstellen, dass ich mir Tonnen davon in den Schlund
schmirgeln könnte. Den Preis von € 1,69 für ein Töpfchen fand ich
zuerst zwar ganz schön heftig, aber als ich den ersten Löffel gegessen
habe, da wusste ich – ja, leck mich am Arsch, das muss noch besser
sein als das Mousse in der RTL-Kantine! Jetzt ohne Flachs: Jeder
Drei-Sterne-Franzecken-Koch würde sich die Pulsadern aufschneiden
vor Scham, wenn er probieren könnte, was da Geiles aus Eurer Fabrik
kommt. Selbst meine Freundin mag das Zeug, auch wenn sie sonst
gar nicht auf Süßes steht. Haben gestern jeder zwei Becher leer
gemacht, beim Sternegucken durch unser Dachfenster.

Herzliche Grüße
Simon Peters

ENDE

DANKE FÜR EURE HILFE, IHR SEID WELT:

Nina Schmidt für die vielen tollen Ideen und das Einbringen weiblicher Logik. Supi!

Chris Geletneky für seinen selbstlosen Versuch, mein Manuskript schneller zu lesen, als ich schreibe, sowie seine professionelle Hilfe bei diversen Kniffeligkeiten. Gib mir Fünf!

Volker Jarck für das geduldige Ertragen meiner Teletubby-Rechtschreibung und das hundertfache Verbessern von »Türe« zu »Tür«. War echt Welt!

DANKE, IHR SEID AUCH SUPI!

Alice Herrwegen, Akademie för uns kölsche Sproch, für die ›Übersetzung‹ vom »Zwirbeljupp«.

Mustafa El Mesaoudi für die arabische Übersetzung von Simons Westhoff-Schmähruf.

Alireza Hosseni für persische Background-Info. Bichareh!!!.

Gunter Burghagen für das leckere Schnitzel in der RTL-Kantine.

Ulli Kulke für die freundliche Erlaubnis, seinen Kaninchen-Artikel zu verwenden.

Atila Kiziltas für leckere Cocktails im Shepheard.

LINKS:

www.tommyjaud.de

www.rettetsascha.de

www.whatsyourproblem.de

www.fischerverlage.de

www.koelsch-akademie.de

www.dietelepaten.de

www.spiegel.de

www.welt.de

www.shepheard.de

INHALT

Tommy Jaud
Vollidiot
Der Roman
Band 16360

Nicht alle Männer sind Idioten. Einige sind Vollidioten.

Irgendwas läuft neuerdings schief bei Simon, und zwar
gründlich. Manchmal würde dieser Vollidiot sogar gerne
alles richtig machen – aber genau dann geht alles richtig
schön daneben. Die richtige Frau steht zum Beispiel zum
falschen Zeitpunkt vor der Saunatür, die kroatische Putzfrau will ihn anderweitig verkuppeln und seine Chefin
muss ihn leider dann doch irgendwann feuern. Wird Simon
mit Hilfe von Dale Carnegie, Schlemmerfilets und besten
Freunden wieder zum erträglichen Chaoten?

»Tommy Jaud hat ein brachliegendes Genre neu belebt –
den deutschen Männerroman.«
Wolfgang Höbel, DER SPIEGEL

»Man lernt aus ›Vollidiot‹ sicher mehr über das
heutige Deutschland als in allen grimmepreisgekrönten
Filmen des vergangenen Jahres zusammen.«
Nils Minkmar, Frankfurter Allgemeine Sonntagszeitung

www.tommyjaud.de

Fischer Taschenbuch Verlag

fi 16360 / 2

Tommy Jaud
Resturlaub
Das Zweitbuch
Roman
Band 16842

Seine Eltern wollen, dass er endlich ein Haus baut. Seine
Freundin will endlich ein Kind. Und seine Freunde wollen
zum elften Mal nach Mallorca. Doch Pitschi Greulich hat
einen ganz anderen Plan.

Eine ziemlich komische Geschichte über einen 37-jährigen
Brauerei-Manager, der ausgerechnet am Ende der Welt das
sucht, was er zu Hause längst hatte.

»Es geht in ›Resturlaub‹ um alle großen Themen unserer
Zeit: um die Fortpflanzungsunlust von Menschen Mitte
dreißig. Um eine total lockere und trotzdem verdruckste
Heimatliebe. Und um die strukturelle Unreife der Männer,
ihre ritualisierte Trunksucht, ihre erotischen Hirngespinste,
ihre ›komplette Hilflosigkeit‹. Ein Hammer von Gegen-
wartsroman also.« *Wolfgang Höbel, DER SPIEGEL*

»Skurril, trendy, amüsant.
Tommy Jauds absurde Komik ist perfekt!«
Freundin

Fischer Taschenbuch Verlag

Oliver Uschmann
Hartmut und ich
Roman
Band 16615

Muss man Always immer tragen, nur weil sie so heißen?
Darf man Fahrradfahrer auf offener Straße bewusstlos
schlagen? Kann man schwer erziehbaren Katzen durch anti-
autoritäre Methoden zu einem besseren Leben verhelfen?
Hartmut will es wissen! Der unglaubliche Roman einer
unglaublichen Männer-WG.

»Saugut geschrieben und sehr witzig. Jetzt weiß ich,
dass ich einen neuen Lieblingsautor habe und dringend
eine Playstation brauche!«
Tommy Jaud

Fischer Taschenbuch Verlag

Oliver Uschmann
Voll beschäftigt
Roman
Band 17125

Sollen Katzen Playstation spielen? Dürfen Malocher die Fünf
Tibeter üben? Kann man Akademiker erfolgreich dequalifi-
zieren? Hartmut und ich wollen es wissen. Bochums tiefsin-
nigste Männer-WG macht Byzantinisten zu Bauarbeitern,
Ingenieure zu Instandsetzern und Skandinavistinnen zu Ikea-
Sekretärinnen. Ganzheitlich. Mit Jobgarantie. Der unglaubliche Roman einer unglaublichen Wir-AG. Mit Haustier.

»Nach dem Genuss dieses Buches bin ich kurz
davor, ins Ruhrgebiet zu ziehen. Ich wusste bisher nicht,
dass dort so weise Menschen leben.«
Bela B., Die Ärzte

»Der Weltverbesserer und sein Kumpel: ein geniales Duo!«
WDR

Fischer Taschenbuch Verlag

fi 17125 / 1

Oliver Uschmann
Wandelgermanen
Hartmut und ich stehen im Wald
Roman
Band 17248

Darf man eine Bochumer Männer-WG aufs Land verlegen?
Kann man die Liebe einer Frau durch ein unrenoviertes Bad
verlieren? Sind Luftatmer bessere Menschen? Dürfen Dorf-
gemeinschaften ihre Füße baden? Sollen junge Menschen sich
im Wald ertüchtigen? Hartmut und ich wollen es wissen –
und begeben sich in den Kampf von Mann und Natur. Der
unglaubliche Roman einer unglaublichen Landpartie. Zum
Brüllen komisch, zum Erschauern wahr.

»Ich finde, das kann ruhig so gesagt werden:
›Wandelgermanen‹ ist ein sehr gutes Buch – witzig, klug
und im besten Sinne anarchistisch.«
Jess Jochimsen

»Ich dachte immer, ich wäre der letzte deutsche
Wandelgermane. Da habe ich mich aber so was
von getäuscht. Oliver Uschmann lesen, staunen
und ablachen.«
Manuel Andrack

www.wandelgermanen.de

Fischer Taschenbuch Verlag

Ralf Husmann
Nicht mein Tag
Roman
336 Seiten. Broschiert

Till Reiners ist einer, der so ist wie alle und bislang hat er das für etwas Positives gehalten. Da wo Till ist, ist es nicht trendy. Schon sein Name ist nicht hip, und dann wohnt er auch noch am Rande des Ruhrgebiets und trägt einen Seitenscheitel. Er hat eine Frau und ein Kind und ein Leben wie eine Tatort-Folge: ziemlich deutsch, mäßig spannend, mit wenig Sex, und man ahnt nach der Hälfte, wie es ausgehen wird. Bis Nappo auftaucht, ein Kerl mit einer Tätowierung, einer Sporttasche und einer echten Waffe. Plötzlich ist alles anders: Ein Kaninchen stirbt, ein Mann wird zusammengeschlagen, ein unflotter Dreier findet statt und Bruce Springsteen spielt dazu. Außerdem fehlen der Dresdner Bank 30 000 Euro. Und Till Reiners ist auch nicht mehr, was er mal war …

Intelligenter muss Humor nicht sein: Der erste Roman von Grimme-Preisträger Ralf Husmann, dem Erfinder von Deutschlands Kultserien »Stromberg« und »Dr. Psycho« – die unglaublich gute Geschichte eines gar nicht guten Arbeitstages!

»Man frohlockt über jeden Satz.«
STERN

Scherz

fi 4-11038 / 2

Nina Schmidt
Bis einer heult
Roman

Band 17429

Nüchtern betrachtet läuft alles ganz gut in der gemeinsamen Wohnung: Lukas pinkelt freiwillig im Sitzen, er denkt an Antonias Geburtstag und stellt benutzte Kaffeetassen in die Spülmaschine statt daneben. Doch häufen sich in letzter Zeit die Indizien, dass Antonias beste Freundin mit ihrer Theorie richtig liegt, wonach Männer sich hormonbedingt stets nach zwei Jahren entscheiden, ob sie mit ihrer Partnerin langfristig zusammen bleiben: Lukas spielt in letzter Zeit lieber mit der Playstation als mit Antonia, über »Kinder und so« will er irgendwann mal reden, Sex gibt's nur noch zweimal pro Pillenpackung. Drücken Kurzmitteilungen wie »bring toast mit« tatsächlich den gleichen Grad an Liebe aus wie »freu mich auf dich, meine süße!«? Ist es normal, dass einem der eigene Freund die Batterien aus dem Epilierer klaut, weil die in der TV-Fernbedienung leer sind? Noch bevor Antonia diese Fragen beantworten kann, zieht Lukas' Exfreundin in die Stadt, und Antonia muss so schnell wie möglich herausfinden, ob es für sie und Lukas eine Zukunft gibt oder nicht ...

»Das Buch ist wie ein ›Zoch‹ durch
die Gemeinde Köln, bei dem man mit seiner besten
Freundin und viel Kölsch alle Absurditäten des Liebes-
lebens diskutiert. Ein großer Spaß, aber ohne Kater.«
Annette Frier

Fischer Taschenbuch Verlag